清代闺秀文学的建构

王细芝◎著

吉林文史出版社

图书在版编目（CIP）数据

清代闺秀文学的建构 / 王细芝著. -- 长春 : 吉林文史出版社，2021.6

ISBN 978-7-5472-7779-9

Ⅰ. ①清… Ⅱ. ①王… Ⅲ. ①妇女文学－古典文学研究－中国－清代 Ⅳ. ①I206.49

中国版本图书馆 CIP 数据核字(2021)第 106763 号

QINGDAI GUIXIU WENXUE DE JIANGOU

书　　名 清代闺秀文学的建构
作　　者 王细芝
责任编辑 王丽媛
封面设计 徐芳芳
出版发行 吉林文史出版社有限责任公司
地　　址 长春市福祉大路 5788 号
网　　址 www.jlws.com.cn
印　　刷 北京四海锦诚印刷技术有限公司
开　　本 185mm×260mm 16开
印　　张 9.75
字　　数 217 千字
版　　次 2022年 8 月第 1 版　2022年 8 月第 1 次印刷
定　　价 48.00 元
书　　号 ISBN 978-7-5472-7779-9

序言

王细芝老师的《清代闺秀文学的建构》是一部选题独特、研究系统且颇有研究深度的学术著作。笔者因与著者有同事之谊有幸先睹为快,在其大作即将付梓出版之际读到了清样,掩卷而思,觉得该著具有以下四个方面的明显特点:

一是视野独特,选题独到。清代文学在流光溢彩的中国古代文学历史长河中,本不属于一个浓墨重彩的篇章,因此,历来的文学研究者有意无意间总是关注不够、重视不够。对清代妇女文学的关注者更是屈指可数。近20多年来,虽然中国女性文学的研究引起了学界的一些重视和关注,但总的来讲,关注的热度、研究的力度还远远不够,有一定学术价值的研究成果也不多见。究其原因,主要还是没有找到一个独特的视角,来进行系统的梳理和研究,还在采用断代文学史研究的一些传统方法,一般性地研究女性文学史、女性文化史,因此肯定不能探骊得珠,取得令人耳目一新的研究成果。王细芝选择别人没有系统研究过甚至没有想到要深入研究的清代闺秀诗人这一特定的文人群体展开全面、系统而深入的研究,可谓别出心裁,另辟蹊径。王细芝在选题上的创新性及其表现出来的独特的学术眼光,值得我们充分肯定。

二是涵盖全面,初成系统。王细芝这部著作分上下两篇,共9章。上篇5章,分别探索了清代闺秀文学的繁荣及其原因、清代闺秀诗人的分布及其形成因素、清代闺秀诗人的生命特征与价值观念,重点分析了清代闺秀词的艺术成就。这一部分可以看作是全书研究的主体,是后续研究的基础和前提。下篇4章,在对清代2个颇具影响的闺秀诗人群落进行重点介绍之后,以历时性视角,采用个案研究的方式,依次对"清代初期""清代中期""清代后期"的重要闺秀诗人进行具体细致的分析,并根据闺秀诗人出身、生活际遇、所处的时代,结合其作品展开充分的实证研究,显示出著者较为深厚的学术功底。这一部分,在一定程度上是对上篇研究的扩展与深化。通读全书我们发现,本书不仅对研究对象进行了较为全面的研究,而且初步构建出了较为严密的逻辑系统,显示出本书对研究对象的把握进入了较高的层次和境界。另外,著后的余论"清代闺秀文学的地位及其影响"则构成了全书的重要延伸和补充。

三是挖掘深刻,追求学理。该著的不少部分都表现出较为突出的学理性和理论深度。如第一章将清代闺秀文学的繁荣归纳为"士人择偶心理转变的影响""文人奖掖的影响""家族姻亲网络的影响”三个方面的原因，第四章将清代闺秀词的艺术成就概括为“不拘一格的体式”“相对拓宽的题材”“多元取向的作品风格”“自然朴实的创作特点”等等，这些归纳和概括具有很强的学理性和说服力。另外，为了追求学理性，著中不仅使用了定性分析的方法，还使用了一些定量分析的方法，如第二章第一节在论述“清代闺秀诗人的集中分布”时，第三章第三节在分析“清代闺秀诗人大量早逝的生命特征”时，就使用了定量分析的方法，一定程度上确保了研究结论的科学性和可信度。这样的分析和研究应该是比较严谨的，在文学研究中值得肯定和推广。

四是探幽钩沉，史料丰富。该著对有清一代300年中，被历史风尘淹没已久的重要闺秀诗人群落、较有影响的闺秀诗人、闺秀诗人诗词集刊、作品等等，根据有关文献和史料记载进行了较为全面、系统的收集整理，基本梳理出了清代闺秀文学形成及其发展繁荣的脉络。特别是对清代各个历史时期具有一定影响和知名度的闺秀诗人的有关情况及其作品进行了全面的收集整理，去伪存真，去芜留菁，并对有关重点作品进行了较为深入的分析和研究。所有这些，都为日后更好地研究中国女性文学特别是清代妇女文学打下了一个良好的文献和史料基础。正因为这样，该著的出版，甚至可以说在某种程度上填补了我国古代文学研究的一些空白。

我和王细芝相识多年，因为对中国古代文学共同的兴趣爱好，我们交流读书体会和学习研究心得的机会较多。王细芝尽管长期从事教学管理工作，但是她一直坚守在教学科研的一线。她勤奋好学，善于独立思考，学术基础扎实，所以她的研究成果总是有自己的独到之处。该著就很好地显示了她的学术个性和学术追求。我觉得，我们完全有理由期待她取得更多的学术成果。

前言

近20年以来，中国女性文学研究呈现出一片春潮涌动般的赫赫声势，各种女性文学研究与批评的论文著作接踵而至，令人目不暇接。但客观地说，同在这一领域中的中国古代妇女文学研究却相对有些萧条，而中国古代妇女文学中的清代妇女文学研究尤其显得薄弱。事实上，众多诗词名媛集中一时，以风起云涌之势出现于清代文坛，其空前的文学成就是值得我们为之大书一笔的。单就她们所创作的作品数量而言，就有着前所未有的惊人发展，以20世纪20年代末单士厘的《清闺秀艺文略》一书为例，这套共有五卷的文集搜罗有清一代300年中2300多位闺秀女作家的3000多种"艺文"作品。而她们作品中所体现出来的柔媚清婉的韵致，更使清代文坛平添了几分亮丽的色彩。但不幸的是，这一大批闺秀作家的选集及专著一直都受到后代学者及读者的忽视，或偶有人提及也只如轻风拂水，引不起大家的共鸣和相应的重视。

当代著名文学批评家亚当斯（Hazard Adams）曾说过："在今日的批评活动中，最令人感到兴奋的，莫过于女性书写的重新发现以及随之而来对经典作品的过滤与精选。"[1]面对这些丰富的历史材料和文学作品，我们似乎有必要也有责任对其做一番深入全面的研究与探讨。清代闺秀作家是中国古代文学发展史中一个特殊的群体，她们以其独有的风姿风靡了整整有清一代，但同样令人遗憾的是：时至今日，她们之中除寥寥数人偶尔被人提及外，绝大多数都被历史的烟尘湮没了。而今人在对这寥寥数人进行研究时，也基本上还不脱作家生平、作品引证以及作品赏析一类的模式，至于清代闺秀作家以群体出现的原因和特征，以及作品整体的艺术成就等，则少有人关注，本文即试图钩沉发微，爬梳整理，对清代闺秀作家做一整体探究。

目录

上篇

下　篇

上 篇

第一章 清代闺秀文学的繁荣及其原因

明代田艺衡云:“男子之以文著者,固力行之绪华;女子之以文鸣者,诚在中之闺秀。”[2]自《诗三百》以来,代有才女出,然而历朝世人多主张女子不宜为诗,即使偶有吟咏,也不当示人以流传之,加之众闺秀本身又是“即有篇章,半留筐箧。此无它,重阃教者,防妒口于金笼,慎瓜田者,惧多言之玉碎”,[3]由此,则各闺秀之作譬如落花飞絮,随风湮没,惜乎十之难存一二。幸有清一代妇学(注:除另有所注者,本文所指“妇学”均为妇女才情的展露)大兴,闺阁多才,名媛辈出,如蕉园七子、荔乡九女、吴中十子、随园女弟子等,在世之日无不声名大盛,又有“好事者”为之表彰作传,以至传于天下,至今仍脍炙人口。

然而,要以确数计算这支特异的文学创作队伍却非易事。以施淑仪的《清代闺阁诗人征略》为例,该书共收女诗人 1262 名,但仍不免遗漏;胡文楷的《历代妇女著作考》中收清闺秀作家 3662 人,也难尽收全录。值得注意的是,《历代妇女著作考》中收录的自汉魏六朝至明代的闺秀作家总和不过 356 人。相形之下,可见清代闺秀作家彬彬之盛。然而正如易顺鼎在《清代闺阁诗人征略》序言中所说:“所传名媛,不少诗家。”在众多才华横溢的闺秀中,以诗传名者十之七八,间或有以诗余、小说、戏曲闻名者,以一小技,仍难与之匹敌。因此,光绪二十二年(1896)安徽南陵人徐乃昌,虽广集普收得清一代名家女词人也不过百家。尽管后来又辑录“丛残不成集者”,“补前汇刻百家词所未及”,得 521 家,清代妇女词在当时能收集的却已大抵如此了。但纵观词史,真正的闺阁词人及其词作都不为多见,以清初周铭《林下词选》所录而言,宋金元明四朝不过百余家且合之谓“名妓、女冠、才鬼”之作,这无疑也从反面显示了清代闺秀文学队伍的空前盛大。

第一节 士人择偶心理转变的影响

善诗能词的闺阁才女成批出现于理学盛行的清代,自有诸多方面的原因,而其最主要的缘由或为士人择偶心理的转变。

入清以来，文人士大夫们心目中的佳人标准，已不仅是闭月羞花之貌，最好还能“妙解文章，尤工辞赋”，“女子无才便是德”的择偶标准悄悄地向着才貌双全转移，明末才女叶小鸾的父亲在他的《午梦堂全集》序言中，就对女性的“三不朽”加以了确切的肯定：“丈夫有三不朽：立德立功立言。而妇人亦有三焉：德也，才与色也，几昭昭乎鼎千古矣。”继叶氏之后，清代士大夫也努力标榜女性的诗文之才，范端昂在《奁泐续补序》中就曾云：“夫诗，抒写性情者也，必须清丽之笔，而清莫清于香奁，丽莫丽于美女。”

回眸历史，经历了人性启蒙的明代文人才子们，往往在安顿好了徙事奉祀广嗣的家室后，纷纷外出谋求感情的“外向型”发展，他们带着怜惜与歆慕，在迷人的烟花巷陌中寻觅人生的红颜知己。而此时的青楼正如花茵上人所说：“青楼，世所谓韵地也；青楼中人，世所谓韵人也。”[4]这众多的名姝才妓常常将自己色艺才性诸方面均装点得玲珑剔透，更与众才士演绎出了一幕幕旖旎浪漫的爱情故事。如秦淮名妓柳如是与“东林领袖”钱谦益，横波夫人顾媚与江左诗人龚鼎孳，等等。但入清以后，清廷惩于亡明的荒淫误国，更为防范士人的结社集会，曾下令裁汰女乐官妓，并严禁官吏狎妓，《大清律例》卷三十五刑律官吏宿娼条就云：“凡文武官吏宿娼者，杖六十（注：挟妓饮酒亦坐此律）。媒合人减一等，若官员子孙娼者罪亦如之。”又条例一：“监生生员撒泼嗜酒，挟制师长，不守学规，及挟妓赌博，出入官府……问发为民，各治以应得之罪。”如此，则妓家日趋衰颓，名士才子与才妓丽姝的浪漫结合亦成为明日黄花，但理想的艺术化的女性人格已然深入了士子之心，他们对于名妓的才情品节，仍不免深深地缅怀与追慕，对于那种合乎他们审美理想的才子佳人两性关系仍旧心驰神往。但时势不再予其“（士人才妓）相得甚欢，题花咏柳，殆无虚日”[5]之可能。而几百年前，李清照与赵明诚归来堂前赌书泼茶，建康城外戴笠寻诗的伉俪情笃，到此时便尤为强烈地吸引了众多的文人士大夫。于是，在此后他们的婚姻生活中，也都开始悄悄地偏重于夫妻间的琴瑟相鸣，如性灵派诗人孙原湘与其妻席佩兰就常常是“共案而读，互为师友”。原湘还曾有示内诗云：“赖有闺房如学舍，一编横放两人看。”又赠内云：“五鼓一家都熟睡，怜卿犹在病床前。”足见夫妻闺房之乐与伉俪情深。[6]又如才媛吴琼仙与徐达源夫妇，“同之吴门，看春虎阜之麓，揽胜天平之顶，剔藓读碑，运笔题字，山花满衣，涧云承袜，见着艳为神仙，闻者传为韵事”。[7]

由于这些夫妻有着共同的兴趣爱好，且能琴鸣瑟应，因而家庭生活皆能美满幸福，而嫁得一个好丈夫，千百年来又都是中国妇女的共同愿望，若能闺中萧然唱和，更是生命中别无他求之幸事，宁愿是“不辞清瘦似梅花”，也期望能“修到人间才子妇”。[8]因此，出于对幸福生活的渴望,清代不少闺秀自少便有意习文作诗且乐此不疲,加之族内父兄出于相同的目的,希望将她们培养成清水出芙蓉的名媛才女,以期将来出阁时出类拔萃,配得上同样出身名门的高士才子。于是,在她们未出嫁前,在作为父辈掌上明珠的同时,父辈便为她们延师授课,又让她们与父母兄弟唱和联诗,挥书作画。如阳湖闺秀钱湘,便是“幼入家塾,随诸兄读五经四子书”。[9]另道光时期女诗人恽珠自叙其学诗经历,说:“余年在龆龀,先大人以为当读书明礼,遂命与二兄同学家塾,受四子、《孝经》《毛诗》《尔雅》诸书。少长,先大人亲授古今体诗,谆谆以正始为教,余始稍学吟咏。”[10]清代闺秀这种从小接受塾师传道授业的风气,于清代许多小说中亦有所反映,如《红楼梦》中林如海专聘贾雨村为林黛玉西席;《儒林外史》中鲁编修于女儿五六岁上便请先生开蒙,“十一二岁就讲书,读文章”,连“送先生的束脩,那先生督课”也都同男子一样。

将文学教育与礼教教育结合起来,把女孩儿的学诗作词看成“盘飧针黹”一样,成为“事夫之道”的一部分,这在清代差不多是一种普遍的情况。尽管众多闺秀的父辈为之延师授业的目的,或为“他日到人家,知书识礼父母光辉”,[11]又成为“他日嫁一书生,不枉了谈吐相称”,[12]但这种观念的风行,对于清闺秀本身来说,文学成为名正言顺之事,更加求之不得。因为不仅她们被束缚的才华终于得到了某种施展的机会,还因此可以增添家庭生活的情趣,及至嫁入夫门后,亦可增进夫妇间的感情,同时也在一定程度上可以提高她们在丈夫心目中的地位。

由于这种士人择偶心理的转换,清代闺秀们常有机会于花厅侧室静听府内诗会、文会中文人雅士们的高谈阔论。或偶有佳作丽句,又常可于父兄们有意无意间流传出去,得文人们争相传诵,从而名动闺外,也因此吸引了更多闺秀的争相斗才。

第二节　文人奖掖的影响

“妇学而至清代,可谓盛极,才媛淑女,骈萼连珠,自古妇女作家之众,无有逾于此时者矣。”[13]以一个封建统治不断强化的朝代,而能出现史所未有的妇学炽盛场面,文人的奖掖实是功不可没的。

由于清代士人择偶标准的改变,“女子不宜为诗”的传统保守思想渐渐受到了来自妇学新观念的冲击,许多文士于自己的言论中对女性文学创作都给予了有力的支持,如戴鉴编《国朝闺秀香咳集》自序中说:“诗所以道性情,固尽人而有者也。世多云女子不宜为诗,即偶有吟咏，亦不当示人以流传之。噫！何其所见之浅也！”更有人赞女子习文曰：“男子如日，女子如月。予谓女子之文章，则月之皎极生华矣。”[14]而袁枚、陈文述、吴梦楼等人，更是以苍颜白发致力女教，令海内能诗之闺媛翕然以泰山北斗奉之，所到之处，裙钗引领，无不深怀“安得讲筵为弟子，名山随处执吟鞭”[15]之愿。乾隆庚戌（1790）、壬子（1792），袁枚曾回杭拜祭先茔，于西湖孙嘉乐家湖楼两作西湖诗会，众女弟子皆负笈敛衽，问字登堂，袁枚更以《随园女弟子湖楼请业图》遍令众女题之，后又于嘉庆丙辰（1796）编纂《随园女弟子诗选》付梓，内有不少词作随刊，裒然成集，为人刮目。随园弟子汪容于《诗选》序中说：“随园先生，风雅所宗，年登大耋，行将重宴琼林矣。四方女士，闻其名者，皆钦为汉之伏生、夏侯胜一流。故所到处，皆敛衽极地，以弟子礼见。先生有教无类，就其所呈篇什，都为拔尤选胜而存之。”此《诗选》收入 28 名女弟子诗作，另与《请业图》相加，除去重复者 9 人，则有女弟子 33 人，再参照《随园诗话》《小仓山房诗集》，胡文楷的《历代妇女著作考》等，可知随园女弟子达 40 余人，其盛况一时难有出其右者。

袁枚对于闺秀作诗填词的鼓舞支持，还常以文字出现于他自己的作品中，如《随园诗话补遗》卷一中就有云：“俗称女子不宜为诗，陋哉言乎！圣人以《关雎》《葛覃》《卷耳》冠《三百篇》之首，皆女子之诗。第恐针黹之余，不暇弄笔墨，而又无人唱和而表彰之，则淹没而不宣者多矣。”《随园诗话》卷二中，袁枚甚至为自己的《随园雅集图》中少闺秀一门而心生遗憾。至于对各闺秀才华的表彰，他更是略无顾忌，不遗余力。《随园诗话》卷五中，袁枚赞阳湖钱孟钿说：“绝妙金闺咏絮才，一生诗骨是花栽。”《随园诗话补遗》卷十中称：“女弟子二十余人，而如蕊珠之博雅，纤纤之领解，佩兰之推尊本朝第一，皆闺中三大知己也。”

随园虽为人师，然其并非以严肃古板待人，而是与诸女弟子皆如亲朋往来，在生活上，又以长辈之慈善待众人。《随园诗话补遗》卷八记载的一则随园与女弟子孙云凤的往来故事，即可看出他们的师生关系极富人情味。

> 余饮孙云凤家，饭米粗粝，而价甚昂，知为家奴所绐。归寓，适有送白粲者，以一斛贻之。云凤不受，札云：“来意知悉。”盖疑老人以米傲之也。余殊觉扫兴，即题其札尾云：“一囊脱粟远相贻，此意分明粟也知。底事坚辞违长者，闺中竟有女原思。”云凤悔之，寄《贺新郎》一词以自讼：傍晚书来速，道原思抗违夫子，公然辞粟。已负先生周急意，敢又书中相渎。况贽礼未修一束。我是门墙迂弟子，觉囊中所赐非常禄。不敢受，劳往复。寸笺自悔匆匆肃，或其间措辞下笔，思之未熟。本借湖山供笑傲，何意翻多怒触。披读处，难胜踖踧。无赖是毫端赎，今以前愆，仍付毫

端。容与否？望批复！

袁枚以米赠徒，得其婉拒又以“原思”[16]称之，云凤胸怀磊落知错后亦即以词赎罪。小小插曲足见师徒之间情深义厚，而袁枚对弟子之关心厚爱亦可略见一斑。有慈师如此，难怪随园女弟子能才华尽现，以至盛传天下，名动一时。后世学者在论及那段历史时亦不无感慨地叹曰：“子才一生享诗之福，四方执贽请谒者，桃李盈门，而闺阁才媛，奉杖履者，多至有女如云，以视毛西河仅收女弟子徐昭华者，奚可同日语哉！”[17]

如果说推崇妇学，广收女弟子的文人当中以袁枚披荆斩棘于前的话，则陈文述便是推波助澜在后了。乾嘉之际，清代国运正盛，但清廷严密的文字狱网又不得不使众多的士大夫悠游于模山范水、吟风弄月的闲适文学。而伴随着士人择偶标准的转变，越来越多的文人在世俗生活中已不再满足于整日面对思想空洞的异性，他们为着自身娱乐、装饰自己或者提倡风雅的需要，在相互斗才角胜之际，往往要拉出闺中诗侣助阵。这其中，袁枚、陈文述等人便是应时所需，广收女弟子。尽管当时社会以及后世一些持有不同看法的文人对于袁、陈等人致力女教的真正动机质疑，但不管如何，他们对于清代妇学的振兴都有着不可抹杀的功劳。而当时的许多闺秀本身也大都以身列袁、陈门墙为荣。道光二十二年(1842)听香阁刊本《碧城仙馆女弟子诗》二卷，以及1915年西泠印社聚珍版《碧城女弟子诗》中，就收有陈文述女弟子12人的诗作，其中陈门高足吴藻、辛丝的诗集也都被收集在列。对于闺阁作家的才华，陈文述同样是大力奖掖，且不遗余力地介绍各闺秀才媛的生平事迹。如《西泠闺咏》卷十三中赞孙云凤、孙云鹤诸姐妹曰：“翠翠红红映碧纱，莺莺燕燕语兰芽。闺房女儿皆千古，眷属神仙在一家。画舫同游云命人，琼楼联唱月生华。天香国色群芳谱，都是春风姊妹花。”至于在吴藻的《花帘词》序言中，他更是不无溢美地说道：“疏影暗香，不足比其清也；晓风残月，不足方其怨也；滴粉搓酥，不足写其缠绵也；衰草微云，不足宣其湮郁也。顾其豪宕，尤近苏辛。”相比那些卫道者、理学家对闺秀作家的诬蔑指责，这些毫无保留的赞美之词，足可说明陈文述的确为一名极为推介女性文学的时代先锋。

此外，奖掖闺阁诗人的文士当中，和袁枚约略同时的松陵任兆麟结成清溪吟社，俨然为吴中十子之盟主，与袁枚呈鼎足之势，而郭麐于吴江、吴嵩梁于西江也都提倡女教，推崇妇学……这些博学之士的开庭授业，聚集闺秀学诗填词，不仅给那些深居闺中，依靠私塾先生府中讲习而成才的闺秀提供了见识外界的机会；同时，这些文人雅士对她们才艺的首肯与嘉许，以及不遗余力地为她们作品结集出版，都从侧面加深了她们学习与创作的兴趣，加之多数开明士人对闺秀公开拜师行为的赞许，更使清代闺秀人才辈出，学风大盛。值得一提的是,乾嘉盛世士人对于闲适文学的热衷,不可避免地影响了清代闺秀创作的内容。因此,此期闺秀作品虽多,但有价值的篇什却相当少。

第三节 家族姻亲网络的影响

一种地域文化或者时代文化潮流的形成,往往要依靠诸多人文因素的影响。清代闺阁诗人能以群体形象出现并保持长盛不衰,其中家族姻亲网络的作用是颇令人瞩目的。

历代闺秀能诗善词者,就人事而言多出自文化世族,因为在女子教育并不十分普遍的社会里,能发展其天才的闺秀,大都是物质生活优越的女性,且大多不外乎名父之女、才士之妻与令子之母。[18]同时,家庭之内存有浓厚的文化氛围,一门之内,常可互相酬唱,至于姐妹之间、母女之间更可互为文友。如元代吴郡薛兰英、薛惠英姐妹。明末吴江沈宜修一家三女(叶纨纨、叶小纨、叶小鸾),更被《列朝诗集》称赞为个个"兰心蕙质"的"天人",家庭文学气氛"不逊谢家",母女之间,"题花赋草,镂月裁云",唱和甚多,艺林传为美谈。

清代文化世族因多聚居于东南一带,家族常相毗邻,文人也多有聚集,这种得天独厚的条件使得众多出身于其中的闺秀,更增加了许多可以互相接近的机会。而她们那些在人生观上追求平淡隐逸,审美观上追求雅趣高洁的父兄因颇重艺文的社会风气的影响,加上科举制度表面的公平竞争性,在给自家的闺媛联姻时,又常将注目的焦点定位于才智学识。如诗人陈传经为侄女姻事致书钱泳曰:"所云徐石卿太史之弟姻事,已详致家毅堂四兄。知为阁下与铁夫高弟,深惬相攸之愿,只求文采可观,不计贫富也。"[19]这种重视才学的婚姻观使得各家学渊源的文化世族常有联姻,也因此更加深了姻亲家族闺秀诗友之间的联系。间或有闺秀婚前不懂诗词的,归入夫门后,因为丈夫的栽培扶植,最终也能诗善词,成为士人合乎审美理想的闺友,并加入闺秀诗群当中。如闺秀钱湘,虽幼入家塾,随诸兄读五经四子书,然而终未卒业,直至归于按察使赵仁基为继室后,才始学为词。[20]这些闺秀因为家族和姻亲的关系,彼此之间常有千丝万缕的联系,因而也常有可能结成一群,分题吟咏。如会稽商景兰一家,"有二媳四女,咸工诗,每暇日登临,则令媳女辈载笔床砚匣,以随角韵分题,一时传为胜事"。[21]又如阳湖刘琬怀,自叙昔年家园中有红药数十丛,台榭参差,栏杆曲折,"与诸昆仲及同堂姊妹常聚集其间,分题吟咏"。[22]似这样的母女诗友、姐妹文友、婆媳、妯娌、姑嫂一门闺友并各富才情的,在清代实是举不胜举,她们相聚一处,吟诗作画,甚具名士气派,并因此常被艺林称颂传唱。

基于这种家族内闺秀诗群的兴盛，钱谦益曾感叹说："于是诸姑伯姊，后先娣姒，靡不屏刀尺而事篇章，弃组纴而工子墨。松陵之上，汾湖之滨，闺房之秀代兴，彤管之诒交作矣。"[23]而遍观清代闺秀，则各个时期内皆有因家族姻亲网络结成的庞大诗群，如明清之交仁和黄茂梧家族的闺秀与后来蕉园诗社成员的关系，就因姻亲网络而尤为错综复杂。明末黄茂梧之妻顾若璞诗名远播，所著《卧月轩集》于顺治八年(1651)刊印发行；其女黄修娟，亦能诗，著有《芙蓉集》；女孙黄埈，著有《绮窗集》；五世孙妇梁瑛亦有才，著《字字香》，前有林以宁序；曾孙妇姚令则，著有《半月楼集》；曾孙妇钱凤纶，著《古香楼集》，前有顾若璞以89岁高龄作的序。而姚令则、钱凤纶又皆为蕉园诗社成员，社内另有顾知琼(钱凤纶母，林以宁姑)，林以宁(嫁顾知琼子钱肇修，曾拜顾若璞为师)，冯娴(钱肇修同宗嫂)等人。她们彼此之间复杂的关系正如下图所示：

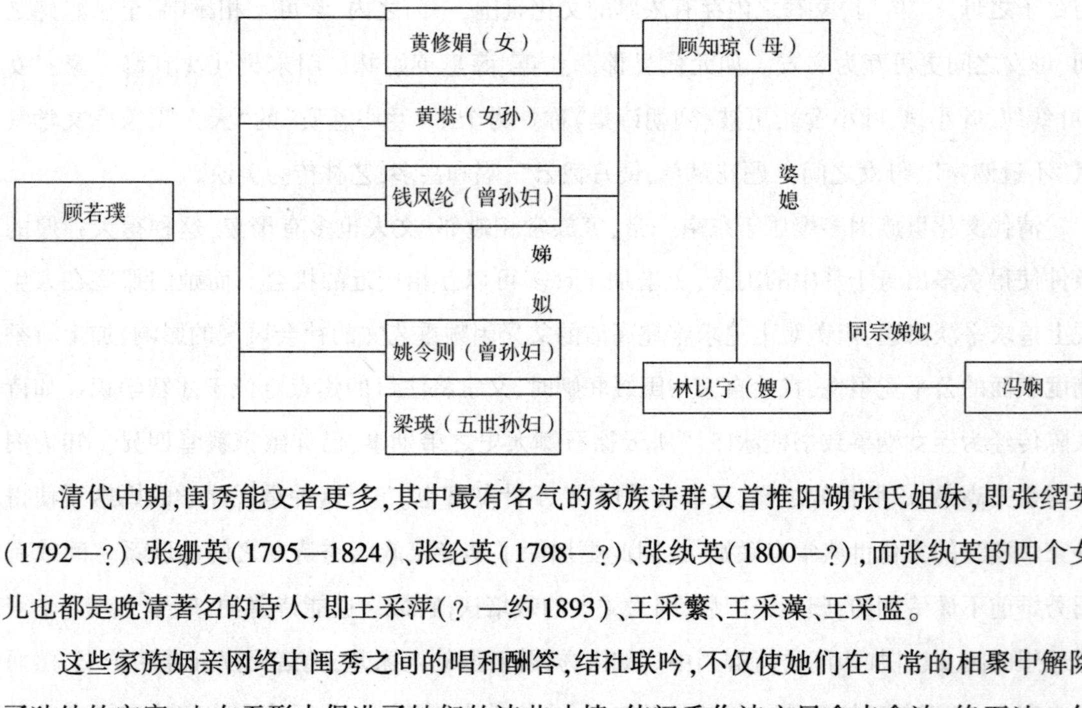

清代中期，闺秀能文者更多，其中最有名气的家族诗群又首推阳湖张氏姐妹，即张䌌英(1792—？)、张𫄨英(1795—1824)、张纶英(1798—？)、张纨英(1800—？)，而张纨英的四个女儿也都是晚清著名的诗人，即王采萍(？—约1893)、王采蘩、王采藻、王采蓝。

这些家族姻亲网络中闺秀之间的唱和酬答，结社联吟，不仅使她们在日常的相聚中解除了独处的寂寞，也在无形中促进了她们的诗艺才情，使闺秀作诗之风愈来愈浓，终至达一代妇学之极盛。《红楼梦》中众女结成的"海棠诗社""桃花社"等，便是此种社会风气的真实写照。而闺秀们于唱和活动中所作的联吟酬答之作，尽管于思想艺术上存在着某种局限性，但这些诗词却从侧面向我们透露了她们的生活内容，也让我们看到了家族传统在文学创作中所起的重大作用。试举仁和孙云凤(碧梧)之《清平乐·与仙品妹联句》为例：

月明风细(碧梧)。云淡鱼鳞碎(仙品)。身倚栏杆心似醉(碧梧)。种种别离滋味(仙品)。

今宵烛剪窗纱(碧梧)。明年书寄天涯(仙品)。帘幕愁深燕子(碧梧)。烟波梦绕芦花(仙品)。

此外,如吴江沈树荣的《满庭芳·中秋同诸妗坐月》与沈宪英同调《中秋坐月和素嘉甥女》等次韵之作,于众清闺秀的作品集中亦是俯拾皆是。这些闺阁之间的互为文友,对于清代闺秀本身而言,是一件人生幸事,也是一种夙世之缘。而对于清代妇女文学的繁荣来说,则是一种必然,它使整个中国古代妇女文学发展过程中多了一道独特的风景。

第二章　清代闺秀诗人的分布及其形成因素

第一节　清代闺秀诗人的集中分布

自东晋南朝以来,由于北方士人大量南迁并寓居东南,东南地带渐趋成为全国的文化重镇。到清代时,虽然政治中心居于北方,但人才仍以江浙为首,从下表江浙文学家在全国所处的地位来看,就可清楚地证明这一点(江西人民出版社出版,徐州师院中文系编的《简明中国古典文学辞典》中收有中国古代文学家925人,其中清代134人,各地分布情况如下表)。

表1　《简明中国古典文学辞典》清代闺秀诗人空间分布情况一览表

项目 / 类别	江西	广东	北京	山东	安徽	江苏	浙江	上海	河南 辽宁 河北 四川	陕西 湖南 山西 湖北 福建
人数	2	4	7	12	10	43	33	6	各3	各1
在全国所居名序	9	7	5	3	4	1	2	6	8	10
在全国所占比例(%)	1.49	2.99	5.22	8.96	7.46	32.09	24.62	4.48	各2.24	各0.75

由于文化世族以及各类人才的集中,家族影响使江浙不免也成为闺秀才媛集中的地方。以《清代闺阁诗人征略》一书为例,即可对闺阁诗人在空间分布上的地域集中性一目了然(书中共收女诗人1262人,见下表):

表2 《清代闺阁诗人征略》诗人空间分布情况一览表

类别\项目	浙江	江苏	福建	安徽	山东	江西	湖北	湖南	直隶
人数	524	465	55	39	23	19	17	13	13
在全国所居名序	1	2	3	4	5	7	8	10	10
在全国所占比例(%)	41.52	36.85	4.36	3.09	1.82	1.51	1.35	1.03	1.03
类别\项目	广东	广西	河南 山西	云南 奉天	四川	贵州 陕西	新疆	旗籍	不明籍贯者
人数	12	12	各8	各5	3	各2	1	21	15
在全国所居名序	11	11	12	13	14	15	16	6	9
在全国所占比例(%)	0.95	0.95	各0.63	各0.4	0.24	各0.16	0.08	1.66	1.19

至于这批诗群队伍在地域上更是呈压倒趋势地集中于江浙两省。而相对清前各代来讲，江浙地区女诗人比重呈上升趋势的同时，北方诸省女诗人的分布却十分稀疏，除满族词人顾太清，几乎没有几个成名女诗人。以《小檀栾室汇刻百家闺秀词》为例，便可充分证明这一点（见下表）。

表3 《小檀栾室汇刻百家闺秀词》词人空间分布情况一览表

类别\项目	江苏	浙江	福建	安徽	湖南	江西	广东	四川
人数	57	29	2	2	3	4	2	1
在全国所居名序	1	2	5	5	4	3	5	6
在全国所占比例（%）	57	29	2	2	3	4	2	1

尽管这种结果的出现或与辑刊者本身籍贯有关，但除去沈宜修、叶小纨、叶小鸾母女

卒于崇祯朝，以及商景兰入清后不久即逝外，其余96家基本上是囊括了一代名家女诗人的，而在当时所能收集到的成集闺秀词也都大抵在此。因此，这100名闺秀词人在空间分布上的特征无疑代表了整个清代女诗人群体的分布情况，即大量集中于江浙一带，且除此之外甚少北人。

第二节　造成闺秀诗人集中分布的经济、文化因素

“大抵一地人文之消长盛衰，必以其地经济情形之隆诎为升降枢纽。”[24]也就是说，一个地方人才的涌现总是要以物质基础作为其先决条件的。江浙一带自唐代后期开始，便成为全国经济最发达的地区之一，到宋代，南方的经济已十分发达，曾有谚云：“苏湖熟，天下足。”而南宋时的建康府更是“罗绮一城，富六朝之风物；弦歌千里，绵百世之衣冠”。[25]而与此同时的北方却战祸不断，继安史之乱后，宋辽金三国的长期混战更使社会经济遭到了严重的破坏。洛阳丘墟，长安灰烬；河淮之间，千里无人烟，洛阳城内，住户不满百。如此萧条的环境自然更谈不上文化的发展了。

历史发展到明清时期，浙江经济仍是居全国前列。《管子》曰：“仓廪实而知礼节，衣食足而知荣辱。”物质的丰富才能产生悠闲的心态，才能使人致力于精神生活的追求，才能使人们对艺术产生无穷的渴慕。明清时期江浙一带的文人有着得天独厚的条件：安定的社会，发达的经济促进了文化的发展，而文化氛围的浓厚又吸引着大量的文人雅士寓居于此。正如郑元佑所说：“姑苏‘民俗富而淳，财赋强而盛’，故达官贵人，豪隽之士与羁旅逸客无不喜游而侨焉。”[26]于是，有清一代始终有“东南财赋地，江浙人文薮”[27]之称。以这样一个人文荟萃之地，必然产生诸多的学术流派。众多流派彼消此长，互相应和，各文人雅士聚集进行着各种文化学术活动，他们的文会诗会、酬唱联题，他们的拜师授徒、结社命派使江浙一带学风蔚盛，并至“人才之盛，遂甲于天下”。[28]朱熹曾说：“人才盛衰，系乎学术之明晦。”[29]江浙炽盛的学术风气，夹带着浓郁的书墨芬芳涌入那些“杨柳堆烟，帘幕无重数”的深深后院，使深闺才媛在叹赏各才人学术渊博、诗艺精湛的同时心驰神往，以至技痒而欣然命笔，创制出了众多的佳词妙句。而一旦这些佳作被其父兄亲友传出闺门，又被“好事者”以一传十，十传百之速遍至大江南北，从而引致更多的闺秀仕女纷起而效尤，如秀水黄媛介，其以诗文闻名，曾和诗友吴梅村七律四首，经传出后，一时和者甚众。[30]

但相形之下，北方诸省的闺中女子却不幸生长在宗法统治、思想统治都相对禁锢的地方，人们的思想远没有南人那样新潮和活跃。因此，她们或偶有一二人以诗而名，但终至孤掌难鸣，缺少知音，加上无人倡导唱和，即使有光辉的起始，也都以籍籍无名而终。丹纳曾说："要刺激人的才能尽量发挥，再没有比这种共同的观念、情感和嗜好更有效的了。"[31]没有众多闺秀的唱和竞才，没有文人雅士的提倡奖掖，那些北国才女便如同流星划空，璀璨却短暂。

"人的心灵好比一个干草扎成的火把，要发生作用，必须它本身先燃烧，而周围还得有别的火种也在燃烧。两者接触之下，火势才更旺，而突然增长的热度才能引起遍地的大火。"[32]南方的佳丽是有幸的，她们有幸生长在一个可以"燃起大火"的环境中，不仅有众多的知音，还有坚强的后盾。她们的父辈对于女儿大多都不以苛严的礼教加以管束；相反，有的还一心培养她们求学吟诗，并为之结集题名，作序刊印，阳湖张绷英的《纬青遗稿》便是其父张绮作的序。同时，闺媛们的丈夫也竭力扶植她们的诗才，如钱塘袁青的《燕归来轩吟稿》，就是其夫车持谦作序。

此外，众多名师于江浙一带揄扬女弟子也是促使东南闺秀作家多于北方之故，如前文所述清中期江浙才女拜师学诗成风，袁枚、王昶、王文治等人倡导在前，郭麐、陈文述等继起于后，名媛才女翕然从之，一时"三吴名媛争趋谒，一代才人企选抡"。[33]而各才女不仅热衷于求师学诗，她们当中更有女史出任塾师为职，如青浦女诗人许淑惠，"早寡，因父母年老无子，乃为女塾师以尽孝养"。[34]另据文康裔《读〈镜史〉书后》，松江女诗人董如兰，随夫孙志儒去福建莆田任官时，曾教授女子吟咏诗文，以师生相称，后返回故里松江，又教授邻家女子识字习文。而爱国女诗人沈善宝更是为了支持妇女学习作诗赋词而收有女弟子百余。尽管这些才媛出任塾师或为经济自给，或因不再满足于在家庭内传教子女而开始向左邻右舍传授知识，但她们所进行的这种萌芽状态的女子教育，无疑在一定意义上推动了江浙妇女文学的发展，使江浙一带的才女风靡一时，代代相继，乃至近代以来，江浙的女子教育仍走在时代的前列。

第三节 造成闺秀诗人集中分布的个体因素

荣格的《试论心理学与诗的关系》中说："自然原始的生命力是本源的，文化的生命力是派生的，所以文化的生命是自然生命的象征与升华。"东南之地，河网密布，小船悠悠，温和的气候，育成了轻柔秀美的吴越风情，也因而育成了江南文化柔情浪漫的精神风貌。生活在这优越自然环境中的南方人因而大多热爱自然，亲近自然，与自然亲和相处。他们作为自然之神的宠儿，承受的是阳光雨露、和风沃土，而他们也就像被母亲宠坏的孩子一样，每每具有一种文弱的个性和纤细的气质，情感温和而又多愁善感，即使得不到现实的自由，也要求得心灵的宽松。他们讲究风度仪态，追求形式声色，充满着幽怨情调和“知其不可为而安之”的宿命论色彩。南方人又是重巫信神的，巫术文化的炽盛使南方人心理层面上形成的活泼的想象力更显得丰富奇异，深沉悠长。《文心雕龙·物色》中之“若乃山林皋壤，实文思之奥府，略语则阙，详说则繁，然屈平所以能洞监风骚之情者，抑亦江山之助乎”，即指出屈骚的浪漫绮丽多赖于南方风情文化之助。

至于集万物灵秀于一身的闺秀，生长于江南这一特别的天空下，她们柔弱的风姿更是与生俱来，她们在“庭院深深深几许”的深宅大院中操琴运笔、围棋作画，而幽藏于修长小巷中的宅院里面紧锁的春光、曲折的回廊，还有池塘水榭、秀竹娇花，莫不以其玲珑精巧、清新雅丽深深地滋养着深闺中的淑媛。生活在这种诗情画意的环境中，南方闺秀的灵心慧质更易于得到触发，她们在自己优雅的宅院中，非但淡泊远避政治，甚至从未有一丝关注社会并投身其间的热情。她们只愿在小桥流水、弱风细雨中剪一枝残梅，折一朵稚菊……但她们的感情又是丰富的、细腻深厚的，春去秋来的无奈，雨打花落的痛惜，丝丝触动着她们脆弱敏感的心灵。于是，词，便成了她们最好的朋友。作为一种呈现女性特质的抒情文体，词自产生之日起，便被人予以一种阴柔之气，它是一种“绣幌佳人，绮筵公子”所演唱、欣赏的游戏之作，是风花雪月的温柔乡中聊作垫衬的淡淡哀愁的载体。唯有天生一种温和性格的南人，在运用这种文体时尤能游刃有余，如鱼得水，也唯有娴静柔顺的南方闺秀更爱在这一独特抒情文体中极尽深曲缠绵地倾吐自己内心深处的情感欲露不露、欲吐不吐，或遮或掩、或藏或掖……（注：此处所指非涵盖战乱时期的女性创作）

况周颐曾说：“南人得江山之秀，北人以冰霜为清。”[35]相对南人，北人是坚韧的、粗糙的。所谓“燕赵多慷慨悲歌之士”，说的就是北人性格乃一种远非南人所能及的爽朗与豪壮。即使同为女性，北方女子也更多一种耐劳的精神和积极投身社会生活的热情，她们甚少南方女子的娇弱与不堪风雨，严寒的天气与贫瘠的土地赋予她们的是坚韧的性格和豁达的人生观。她们有一种与生俱来的豪气，有一种不懈追求自由的泼辣无忌的性格。宋代女词人李清照便是这种文化的集中体现，她在表达爱情时，有着“怕郎猜道，奴面不如花面好，云鬓斜簪，徒要教郎比并看”（《减字木兰花慢》）的大胆表白、无所顾忌；在激愤逃亡时，有着“南渡衣冠少王导，北来消息欠刘琨”的敢说敢恨、敢怒敢骂；而在对前贤的评介时，她也有“历评诸公歌词，皆摘其短，无一免者”[36]的锋芒毕露。李清照的这种文化性格无疑体现了北方女子的共同特征。

作为刚毅坚强、质朴憨厚的文化性格培养出来的北国闺秀，她们在文体的选择上多倾向于言志之体。即使是选择为南方闺秀所偏好的词体，在词作风格上也与南方大相径庭，一如《隋书·文学列传序》中所说：“江左宫商发越，贵于清绮；河朔词义贞刚，重乎气质。气质则理胜其词，清绮则文过其意。理深者便于时用，文华者宜于咏歌。此其南北词人得失之大较也。”又如清人谢元淮《填词浅说》中云：“以辞而论，南多艳婉，北杂羌戎；以声而论，南主清丽而柔远，北主劲激而沉雄。”以满族女词人顾太清为例，其人洒脱率性，其词多以气格取胜，正如况周颐序其《东海渔歌》时云：“绝无一豪纤艳涉其笔端。”顾太清的词绝少众多闺秀的纤弱，像她这样笔带风云而以气格取胜的清阁词人委实并不多见。因而从另一方面也可说明，清代北方闺秀中作词者甚少。否则，那一代闺秀词坛亦不至于被一片软云薄雾所笼罩。

第三章 清代闺秀诗人的生命特征与价值观念

第一节 清代闺秀诗人的生命形态

清代闺秀诗人作为女性中心灵手巧、才华出众的一列，创作出了大量精美的文字，丰富了中国文学的内涵，但她们作为那个时代的弱者，作为封建伦理高压统治下无辜的受害者，超群的巧慧带给她们的却总是不幸多于幸运。天生细腻的情感和脆弱敏感的心灵给她们造成了不尽的忧愁与难解的烦恼，使她们比一般女子更多地遭遇到人生的悲欢离合，也更多地体验到生活的辛酸苦涩。“巧多易老”“女子福薄故才现”，几乎总是与“红颜薄命”一起经常成为才媛美女的不幸谶语。因此，在她们当中，幸运者与善终者极少，而不幸者却比比皆是。

清代是一个理学极盛的时代，尽管这时的程朱理学已毫无生气，没有多少理论上和学术上的建树可言，仅仅凭着政治统治力量强制推行，但在对待妇女的态度方面，它却有效地肆逞余威。虽然有许多开明之士对当时女子教育持提倡态度，但这种提倡却也主要是以闺秀学习《烈女传》《女诫》《女论语》《女范》等女学经典为前提的，他们主张女子读书识字，始终没有离开理学的立场。学者吕坤曾就众多保守之士反对女子读书一事云：“今人养女多不教读书识字，盖亦防微杜渐之意。然女子贞淫之道多不在此。果教以正道，令知道理，如《孝经》《烈女传》《女训》《女诫》之类，不可不熟读讲明，使她心上开朗，亦阃教之不可少。”[37]因此，对于闺秀女红之余的作诗吟词，他们只是出于满足自己追求理想化女性的需要而有意或无意地教导与影响她们，加之闺中诗侣的风雅在某种程度上也可作为一种炫耀的资本。正如胡适先生在《三百年中的女作家》中所说：“这两千多个女子所以还能作几句诗，填几首词者，只因为这个畸形社会向来把女子作玩物，玩物而能作诗填词，岂不更可夸耀于人？岂不更加玩物主人的光宠？所以一般精通文墨的丈夫都希望有‘才女’做他们的玩物，替他们的老婆刻集子送人，要人知道他们的艳福。好在他们的老婆决不敢说老实话，写真实的感情，诉真实的痛苦，大都只是连篇累牍的不痛不痒的诗词而已。既可夸耀于人，又没有出乖露丑的危险，我想一部分的闺秀诗词的刻本都是这样来的吧？”评论深刻地指出了清代妇女文学被容纳与赞许乃至繁荣兴盛的原因。

但尽管如此，在这种多少含有某种进步意义的女子习文思潮尚未波及整个社会的各个阶层之前，清代一些保守的文人仍是极力反对妇女作诗填词的。当提倡妇女写诗的袁枚大收女弟子时，保守的章学诚便把当时在社会上颇为流行的闺秀诗风诬蔑为淫风：“近有无耻妄人，以风流自命，蛊惑士女，大率以优伶杂戏所演才子佳人惑人。大江以南，名门大家闺阁多以为诱。征诗刻稿，标榜声名，无复男女之嫌，殆忘其身之雌矣。此等闺娃，妇学（引者注：此处指礼教中的妇女行为规范）不修，岂有真才可取？而为邪人播弄，浸成风俗，大可忧也。”[38]他还大声疾呼：“闺阁不安义分，慕贱士之趋名，其祸烈于洪水猛兽。”[39]如此，则躞蹀于“才识”门内的闺秀，其人生之途、创作之路往往显得有些举步维艰。她们作为男权社会的附庸品，不仅被圈定了生活范围与生存空间，更无法摆脱时代总气候的笼罩，而只能身受男权社会紧箍其顶的有关妇道种种行为规范的支配。所以，她们首先必须是一个作为人类第二性角色的闺秀，其次才可能为诗人，而诗人这个头衔也往往只赐予那些颇有诗才而这种才能又不碍于其完美表现为有德之妇的闺秀。历数众多清闺秀的作品集，可见几乎每一位闺媛都是以德名经传的才女，很多才女的诗名与其说是因为她们的诗写得好，不如说是由于她们的模范妇德而得到了张扬。作为随园女弟子重要成员的吴琼仙、金逸、汪玉珍等，在士人为她们所作的传记碑志中，首先忘不了揄扬的仍是她们的针凿女红、侍奉姑嫜之孝、鞠育子女之劳，并以“平居不谈文章，只究女红”，[40]“不以文翰自喜”[41]等词加以赞誉她们的恭良谦逊。由此可见，清代闺秀在文学上的地位几乎全然建立在史传对她们的道德结论之上。至于文人们在选录她们的作品时，也往往是将学行并茂者置诸首选，文优于行者取次其后，而对于学富行逊者，即使因爱其才而为其采辑，也常常是扫入另集。所以尽管有些“孽妾文妓”才识过人，她们的作品亦是或不经入传，或作为别集补遗偶为人知，而大多数被文人采辑的妇女文集后通常还注有“君子读前集后集，可以观善而道心萌，读续集别集，可以惩志而人心灭”[42]之类警诫劝世之语。

如此，迫于社会对妇女的要求，闺秀们往往只能在先习好各种妇规后方学为诗，而其才气自不免也因此而大打折扣。江苏句容市骆绮兰在《听秋馆闺中同人集·序》中云：“女子作诗，其工也，难于男子；闺秀之名，其传也，亦难于才士。何也？身在深闺，见闻绝少，既无朋友讲习，以沦其性灵，又无山川登览，以发其才藻，非有贤父兄为之溯源流，分正伪，不能卒其业也。迄于归后，操井臼，事舅姑，米盐琐屑，又往往无暇为之。”身处这种社会环境中的闺秀，一方面因妇女教育的萌芽而得以博识诗书，另一方面又不得不在众多妇德规范面前低头敛眉。因为她们的理智告诉她们，男人们对那些倾诉真情的女人会多加訾议，也告诉她们在那种社会环境下女人的想象和激情是不适宜的。她们唯有压抑着自己萌动的情思，在种种女训规范的压制下让柔弱的心扉经受住一次次心灵的撞击，尔后隐讳地、半遮半掩地倾吐一点郁积的情感。所谓“人生识字忧患始”，柔弱的闺秀们经受了文学艺术的浸淫后，往往沉溺在自己作品中所哀吟的巨大悲伤之中而无力自拔，于是泪尽而身亡者有之，哀极而心死者有之。遍观众多的清闺秀，于华年之时便香消玉殒者大有人在，金逸、钱湘、凌祉媛、阮恩滦、黄婉璚……莫不青春早逝，令人叹惋。她们作为传统女性角色的一以贯之的艰辛，复加与超迈常人的诗才相孪出的多愁善感的诗人气质，酵化成了她们通常充满悲剧色彩的人生。

第二节　清代闺秀诗人的价值观念

如果说中国文化主要体现为一种伦理型文化，那么“妻性文化”无疑是中国女性文化中最根深蒂固、最传统的部分。所谓妻性，狭义地讲，是女性为人妻之后所生成的封闭心理和依附个性；广义地说，则是女性自身的依赖、忍从、奉献、牺牲、坚贞等一切专为男权社会服务的性格特征，是体现在她们身上的一种共同的价值观念。

数千年来，不管东方还是西方，男性作为力量与理性的象征，一直都称雄于社会并建立起一系列适合于维护他们地位的宗法观念。西方最早的神话里说：“女人是从男人身上取出来的，男人有上帝的权限，好像他就是上帝的代言人，因为他有一个上帝的形象。”[43]而中国儒家的祖师爷早在几千年前，就开始了对于女性不公平的评价：“唯女子与小人为难养也，近之则逊，远之则怨。”[44]至于“父者子之天也，夫者妻之天也”，[45]“妇者，服也；服于家事，事人者也”[46]等极为重视伦常关系的言论，更是充斥于各种儒家著作中。

而女性，自不幸充当了繁衍生殖和操持家务的工具后，就成为被局限于生育和理家的角色，成为臣服于父权统治下的一个被统治被规定被掩盖被言说的性别。这也造成了男性心目中的自我僭越和对女性的任意鄙视，更造成了女性心目中对男性的偶像崇拜和对自身的自奴自贱心态。或有幸者生活于开明的朝代，偶尔可以从压抑的妻德教育中伸出头去呼吸那么一两口新鲜的气息，倾吐一些积郁心中的哀怨，发出一声渴望幸福生活的呼喊，但不久也都将沉寂下去，并被代之以更多来自父权忠实维护者的强烈指责和唾骂。于是渐渐地，她们便如同生来就关在笼中的鸟儿，连思飞之心都泯灭了。

生活于封建社会末期的清代闺秀，其所受到的教育看似比前代有所改善，她们的吟诗填词似乎也为许多人所容纳。但实际上，由男人们牙慧中所施舍出来的那么一点自由，是丝毫也改变不了闺秀们对于男权社会的依附地位的，她们所受到的教育不但不能危及父权制的秩序，还装饰了他们王朝的文采。文学世界中，女性才华的被容纳和被赞许，只是父权制度下为使女人更加可爱，更适于观赏的一种调剂性的游戏。而正符合他们心意的是，清代闺秀的创作中，几乎见不到背离儒教正统的明显的异端思想。她们完全是自觉地、毫无怨言地接受了那一系列儒家伦理的宗法观念，她们以一种仰视的目光承认男子的“超越性”功能，同时又用臣服的心态默认自己的“局限性”。她们把自己困囿于一个封闭的圈子里，进而更安于一种自我奴化，把自己的一生毫无保留地奉献给自己生命中的男人——父亲、丈夫和儿子，尤其是丈夫，几乎是她们一生中唯一的精神支柱，因为对于她们来说，爱情就是命运，爱就是一切。黑格尔曾指出：“女子把全部精神和现实生活都集中在爱情里和推广成为爱情，她只有在爱情里才找到生命的支持力。”[47]她们忍辱负重地活在世上，只要求一个能使自己为之付出爱和生命的物体或场所。这种纯然的牺牲精神甚至不要求男性世界的回报，而是心甘情愿的，甚至带有自虐的快感。她们经常以一种坦然从容、无怨无尤的心态面对突然而来的牺牲和死亡。翻开清代的史乘方志，其中便有许多哀壮悲戚的节妇烈女。而这当中，知“书”识“礼”的闺秀们却不自觉地充当了领头人。如阳湖陆蓉佩，十七芳龄时，未婚夫赵念植病亡，陆蓉佩慨然过门守贞，“其弟方幼，对之泣，反慰之曰：‘若勿为吾悲也’”。[48]至于众所周知的袁枚之妹袁机，更是个死守“从一而终”教条的不幸者。以至袁枚在《祭妹文》中哭道：“使汝不识诗书，或未必艰贞若是。”她的弟弟袁树在《哭三姊》中也有“少守三从太认真，读书误尽一生春”之句。由此可知，清代闺秀们饱读诗书后，从儒家的温顺平和、谨慎谦恭中吸收衍化出的却是忍耐妥协、自卑自贱的人生姿态。而由宗法社会背景下中国人所形成的强烈的从属意识中，她们所继承表现出的也只是对丈夫的绝对忠实和对丈夫利益的无条件服从。三从四德的道德伦理规范切实融进她们的个体意识后，便牢不可破地成为她们处理人际关系的指南，成为她们生命中价值观念的唯一所在。

但温顺的闺秀们是不知其悲之所在的，自身封闭的心理机制和心目中对男性的偶像崇拜使她们不仅意识不到反抗的可能，更在自觉乃至不自觉中维护并加强了伦理道德教义对她们自身的束缚。如女诗人恽珠在编写妇女唱和诗《闺秀正始集》时，首先强调的就是雅教。凡是寄怀风月，情涉风流，感情超出所谓“妇道”规范的，诗再好也不选录，并要求入选的诗必须性情严正，冰清玉洁，有合风人之旨。同时，入选诗的作者，也必须是性情贞淑的大家闺秀。至于其他失行妇人的风云月露之作，不论怎样受人称道，都弃之不顾。她甚至认为明清之交时以大节殉明文人的妻子，即使为宦门之后，也不予入选。此种株连的观念足以证明恽珠的彻底道学化。更有甚者，有的女子生怕显露自己的才华，认为舞文弄墨非女子分内之事，从而将自己的创作全加销毁，如吴江徐秀芳，“临没，悉以诗稿投炉中，曰：‘薄命人无留此为后人笑也’”，[49]又如海宁查昌鹓，在其《学绣楼名媛诗选·序》中说道：“至声韵之学，往往见猎心喜。然不敏未尝能作，且以非女子事，辄不敢为，偶有小咏，即焚弃之，不复存稿。”这类毁稿焚稿之事在许多记载中都屡见不鲜，从中我们也不难看出，清代闺秀艰难的生命之途与她们自己甘当附庸的价值观是大相关联的。

第三节　清代闺秀诗人大量早逝的生命特征

清代闺秀诗人作品中普遍存在着一种悲剧意识，这种悲剧意识某种程度上从大量女诗人的早逝中可以得到进一步的印证。“由于清代闺秀诗话辑录者较多，从而相互转抄、重复的现象比较严重。”[50]所以，在目前清代女诗人总数尚无法确定的情况下，以施淑仪之《清代闺阁诗人征略》为蓝本，对清代女诗人的命数做出定性分析，应该具有一定的代表性和合理性。

刊印于民国二十一年（1932）的《清代闺阁诗人征略》是清末民初领一代风气之先的女性学者施淑仪女士所辑录的，全书记载有清自顺治至光绪末年 1263 名闺秀诗人之生平，编纂遵循先详姓氏、里居、著述，次列事迹体例，编写内容以事迹为主，因此全书对于各闺秀的生平多有阐述。

全书 1263 名女诗人中，明确注明闺秀在 40 岁之前即香消玉殒的女性诗人有 318 人，占总人数的 25.18%，除此之外，辑录中还有部分女诗人虽未明早逝，但据文中推测，逝年仍然较早，如《征略》卷三记载，一日妙贞之父前去看她，坐谈良久，妙贞口占两绝句，既而叹曰：“寿之修短，命也。诗语成谶，吾不能与子偕老矣。继我者其叶乎？”后竟如其言。再如卷九记载，（朱）迪珍“归蒋不久，昙花遂萎”。另外，《征略》中还有相当一部分闺秀没有生平记录，其逝年更是不得而知。由此可知，清代闺秀诗人在壮年之前即谢世者比比皆是。通读全文，《征略》明确逝于40岁之前的318名女诗人中，不同早逝的情况参见下表：

清代闺阁诗人早逝情况统计表

类别	兵乱遭变	抑郁而亡	病亡	殉情及礼法	不被夫家所容致死	产亡	其他
数量	37	35	64	40	4	8	130
所占比例	11.64%	11.01%	20.13%	12.57%	1.25%	2.52%	40.88%

其中，“其他”指《征略》中对闺秀的去世缘由未做交代，只注明“早逝（夭）”或“逝年××岁”。

从《征略》中可以看出，当清代女性文学如春潮涌动般迅猛发展的同时，很多闺阁女子的青春和才华却夭折在一片春寒料峭中。尽管她们钟灵毓秀，聪慧过人，尽管她们身上所蕴藏的文学艺术潜能有着绝不输于男性的广博和深远，但她们的年命却普遍让人无限惋惜，其薄命如斯，正如严迪昌先生所言：“才女才妇在封建社会所备受的‘薄命’之苦尤其惨重。”[51]她们很多人身上都有着无法摆脱的悲剧宿命，其作品中体现出来的苍凉与无奈是一份完全不同于男性的深长而痛楚的生命体验。可以说清代女诗人虽是才华横溢，其人生却是让人泪也纵横的。清代闺阁才女的早逝可以集中概括为以下几个特点：

一、少守三从太认真，读书误尽一生春

清代女性文学的繁荣，从根本上来说离不开文人的奖掖与扶植，著名学者袁枚就曾是女性文学最大力的提倡者与支持者，其“袁家三妹”个个文采出众。但不幸的是，三位才华横溢的女子年命都不长，其中袁机所适非人，饱受荼毒；袁杼早寡守志，袁棠死于难产。面对家中三妹不幸的遭遇，袁枚发出了“少守三从太认真，读书误尽一生春”的深深感喟，痛悔自己早年将诸妹带向读书写诗之路。自古以来，中国男尊女卑、夫为妻纲、三从四德、贞洁等根深蒂固的伦理观念导致了女性生活及婚姻的不能自主，所以尽管清代在某种意义上可以说是女性文学前所未有繁盛的时代，但从女性本身的社会地位来看，闺阁才人仍然属于男权社会的附庸品，是封建礼法的牺牲品。《征略》所辑录的318名早逝女诗人中为父母公婆毁伤身体尽孝和为亡夫守节之举比比皆是，如卷四“（吴静）夫病革……遂不食死，年二十六”。再如卷三戴礼“翼死，无子，戴多方求死不得，后十七日乘间自缢……时年二十”。这些殉情或殉于礼法的有40人之多，占早逝总人数的12.57%。

由此可知，不管清代社会如何为女性文学的发展广开畅途，封建的忠孝节义观仍牢牢钳住了闺阁才人的命脉，她们读书越多，所受的荼毒深。自从《礼记》制定女教以来，历

代闺训层出不穷，浩如烟海，而清代众多出版商感于家训在社会上的风行，更是把古往今来各种家训名著编辑成丛书出版，这些家训著作中的观点虽然表达风格各异，但在对两性婚姻关系上，其核心思想均不外乎“夫者，妇之天也”，将女子置于男权统治的阴影之下。女性的生存没有任何个体价值，丈夫与丈夫家族的延续成了她们生存的终极目标。同时，由于中国古代的妇女教育一直都以“德育”为主体，所谓“女教”其实也就是礼教，它的基本内容无非是“三从”（从父、从夫、从子）与“四德”（妇德、妇容、妇言、妇功）的道德准则。而程朱理学的深入人心，封建礼教对受儒家正统思想影响较深的妇女的约束则更加严厉。在父系社会的法律、礼教、风俗、偏见等束缚和压迫下，女性的身心健康和人格尊严都饱受摧残。而清代女性诗人大多出身于官宦之家，从小多受礼教熏陶，在长期的洗脑下，她们中多数逆来顺受，把众多束缚视为合情合理、天经地义。虽然她们很多热衷诗词创作，但其诗词作品中既缺少“见客人来，袜划金钗溜，和羞走，倚门回首，却把青梅嗅”的天真自然与娇憨可爱，也难见“兴尽晚回舟，误入藕花深处。争渡，争渡，惊起一滩鸥鹭”的热爱生活与亲近自然，更遑论“我报路长嗟日暮，学诗谩有惊人句。九万里风鹏正举，风休住，蓬舟吹取三山去”的宽阔胸襟与倜傥情怀。她们经常囿于个人小小的情怀和家族狭小的利益，加上一直以来所谓“生前心已碎，死后性空灵”的盲目崇拜，众多清代闺秀均怀着从一而终的坚定信念和坚韧不移的人格力量走过了短暂的一生，并最终以生命作为祭品奉献给了男权社会，谱写了一曲曲凄婉的人生悲歌。

二、添得情怀转萧索，始知伶俐不如痴

虽然清代闺阁诗人的创作有着前所未有的繁荣，但她们的文学生活远非人们所想象的那么优雅浪漫。她们养尊处优，却哀怨无端，她们一方面深受传统理学的影响，另一方面却又在理想的云端茫茫不知所归，深陷现实的泥淖中无力挣扎。如《再生缘》作者陈端生，其人生远没有故事中女扮男装的孟丽君那样意气风发。29 岁时夫君因受科场牵连充军伊犁，她此后也如无数命运多舛的女性一样在漫漫的等待中郁郁而亡。纵览《清代闺阁诗人征略》，在 318 名早逝的女诗人中，抑郁而亡的占 11.01%，而在病亡的 64 人中，又有多少是因为精神抑郁而引发疾病导致不治而亡的呢？如卷九程芙亭“成婚后一载，举子不育，遂得疾不起”。其虽为病亡，焉知不是因为心情抑郁所致？再如卷八“（王静姑）其夫从贾不闻，抑郁得疾，逾年而逝”。所谓病由心生，身居内院的才女们往往情感丰富，思绪繁复，生活中的一些变故常常在她们的内心结成挥之不去的块垒。常言道：“忧思伤脾，更可伤心。”《素问·阴阳应象大论》中说：“怒伤肝，喜伤心，思伤脾，悲伤肺，恐

伤肾。”久而久之，病痛便悄然而至了，所以说病亡与抑郁而亡从某种意义上来说实属殊途同归。

中国传统的教育理念总要求完美的女性需要具备贤惠孝顺、温柔贞静的优雅品格；温雅委婉、柔和稳重的言语风格；意态深沉、端庄洁净的大方仪态以及巧手慧心、精致别样的女红手工。也就是说，相较女子三不朽中的才和色，德更是闺中女子修身的规范，被放在了女教的首位。而德之首位，乃“安详恭谨”。所以，即便所适非人，即便遭遇不公，清代闺秀们大多都缄默寡言，将所有的失望、悲伤都埋藏在心底，接受着不公平命运的肆意折磨，挣扎于生命的苦海之中。如《征略》卷三中记载贺双卿“（双卿）性潇洒而意温密，飘飘有凌云气，无女郎琐窄纤昵态，以才情自晦……嫁村夫贫陋颇极，姑又劳苦之不相恤，双卿事之善。意虽弗欢，见夫未尝无愉色，饥倦忧悴，言笑犹晏晏也”。

女德教育让封建社会的女性被定位在家庭。她们长期身处深闺，更显寂寞孤独。受过一定文化熏陶的清代闺秀们，在百无聊赖之际也常如朱淑真一样“闷无消遣只看诗”，可是诗书并没有给她们带来心灵的慰藉，因为“又见诗中话别离”。清代闺秀们大多都很有才情，但女性的才情在当时既是一种天赋，却也是一种天谴，会令人心灵备受煎熬。闺阁才人们在才情与妇德的关系中陷入了两难境地。因此，她们在平时的创作中，一方面表现出少有的才情，另一方面又受性别定位的影响表现出非常矛盾的心理特征。正所谓“添得情怀转萧索，始知伶俐不如痴”，没有经受诗书文化浸染的闺秀们，是否反而能平静安详地度过圆满的人生呢？

三、生逢乱世不由人，遥看多少凄情事

《征略》自顺治到光绪末年 1262 名闺秀诗人生平中明确记载 37 名闺秀早逝于战乱兵变中，占早逝闺秀诗人总人数的 11.64%。

除了朝代的变迁，清代还曾经历了三藩之乱、白莲教起义、太平天国起义、辛酉政变等重大的社会变乱。各种社会的动乱不可避免地要干扰到深闺女子枯燥但相对安定的生活，将她们驱逐到战火或兵乱的危险面前，使她们的身体和生命受到严重的威胁。这些平日被封闭在深闺中的女子，一旦遭逢丧乱，便如同飘萍柳絮，随风起落。她们丝毫不能把握自己的命运，当危险到来的时候，唯一防身的武器便是自绝于世。如《征略》卷九记载：“（杜兰卿）十三岁，值咸丰辛酉之难，投河殉节毕命，时有诗题壁。”再如“（郑佩行）未嫁随母殉于川沙，年二十有四”。

女性永远是各种天灾人祸的牺牲者，她们无力改变也无法主宰自己的命运，只能任由

天意弄人，各种清代女性诗歌汇编中的题壁之作都记录了她们乱世的遭遇和心境，见证着她们悲惨的命运，浸透了她们的血泪。

清代作为一个刑法酷厉的封建王朝之一，往往一人犯法，株连几族，男性 15 岁以上者，或被正法或被流放；女子则被卖身为奴或者一同流放边地。女诗人因家庭的变故，由往昔官宦人家娇养深闺的小姐沦为流徙边地的囚徒，其人生的际遇变化也常让人唏嘘不已，而为了免于被卖为奴之耻，很多女性诗人选择自尽而亡的无奈更让人感叹上苍翻手为云覆手为雨的无常。如《征略》补遗："浦氏，查克上室。克上因父获罪同死。浦氏同姑史氏约自尽。史氏先缢，浦氏赋《绝命词》四章，遂吞金死。"

作为清代女诗人主体的闺秀，她们一般都受到了比较好的教育，应该说这也是她们之所以能成为女诗人的决定性因素，但即便如此，她们仍然处于从属和被压迫的地位，以致她们的命运全部由长辈和男人操控，生活和婚姻不能自主，也因此导致了一幕幕悲剧的发生。从她们悲剧的人生中我们也不难得出当今女子教育的两点启示。

第一，独立的人格教育是女子教育的终极目标。马克思曾经指出，人类社会的自然经济形态造就的是依附性人格，而商品经济型社会则会出现"以物的依赖性为基础的人的独立性"，也即独立性人格[52]。在中国以往的历史中，女性往往没有独立的人格，男性是女性人格的参照坐标。而到了当代，在商品经济背景下女性的人格追求有了一个质的改变。哲学大师冯友兰先生曾说过："人之所以异于禽兽者，在于其觉解。"[53]所谓"觉"，其实指的就是一种自觉，一种自信自强的独立意识。在竞争的社会里，女性要想获得幸福圆满的人生，首先就必须摆脱依附心理，从内心让自己强大起来才能坦然面对人生的风风雨雨。

清代社会甚或整个封建社会的女性正是因为普遍存在着一种典型的依附性人格，所以她们在人生的变幻际遇中常常无所适从，最终难逃悲剧的结局。

第二，和谐的德才教育是女子教育的不二法则。社会的竞争，最终其实都是素质和才华的竞争，女性要想摆脱依附地位，想要在人生舞台上收获鲜花和掌声，势必首先要从心理上解放自己，然后从综合素质上武装自己。刚柔并济，德才兼备应是完美的现代女性生命形式和人格形态，任何方面的偏颇都不能称其为科学的教育。所以说和谐的德才教育才是当今女子教育的不二法则。

第四节 清代闺秀诗人生命形态与价值观念对其创作的影响

文学是一种人学。清代闺秀相对闭塞的生存环境与近于奴化的价值观念，无疑影响了她们的为人处世，也影响了她们生命中聊作慰藉的文学创作，使文学成为她们反映生活侧面的一面镜子。作为一个弱者的群体，清代闺秀词人在创作上大致趋于相同的视点，体现相同的价值观与审美观。她们的作品很少反映现实的广泛性和深刻性。她们“僻处深闺，非有名山大川以沦其性灵”，[54]触目所及，除了日常所用的物事，只有一成不变的楼榭与令人感伤的时序交替。而偶尔的集会酬唱，不仅不能留住欢乐，反而常给她们一种欢乐过后的悲戚感，一种人去楼空的虚幻感。因而她们的作品往往只从小我出发，捕捉生活中的细枝末节，诸如花谢草衰、月落云散等，多是她们作品中的描写对象。有时她们还极易被对象的细小变化所感染，一片落叶、一丝涟漪、一段残梦都可能引起她们情绪上的波动，甚至有些在男性文人那里不值一提的事，也会被她们用来过分渲染，如牙梳、镜台、头发乃至指甲，都是她们所吟咏的对象。

庭院深深，重门深闭，狭小的生活圈子将清闺秀的精神心理推向了抑郁敏感的状态，而由春尽花谢，秋深叶落引发的朦胧的生命意识，更使她们有一种无法排遣的闲愁。她们在自然的生发中常常会感到生命流逝的痛苦，但这种痛苦却又是无形的，是朦胧隐约的，是一种“似花还似非花”的说不清、道不明的愁苦。“着意留春春又去，海棠落尽红如许。睡起纱窗天正午，愁无主”（黄婉璚《渔家傲》）；“寂寂池塘，深深院宇，年年好景愁中度。今朝才却送愁归，无端又被愁留住”（唐韫贞《踏莎行·送春》）；“到得秋来愁便阔，悲风又剪桐枝落。天际哀鸿，林间病叶，断送秋光寂寞”（王贞仪《明月棹孤舟·悲秋》）……这里反映的都是词人那种溶溶泄泄、欲说还休的闲愁，隐约使人产生一种无法把握生命所在的悲哀。因为无论生命的形式是如何美丽与精致，都将被时间化作虚幻或者粗糙，何况这种瞬间的美丽也那么凄迷微茫。

大凡柔弱温顺而又多愁善感之性皆多忧多梦，而幽居深闺又多思忧郁的清闺秀无疑是常与梦为伴的。在她们的词作中，夜与梦常常编织了诗境的主要时空。在这一点上，清代闺阁诗人是深得花间风貌之精髓的。[据笔者粗略统计，《花间集》500首词中，“梦”出现了82次，这些言梦词多是通过对梦醒后朦胧感受的描写，表现从梦境猛然回到现实时的孤寂与凄楚，从而委婉含蓄地抒发了拥塞心头的难以排解的闲愁。不管是“梦觉云屏依旧空”（韦庄《天仙子》）、“梦余空有漏依依”（薛昭蕴《浣溪沙》），还是“思梦不成难晓”（毛熙震《更漏子》）、“梦里每愁依违”（温庭筠《河传》），无不反映出这种类似的愁苦情结。］翻开清闺秀的词集，可见充塞其中的大量言梦词都极具花间特色，她们在心理空间的格局以及言情素质、情绪基调方面，都深似花间。如黄婉璚的《桂殿秋》“窗前唤起闺人梦，断句吟成只自怜”；孙云凤的《点绛唇·青草忆仙品》“昨宵梦冷池塘雨，天涯离绪，岁岁和春住”；吴绡的《玉楼春》“梦中何事频频语，梦觉莫知云去处，傍人虚自妒娥眉，对镜不禁愁黛聚”等，无一例外地都描写了词人美妙的闲梦、幽梦和惆怅的残梦、孤梦。琅嬛山樵在《补红楼梦·序》中说过：“古人云：‘情之所钟，正在我辈。故情也，梦也，二而一者也。多情者始多梦，多梦者必多情。犹之善为文者，文生于情，情生于文，二者如环之无端，情不能出乎情之外，梦亦不能出乎梦之外。’”因此，清代闺秀是多情的，多情的她们常把一生都投入爱情当中。“愿得一心人，白头不相离”[55]历来是众多女性所着意追求渴望的生活。所以她们总是虔诚地祈望爱情，总是痛苦地感受离别，对幸福爱情生活的渴慕和对离别相思生活的无奈更成了她们创作的另一主要内容。而这其中，由于清代文化中对于女性心灵手巧的空前崇尚，女性不再仅凭“女子无才便是德”便能博得才士的青睐。于是，乞巧求福便成为闺秀们审美追求中的理想境界之一，神话传说中牛郎织女的七夕相会成了她们乞巧求福的节日，吟咏七夕成了她们共有的诗词主题。她们在诗词中或感叹牛郎织女坚贞不渝的爱情，或同情他们隔河相望的痛苦，或祈愿自己拥有一双织女一样的巧手和一段美满幸福的姻缘。如阳湖刘琬怀的《鹊桥仙·七夕雨霁》：

片云乍卷，暮烟消尽，隐约鹊桥望里，年年织室此时开，羡风浪，银河不起。

殿前密誓，楼头乞巧，那有闲情管理。只将别恨与离愁，都分付，词人贱拟。

又如吴绡《鹊桥仙·七夕》：

鹤桥高架，银河水浅，看一搦纤身轻度，离多会少不堪言，谩道是，欢娱有数。

斗回珠影，月分半镜，愁对客槎来路。相思相守似伊时，险羞煞，巫山朝暮。

在深受生存环境困囿的同时，清代闺秀词人也在潜移默化中接受了男权制美学对她们写作的限制。她们有时甚至显得比男人更加依赖父权制美学的标准，即男以强为贵，女以弱为美的审美观。她们没有勇气冲破围困她们的无形篱笆，也没有野心开创“各领风骚数百年”的局面，而更多的是怀着自愧弗如之心安于平庸，安于沉吟在文人学士感兴趣的清词丽句和愁绪忧怀中。相比男性作家，她们在审美意识上，所受到的正统伦理观念影响更为深重，作品中更多地沉积了儒家的伦理道德要求，创作风格也更多地趋于深层次的含蓄，而她们在诗词中塑造出来的抒情主人公也通常都是多愁善感、柔情似水的。虽有缠绵悱恻的情思、孤寂难遣的忧愁，也只如缓缓流淌的小溪，有一波三折，却远没有撞击岩壁礁石飞迸而出的浪花所富有的激情。而即使是作品中抒发了遇人不淑的痛苦和知音难觅、爱而不得的苦闷，她们也是怨而不怒、哀而不伤，更难有达到对自身命运、自我生存境况的自觉意识。相比明清之前各代女性作家在作品中所表现的直露情感和大胆抒怀，清代闺秀的作品常常是充满着烟水迷离的泪眼和欲言又止的叹息声。试比较下面两首作品：

唐·鱼玄机《赠邻女》：

羞日遮罗袖，愁春懒起妆。
易求无价宝，难得有心郎。
枕上潜垂泪，花间暗断肠。
自能窥宋玉，何必恨王昌！

与清·徐元端《重叠金·春恨》：

昼长睡起垂帘坐，新诗题遍无人和。
稽首怨天公，生成薄命侬。
问天天不应，眉锁千重恨。
和泪理瑶筝，曲终空叹声。

两人都渴望爱情，但一倔强而热烈，一柔弱而含蓄。相形之下，则见清代闺秀情感表现之压抑迂回。至于朱淑真“娇痴不怕人猜，和衣睡倒人怀”（《夏日游湖》）的痴迷热烈，在清代闺秀的作品集中更是无从窥得，而即使是同为咏物之词的作品，在她们词作中也难找到类似“宁可抱香枝上老，不随黄叶舞秋风”（朱淑真《黄花》）的决绝之语。尽管她们一样热爱自然界的一草一木，也一样以花草自比，但这种自比既不像屈原一样以花的完美与高贵自比，也不像陶渊明一样以花的气质自比，甚至很少像李清照一样持一种睁眼看宇宙人生的惜花意识，她们更多地自比花的娇弱无助、不堪风雨与落叶的随风追逐、难觅归宿。兰陵陆蓉佩的“一缕秋魂纤欲化，似有疑无，却在斜阳外，漂泊天涯何处著，思量悔把枝头舍”（《蝶恋花·芦花》）与吕采芝的“遍地飞花兼柳絮，没个人儿去扫。雨洗香消，风催绿褪，倍觉春归早，红颜难驻，东皇也促人老”（《念奴娇·春暮偶见落花有感》）就充分体现了她们所共同拥有的温和柔顺、依人楚楚的性格特征。

此外，由于女诗人既没有机会涉足社会政治，体验仕途坎坷，更缺乏从异端思想中找寻否定现实的批判武器的胆识，她们的笔墨大多围绕着现时现世的人伦情感，而不是过去、现在或将来的大千世界。她们的作品无时无刻不在追求着忠贞的爱情、永恒的友谊、不老的青春和幸福的生活。柔弱的心扉短暂沉寂后的种种颤动与紊乱冲击着她们，使她们在颓废、悲观、消极、失望的同时，也表现出对人生、命运、生活的强烈欲求和留恋，但这种欲求和留恋在妇德规范的压制下却经常停留在对苦难、悲哀、厄运与失败的沉思默想。

第四章 清代闺秀词的艺术成就

尽管清代闺秀词人的作品大多是狭窄生活空间的狭窄情绪内容的吐诉，且相对男性作家而言，又多缺乏历史的深度和表现的力度，但是，如果因此而一笔抹杀清代闺秀词的艺术成就，那也是不公允的。清代闺秀词人由于生命形态与价值观念的影响，加上承平时期各种伦理规范的严密束缚和文字狱网下男性作家热衷闲适文学的影响，她们在创作上因而多沿袭了以往妇女词题材狭窄、风格单一的传统。但是文人对于闺阁诗词的热心提倡与指导多少又促进了她们成长与发展，使她们不管在词作的体式或题材的选择上相对清前代闺秀词都有着一定的突破。而清初以及清季社会的动荡不安，尤其是 19 世纪中叶起的清代，更是内忧外患，迭遭兵燹，百姓流离失所。此时，多数闺秀词人已不再沉溺于自己的小天地中风花雪月，而是将目光投向了闺外，甚至有志与国家民族的命运同相进退，她们的创作风格也自然呈现出各逞异态的审美趣味。

第一节 不拘一格的体式

词在产生之初，并没有慢词长调这一体式，而主要是一种属于女性化语言形式的令词。其短小而耐人寻味，在表现内容上不追求繁复而只要能表现出事物的闪光点即可，如情丝之一缕、感悟之一念、景物之一角、生活之一片段等，均可“收拾光芒”入其内。且语言形式上参差跳跃的变化，一调多韵的转换更使其能达到一种“发之又必若隐若现，欲露不露，反复缠绵，终不许一语道破”[56]的幽约缠绵的美学效果。因此，许多词人（尤其是花间词人）在运用这一体式抒写女性情致时，尤能细致入微地表现那种曲折幽隐的美感。但进入北宋真宗、仁宗时期，白衣卿相柳永的崛起，率先开创了写作长词慢调的先河，其以铺叙、纵横开合的体式充分展示了作者的才华，抒发了词人的情性。这种以领字开头，理路分明的铺叙语言，无疑为一种属于明晰的、理性化的、有秩序的男性语言，它改变了花间一派小词的婉曲含蓄的女性化语言，也因而博得了众多男性作家的醉心写作。

但小令，以其轻倩灵便，如“亭园一角，无多结构，奇花异石，些少点缀，即生佳致”[57]一直深得女性作家的青睐。纵览宋元明闺秀词家之作，其辞章往往小令多于慢词，因为长调“如建木厦然，其中曲折层次甚多，入手必先惨淡经营，方能从事土木”，[58]而且以长调写豪放之词者，在难于含蕴的情况下，其失败处不免流于粗率质直，而以长调为婉约之词者，在难于含蕴的情况下，其失败处又不免流于贫弱柔靡。因此，对于腕力较弱的女性作家来说，驾驭慢词远比运用小令为难，闺秀词人于是常避重就轻，专意于写作轻倩、清新而空灵的小令。即以宋代杰出女词人李清照与朱淑真为例，其作品中小令明显多于长调，以清代毛先舒《填词名解》中分调标准为定，在李清照的45首词作中，小令为26首，所占比例为57.8%；中调11首，占24.4%；长调8首，仅占17.8%。而朱淑真的31首词作中，小令24首，占据全部作品的77.4%；中调2首，占6.5%；长调5首，占16.1%。入明以后，一些闺秀作家的小令成绩丝毫不逊色于西蜀北宋，而且说到她们所开掘的女性内心世界的新感受，也有前人所未及之处。如《锦囊诗余》作者商景兰，其小令写女性的绮情慧思，笔致灵秀而意境完密。

“人倚阑干如画里，凉波渺渺堪惊。不知春色为谁增？湖光摇荡处，突兀众山横”（《临江仙》）就写得相当精致。但于长调，明代闺秀词人则有力不胜任之憾，即如她们之中的佼佼者顾若璞，也是远避长调，一生专写小令。

但清代闺秀词人中却大有知难而上者，尽管才力的不足易致长调创作入乎平浅，她们仍尝试着大量创作长调慢词。仅以《小檀栾室汇刻百家闺秀词》第六集中的几位女词人为例，即可见她们长调创作的累累硕果（见下表）。

清代闺秀体式一览表

项目 / 数量占比 / 女词人	作品总数	小令	所占比例（%）	中调	所占比例（%）	长调	所占比例（%）
孙云鹤	123	76	61.8	6	4.9	41	33.3
袁绶	113	43	38.1	17	15	53	46.9
谈印梅	37	10	27	2	5.4	25	67.6

在这些闺秀的长调创作中，多选用《齐天乐》《买陂塘》《水龙吟》《念奴娇》等词牌，其中更有闺秀大胆选用生僻之词牌作曲，如《金鞠对芙蓉》《醉翁操》等。女词人顾太清的《醉翁操》（题云林《湖月沁琴图》）即是此类辞章中的典型之作：

悠然，长天。澄渊，渺湖烟。天边、清辉灿灿兮婵娟，有美人兮飞仙。悄无言、攘袖促鸣弦。照垂杨、素蟾影偏。

羡君志在，流水高山。问君此际，心共山闲水闲？云自行而天宽，月自明而露洿，新声和且圆。轻徵徐徐弹，法曲散人间，月明风静秋夜寒。

《醉翁操》本是欧阳修修官滁州知府时，在琅琊山听泉，沈遵往游，以琴写其声而得名。后应崔闲之请，苏轼才始创歌词。但相沿填写的人很少，宋人所作仅五首，且包括苏、辛各一首。这曲词牌词调格式特殊，句子长短参差，短句占十分之九，音繁节促。而太清大胆选用，且一反苏、辛之超旷雄健而以闲淡清曲之新面目出现，词中丰富的想象、优美的神话和灵脱的典故营造了一种“御风蓬叶，泛彼无垠”[59]的超逸境界，足见太清笔力之雄健与才气之勃扬，也可见太清所具有的强烈的开创意识。

尽管太清作为清闺秀词人群中的佼佼者并不具备广泛的代表性，但清代女词人空前热衷于长调创作却是一个不争的事实。这一方面是受了整个清代词坛的影响，清代是一个词学集大成的时代，经历了明词的长期沉寂后，不管在创作理论上，还是对于词谱的修订上，清代词坛都有着丰硕的成果。不像明代词坛，往往对于长调体式准备不足，以致小令特繁而长调衰微。另一方面，清代闺秀词人自身有意识地研习古代经典以及名师的教化，无疑也促使她们有勇气驾驭长调。虽然作品内容难脱贫羌，但清代闺秀词人于词体式选择上的大胆尝试，仍是值得我们为之褒扬的，而她们的这一创举也是不可忽视的。

第二节　相对拓宽的题材

作为一种源于歌筵绣幌的“别是一家”的文体，词极适于“簸风弄月，陶写性情”。[60]因此，历代以来的众多诗词理论家皆以词为“小道”，不能深刻地表现全部丰满的精神内在意蕴，因而也不宜于许多严肃的社会题材。他们把词限定于一个狭小的范围内，并担当起抒写诗歌中甚少表现的缠绵悱恻、排遣不尽的愁情恨意。受以往传统儒家文学观的影响，女性作家尤其中规中矩地遵守着这一美学观，她们将词作题材几乎都困囿于伤春悲秋、离愁别恨当中，或偶有开拓，如李清照乱后诸作，数量也甚为稀少。

但进入清代后，情况却大有改观。清代词坛多数词论家都曾极力推崇尊体，他们在南宋、金、元等词家理论基础上，对词的职能和多方面的社会作用做了更加深入的阐发，将之提高到了与诗文同等的地位上来，并且在实际创作中，他们也的确做到了理论与实践结合，将大量社会题材纳入作品中，如清初浙西派领袖朱彝尊在《红盐词·序》中曾云："善言词者，假闺房儿女子之言，通之于《离》变《雅》之义。"而他的大量词作也确实寄予了强烈的身世家国之感，如《卖花声·雨花台》：

衰柳白门湾，潮打城还。小长干接大长干，歌板酒旗零落尽，剩有渔竿。

秋草六朝寒，花雨空坛。更无人处一凭阑，燕子斜阳来又去，如此江山！

小令借古伤今，意蕴无尽，更被谭献评为"声可裂竹"，岂可以公子佳人之无病呻吟视之？

尊体潮流的涌动，极大地影响了清代闺秀词人的创作。一方面，她们多数仍以词为小道的儒家正统观念看待词体；另一方面，不少人也尝试将闺房之外的题材纳入自己作品中，从而不自觉地拓宽了闺秀词的创作题材。尤其是身处社会变乱之际的闺秀，虽然大多仍沉溺于个人情感、个人天地中自在自得，但对于兵祸连年的社会生活也并非全然缺少关注，在感情表达的深度、厚度和广度上，较宋元之际的女性词作，她们的很多作品均有了相当的发展，如被陈维崧评为"南宋以来，闺房之秀，一人而已"[61]的徐灿。徐灿字湘苹，长洲人。她的词集《拙政园诗余》中很多作品都抒发了故国之思与兴亡之感，寄寓了深厚的爱国主义情怀。其代表作为《踏莎行·初春》：

芳草才芽，梨花未雨，春魂已作天涯絮。晶帘宛转为谁垂？金衣飞上樱桃树。

故国茫茫、扁舟何许？夕阳一片江流去。碧云犹叠旧河山，月痕休到深深处。

或许是有感于这种"故国不堪回首月明中"的家国之恨，谭献甚至认为"兴亡之感，相国愧之"。[62]所谓相国，即徐灿之夫陈之遴，其以明朝进士而出仕新朝弘文馆大学士的举措令徐灿备觉悲苦，国破而所依者却变节出仕，不能不使她感到"春魂已作天涯絮"，也不能不令她"梦里江声和泪咽，洒向、故园流"（《唐多令·感怀》）。正所谓"伤心人别有怀抱"，尽管徐灿言语隐曲，欲说还休，"得温柔敦厚之旨"，[63]但词中仍流泻出她的满腔愁苦沉抑以及沉痛的家国之感。

再如晚清闺秀沈善宝（字湘佩，钱塘人），也是一个不忘国事的闺秀词人。国难当头之时，她常为时事的内忧外患而扼腕叹息。道光十二年（1832）六月二十四日，沈善宝与闺友张缙英联手写下一首充满爱国热情的长调《念奴娇》。其中，张缙英出示的是上半阕：

良辰易误，尽风风雨雨送将春去。兰蕙忍教摧折尽，剩有漫空飞絮。塞雁惊弦，蜀鹃啼血，总是伤心处。已悲衰谢，那堪再听鼙鼓！

沈善宝接下半阕言：

闻说照海妖氛，沿江毒雾，战舰横瓜步；铜炮铁轮虽猛捷，岂少水师强弩？壮士冲冠，书生投笔，谈笑平夷虏！妙高台畔，蛾眉曾佐神武。

整首词上下阕虽出自两手，然而气势贯串，感情一体，读之尤令人热血沸腾。

同样在作品中将国家命运与个人命运紧密联系在一起的女词人还有清初的王朗、顾贞立，晚清的顾太清以及清末的吕碧城、徐自华、马素萍、秋瑾等人，她们的许多词作都交织着深沉的历史感与现实感，这些“直欲压倒须眉”的沉郁之作，均是前代乃至清代众多女性词人所远远不及的。值得一提的是，这些女词人在抒写时事时常爱以吊古为名，从而创制出大量气含骚雅的怀古之作，如沈善宝的《满江红·渡扬子江》：

滚滚银涛，泻不尽、心头热血。想当年，山头擂鼓，是何事业！肘后难悬苏季印，囊中剩有文通笔。数古来、巾帼几英雄？愁难说。

望北固，秋烟碧；指浮玉，秋阳赤。把篷窗倚遍、唾壶击缺。游子征衫搀泪雨，高堂短鬓飞霜雪。问苍苍、生我欲何为？空磨折。

词作抒写了作者渡扬子江时对古代巾帼英雄的感叹，别有一番深意，且“语带风云，殊不似巾帼中人作者”。[64]此外，闺秀凌祉媛的怀古词篇，也大都具有阳刚气血，于克襄在《翠螺阁诗词稿·序》中论及她时曾说：“于怀古诸章，如咏岳武穆、梁红玉等作，感慨淋漓，沉郁顿挫，其议论雄伟，几欲与古人颉颃，非复儿女子之态，安得以寻常闺秀目之？”

清代闺秀平常虽都幽居深闺，但由于家族的迁徙，或随父随夫从宦，或因国事纷乱逃亡，她们中的一些人因此都有过羁旅之苦，在漫长的旅程中，自然而然写下了不少羁旅行役词。如阮恩滦的《浣溪沙·吴江舟次》：

> 江北江南暮霭平，蒙蒙烟树雨初晴，万家灯火隔湖明。
> 风送归云栖断岭，星连寒月带孤城，转帆一刻过松陵。

又如孙云鹤的《临江仙》：

> 回首凤山门外路，夕阳无限云山。黯然行矣几时还。别离从此始，咫尺欲归难。
> 依约高堂同话别，梦回清泪阑干，耳边犹似劝加餐。暗灯风舵响，攲枕水窗寒。

这些作品都萦绕着一股淡淡的乡愁，作者将自己独特的体验复加以女性特有的敏感书之于词，尤能给人一种真实而又细腻之感。

由于闺秀词人队伍的庞大与驳杂，其中往往有一些出自社会底层、深受生活磨难的聪慧女子，如随园弟子汪玉珍以及被人称作“飘飘有凌云气，无娜琐窄纤眠态”[65]的贺双卿等。生活的苦难给予她们太多的无奈与叹息，她们的作品也由此充溢着一片悲苦凄凉之情，那不是那些不事稼穑的大家闺秀词中“为赋新词强说愁”的哀怨，而是一腔在含泪的微笑中缓缓呕出的真情之血。如贺双卿的《孤鸾·病中》：

> 午寒偏准，早疟意初来，碧衫添衬。宿髻慵梳，乱裹帕罗齐鬓，忙中素裙未浣，折痕边断丝双损。玉腕近看如茧，可香腮还嫩。
> 算一生凄楚也拚忍，便化粉成灰，嫁时先忖，锦思花情，敢被爨烟熏尽。东菑却嫌饷缓，冷潮回热潮谁问？归去将棉晒取，又晚炊相近。

如牛负重的无休止的劳作折磨煎熬着才华横溢的女词人，因而也成就了她们的创作。她们对生命的自诉给词的文化规定以新的诠释，以农女贫妇的思想感情构筑起了一片词的新世界。她们作品所达到的艺术效果，正如黄燮清在《国朝词综续编》卷二十二中所说，“作者不自以为词，阅者亦忘其为词，而情真语质，直接《三百篇》之旨。岂非天赖，岂非奇才，乃其所遇之穷，为古才媛所未有。每诵一过，不知涕之何从也”。

尽管大多数闺秀词人出身于世族之家，她们的作品中仍有不少表现社会下层人民生活的辞章，从而于闺情词中又开辟出一片新的天地。如赵友兰的《渔家乐·本意》：

家住桐江临曲渚，富春山色长当户，独棹扁舟傍烟屿，邀伴侣，桃花春水催柔舻。

渔弟渔兄忘尔汝，生成傲骨容狂语。市散归来沽酒煮，长歌处，月明醉脱蓑衣舞。

词写富春江上渔民的深厚友情和卖鱼后的片刻欢乐，充满了清新活泼的生活气息。此外，清代闺秀词人中有的甚至以体育题材入词，别有奇境，开清词坛风气之先，如晚清吕碧城之《玲珑玉》：

谁斗寒姿？正青素、乍试轻盈。飞云溜屧，朔风回舞流霙。羞拟凌波步弱，任长空奔电、恣汝纵横。峥嵘、诧遥峰，时自送迎。

望极山河羃缟，警梅魂初返，鹤梦频惊。悄碾银沙，只飞琼、惯履坚冰。休愁人间途险，有仙掌、为调玉髓，迤逦填平。怅归晚、又谯楼、红灿冻檠。

词前小序云："阿尔伯士雪山，游者多乘雪橇，飞越高山，其疾如风，雅戏也。"作品中词人以问发端，奇境别开，语带清狂又兼有温雅，随后复以家国身世之感巧妙入词，语含凄婉，词人的理想、追求和家国之思凸现于词中。

总之，清代女词人对于词艺的探索涉及了前代女词人许多未曾注意的层面。即使对前代词人所常用的题材，她们往往也更量大面广一些，甚至常有不让须眉之作，如咏物词、山水词等。因此说，清代闺秀词人虽然一方面仍沿袭了前代悲春伤别等旧题材的写作；另一方面她们在词界题材的开拓上却也迈出了可喜的一步，从而使清代闺秀词能在众多清词作品中如一枝独秀，耀人眼目。

第三节　多元取向的作品风格

中国古代的思想文化历来都倾向于向内自省，稳重有序，阴阳和谐。而对于女性，更是以稳重端庄、专心正色的闺阁风范作为对她们的道德要求。在这种思想文化和道德规范的氛围中，中国古代妇女文学基本上体现了一种格调庄重、情感哀婉、节奏舒缓的特点，再加上题材的狭窄，尤其使女性文学总体倾向于单一婉约的风格。因此，胡云翼先生曾感叹道："女性底文学，实在是婉约文学的核心，实在是文学天国里面一个最美丽的花园。"[66]他还认为："中国文学是倾向婉约温柔方面的发展，而婉约温柔的文学又最适宜于妇女的着笔。"[67]

对于词，这一原本女性化的"歌辞之词"，其本身的局限性尤其加深了女性词细腻温柔、缠绵哀婉的特征，从而使婉约深情自然而然成为女性词风格的主流。受这种传统美学观以及女性自身性别的影响，清代闺秀词的创作风格大体上仍体现一种以婉约为主的特色。不过，由于清闺词题材的相对拓宽，在这股婉约主流中渐渐滋长出了一股变化的潜流。首先，最为明显的就是豪放词作的日趋增多。清前各代女词人中，可凭豪放之作而传名的仅有李清照、徐君宝妻等寥寥数人，且豪放词在她们的作品中所占的比重也是极小。但清代闺秀却不然，她们中很多人都有出色的豪放词传世，如吴藻、徐灿、沈善宝、吕碧城、徐自华等人作品中就有不少风格朗健飒爽之作。举其著者为例，如徐自华《满江红·感怀》：

岁月如流，秋又去，壮心未歇。难收拾，这般危局，风潮猛烈。把酒痛谈身后事，举杯试问当头月。奈吴侬、身世太悲凉，伤心切！

亡国恨，终未雪；奴隶性，行看灭。叹江山，已是金瓯残缺。蒿目苍生挥热泪，感怀时事喷心血。愿吾侪，炼石效娲皇，补天阙。

又如陆珊《忆秦娥·题大漠行旅图》：

明驼疾，咸阳古道西风急。西风急，连天衰草，四无人迹。解鞍下骑聊休息，拥裘闲话家山隔。家山隔，天涯梦见，翠楼春色。

再如顾贞立《满江红·楚黄署中闻警》：

仆本恨人，那禁得、悲哉秋气。恰又是，将归送别，登山临水。一派角声烟霭外，数行雁字波光里，试凭高，觅取旧妆楼，谁同倚？

乡梦远，书迢递；人半载，辞家矣。叹吴头楚尾，倏然孤寄。江山空怜商女曲，闺中漫洒神州泪。算缟綦，何必让男儿，天应忌。

这些词作俱深含一种悠长的历史感与沧桑感，虽出笔于闺中娇媛，尤能给人“英雄儿女原无别”（吴藻《金缕曲》）的感觉。艺术上直接苏、辛，充满了男性的气血。此外，顾翎的《金缕曲·题黄仲则先生词稿后即和集中原韵》、宗婉的《百字令·已交冬杪》、黄婉璚的《满庭芳·江楼远眺》等，莫不清劲激扬，慷慨豪放。

当然，如果说中国文学的变迁总不外婉约与豪放两种趋势，则这种概括不免有些粗糙，尤其是词学，非能以婉约与豪放即可区分得明，清代闺阁词风格的多元化，也即可证明这一点。自南宋姜夔首创清虚骚雅，清峭瘦劲的词风以来，众多文人雅士一直偏好于此，但于闺阁，却长期没有知音，正如翁之廉所说：“世鲜能师白石者，求之闺中益鲜。”[68]但在清代，由于浙西词派的影响，闺阁中师法白石者却日渐增多，从而在婉约、豪放之外，闺阁词风又多一清空气格。

浙西词派曾是清代众多流派中流行时间最久，影响最大的词派，其标榜推崇南宋，苏辛姜张，崇尚清空。朱彝尊在《词综·发凡》中就曾宣称：“世人言词，必称北宋。然词至南，始极其工，至宋季而始极其变，姜尧章氏（姜夔）最为杰出。”汪森在《词综·序》中也说：“言情者或失之俚，使事者或失之伉。鄱阳姜夔出，句琢字炼，归于醇雅。”浙西词派中一些代表作家曾坐馆私塾，收授门徒（浙派殿军郭麐就在吴江收授过女弟子），他们在词学上所持的观点无疑如一股清风，吹入了帘幕重重的闺帷之中，以至深深地影响了一大批闺阁才媛的创作。如常熟宗婉，其“落叶敲窗，乱峰锁梦，梦与叶声同坠”（《望湘人·秋意》）；“晕入东风春欲笑，不定香痕如水”（《壶中天·花光》）；“间上高楼独倚，正秋风嫋嫋洞庭波矣”（《望湘人·秋意》）等词，皆得清空之高妙，难怪翁之廉在《梦湘楼词跋》中称其“清练处正得白石师法”。又如仁和孙云凤，其词“清新婉美，在梦窗竹山之间”[69]，以其《疏影·题梁蕉屏表叔抚梅图》为例：

古梅瘦石，似隐栖九里，断无尘迹。枝北枝南，雪后霜前，几度问他消息。沉吟树底摩抄遍，定写入春风仙笔。爱满庭，淡影疏香，能有几人消得。

犹记孤山山下，冻云吹散也。一湖寒碧，渺关林逋，寂寞空亭，何似此中清绝。幽怀尽日忘言坐，共抱却、冬心高洁。想月明，烟冷黄昏，还有翠禽曾识。

作品清旷超逸，不见尘俗之气，而甚有清雅之妙。再如顾太清的《江城子·记梦》：

烟笼寒水月笼沙，泛灵槎，访仙家。一路清溪，双桨破烟划。才过小桥风景变，明月下，见梅花。

梅花万树影交加，山之涯，水之涯。淡宕湖天，韶秀总堪夸。我欲遍游香雪海，惊梦醒，怨啼鸦。

全词以秀丽隽永的格调引人入胜，“得力于周清真，旁参白石之清隽，深稳沉着，不琢不率，极合倚声消息”。[70]

此外，清代闺秀词风格的多元化还表现在其他一些方面，比如生动活泼的闲情词以及飘逸闲雅的题画词，前者如吴藻的《如梦令》：

燕子来随春去，飞到绣帘深处。软语话多时，莫是要和侬住？延伫、延伫，含笑回他：不许！

词写暮春闺情，别具一格，人与春燕相谑，情趣跃然纸上。写法极似辛弃疾的《西江月》“只疑松动要来扶，以手推松曰：去”，但吴藻之词相形之下更多人情味，人美燕也美，趣味盎然，令人不觉莞尔一笑。词中抒情主人公闲适的心态，一如李清照之“知否？知否？应是绿肥红瘦”（《如梦令》），给人一种轻松惬意之感。至于闺阁题画词，清前并不多见，而清闺秀多以此新颖题材入，也可见她们于闺词题材开拓上的成就，如沈蕊的《霜叶飞》（题介甫《霜林觅句图》）：

万山秋老，西风紧，冷枫红入幽窅。白云出岫本无心，有寻秋人到。怅千里、江南路杳，断霞残锦知多少？正树影翻鸦，更雁带寒声，夕阳斜挂林杪。

相对飞瀑流泉，素怀似洗，一襟诗思清妙，身如野鹤自飘然，任高歌长啸。见几处、淡烟衰草，乱蛩啼遍停车道。待策杖归来，十幅吟笺，体教闲了。

作品以清新流畅的笔墨，勾画出一幅深远幽邃的秋景图和一个飘然脱俗的处士形象，深具“情中景，景中情”“妙合无垠”之巧。

第四节　自然朴实的创作特点

一般说来，词常作为男性眼中女性风致的载体，那么由女性本身来抒写时，较之于男性文人，则她们在表达抒情主人公深层次的感情方面要更胜一筹。她们不必像男性文人一样刻意营造一种氛围去烘托抒情人物，也无须专意于用事以填充作品分量，而只须直视灵台，直抒胸臆，将自身形象、自我情感直接外化于抒情形象身上，便可更真更美地表现她们的内心情感世界。

作为弱者和“主观诗人”，闺阁词人大多有着天真的情怀和先天的敏感与脆弱。“她们的感情往往如流水之一泻千里。对一切事物，她们都但以纯情感受，无反省、无节制、无考虑、无计较。”[71]因而她们的创作也正如古人所云：“诗者，持也，持人情性。”[72]她们以心写诗，用情填词，作品中“但见性情，不睹文字”。[73]这方面最杰出的代表，便是著名词人李清照，她以女性独有的敏感和细腻形成了自己鲜明的艺术特色，从而卓然独立于两宋词坛，成为南北宋之交的词作大家。她这种以生动形象、具体情感而又最浅近通俗的文字去披露自己的内心世界，表达自己丰富深刻的思想感受的创作风格，便是广为后世所称誉的“易安体”。

李清照的出现对于清代闺秀词人来说是幸运的，她们有幸有了可供师法的榜样、可供参照的目标。再加上乾嘉时期诗坛泰斗袁枚广收女弟子，而性灵派中的许多成员与闺中才媛又存有千丝万缕的联系，如性灵派孙原湘即才女席佩兰之夫。因此，性灵诗说不免成为闺秀们创作的圭臬，使她们在创作时常常能不假雕琢，直出机杼，正因如此，她们作品的自然清新远非寻常腐儒中沾沾于格律声调、拾古人唾余者可比。

袁枚曾于《小仓山房文集·答蕺园论诗书》中道：“诗者由情生者也。有必不可解之情，而后有必不可朽之诗。”又说：“天性多情句自工。”[74]对于读书相对较少、腕力也较弱的女词人来说，以性灵出而入乎平白晓畅之词间实是她们所长，即使少于诗书之教，有真情实感与清妙灵机，也可从容为词，正如嘉庆元年（1796）吴江邱睿序其妻许琼思的《宛怀韵语》中所说：“故其诗真，由其情真，其性真，未始有诗，未始知有诗，汩汩然来，故不必能诗，而为能诗者之所必不能。不识今古，遑论源流？不计工拙，遑问正变？此真《三百篇》之性情自然流出也；此真不学而能之，能不虑而知，无不知爱，无不知敬之出也。”所谓：“诗不成于人，而成其于其人之天。其人之天有诗，脱口能吟；其人之天无诗，虽吟而不如其无吟。”[75]闺秀词人以其不多阅世而无损于其赤子之心的真性情，复加以兰心蕙质妙化为词，实是寻常以格调、肌理取胜之人所远远不及的。《随园诗话》卷九说：“王西庄光禄为人作序云：‘所谓诗人者，非必能吟诗也。果能胸境超脱，相对温雅，虽一字不识，其诗人矣。如其胸境齷齪，相对尘俗，虽终日咬文嚼字，连篇累牍，乃非诗人矣。’余爱其言，深有得于诗之先者。”随园先生强调的即是诗人必须“胸境超脱”，对于那些追名逐利的“齷齪”“尘俗”小人，即使他“终日咬文嚼字，连篇累牍”，也失之风雅。而闺阁中人，因为无男性追求功利的烦累，她们始终都保持有一颗纯情的“赤子之心”。因此，她们的作品即使明白如话，也能以其自然清新与情浓意真而成其为天籁之作。如无锡浦映渌的《竹枝词·采莲》：

荷叶田田水满矶，荡舟惊湿女儿衣。阿侬今夜浑忘却，唤取西风送月归。
半溪柳色碧于烟，叶叶低枝绾钓船。歧路忽忘羞借问，且随蝴蝶过花前。

作品以朴实的语言勾勒出明朗、欢快的妙境，使蓬勃的生气和盎然的情趣扑面而来，甚得李清照直抒胸臆、如实描画之法。又如顾太清的《迎春乐》：

东风近日来多少？早又见蜂儿了。纸鸢几朵浮天杪，点染出晴如扫。
暖处有星星细草，看群儿缘阶寻绕。采采茵陈芣苢，提个篮儿小。

词作自然雅致，为女儿家所独有，且一去雕饰，确为“性情所流露者也”。[76]

当然，说清闺秀词崇尚自然，并非指其不重形式美。她们除了在作品中独抒性灵，也常在表现手法上下功夫，包括角度的翻新、层次的递进以及意蕴的转换等。尤其在叠字的运用上，她们更是翻新出奇，大有与李清照齐肩较胜之势。如贺双卿的《凤凰台上忆吹箫》：

寸寸微云，丝丝残照，有无明灭难消。正断魂魂断，闪闪摇摇。望望山山水水，人去去，隐隐迢迢。从今后，酸酸楚楚，只似今宵。

青遥、问天不应，看小小双卿，袅袅无聊。更见谁谁见，谁痛花娇。谁望欢欢喜喜，偷素粉，写写描描。谁还管，生生世世，夜夜朝朝。

《白雨斋词话》卷五评曰：“其情哀，其词苦，用字至二十余叠，亦可谓广大神通矣！

易安见之，亦当避席。”卷七又曰：“寻寻觅觅，冷冷清清，凄凄惨惨戚戚，易安隽句也。……乔梦符效之，丑态百出矣！然如双卿《凤凰台上忆吹箫》一阕，叠至四五十字，而适以变化，不见疵迹。长袖善舞，谁谓今人不逮古人?”此外，如徐灿《感怀》、赵我佩《秋声仿竹山》、许德萍《秋情》等词，也都为叠字运用出色者，且风格多样，各有特色。由此可见，清代闺秀词人不独于创作上追求自然朴实，于表现手法上也是争奇斗胜，表现出相当的创造精神。

注释：

[1] 孙康宜：《改写文学史：妇女诗歌的经典化》，见《读书》1997年第2期第11页。

[2] 田艺蘅：《诗女史·序》，明嘉靖年间刊本。

[3] 邹漪：《红焦集·序》，清初精刊本。

[4] 花茵上人：《青楼韵语·题词》，见〔明〕张梦征辑《青楼韵语》，万历四十四年丙辰（1616）刊本。

[5] 徐芳：《柳夫人小传》，载张潮《虞初新志》卷五。

[6] 倪鸿：《桐阴清话》，转引自施淑仪：《清代闺阁诗人征略》，上海书店1987年版，第309-310页。

[7] 徐达源：《（吴琼仙）行状》。

[8] 林佩环：《外子为予写照得其神似诗以记之》：“羡君笔底有烟霞，自拔金钗付酒家。修到人间才子妇，不辞清瘦似梅花。”

[9] 见施淑仪：《清代闺阁诗人征略》，上海书店1987年版，第389页。

[10] 恽珠：《国朝闺秀正始集》弁言，道光十一年（1831）红香馆刊本。

[11] [12] 汤显祖：《牡丹亭》第三出。

[13] 梁乙真：《中国妇女文学史纲》，上海书店1990年版，第374页。

[14] 支如增：《女中七才子兰咳集·序》，见周之标选辑：《女中七才子兰咳集》，康熙间刊本。

[15] 孙云凤：《和随园夫子（留别杭州）》。

[16] 原思，字子思，又名原宪，孔门弟子，传说篷户褐衣蔬食，不减其乐。后来诗文里多用以泛指贫士。

[17] 梁乙真：《中国妇女文学史纲》，上海书店1990年版，第408页。

[18] 冼玉清：《广东女子艺文考·序》曰：“作者（闺秀，引者注）成名，大抵有赖

于三。其一名父之女，少禀庭训，有父兄为之提倡，则成就自易。其二才士之妻，闺房倡和，有夫婿为之点缀，则声气易通。其三令子之母，侪辈所尊，有后嗣为之表扬，则流誉自广。”

[19] 钱泳辑：《兰林集》，抄本。

[20] 见施淑仪：《清代闺阁诗人征略》，上海书店1987年版，第389–390页。

[21] 阮元：《两浙輶轩录》。

[22] 刘琬怀：《补栏词·序》，见施淑仪：《清代闺阁诗人征略》，上海书店1987年版，第293页。

[23] 钱谦益：《列朝诗集小传》闰集。

[24] 吴晗：《江浙藏书家史略》。

[25] 楼钥：《攻媿集》卷六三《代通苏通判师德启》。

[26] 郑元佑：《侨吴录》附录。

[27] 康熙：《示江南大小诸吏》，见同治《苏州府志》卷首，光绪八年江苏书院刊本。

[28] 洪迈：《容斋随笔》。

[29] 朱熹：《道命录》卷八。

[30] 参见王瑞芳：《中国历代才女小传》，浙江文艺出版社1984年版，第318页。

[31] 丹纳：《艺术哲学》，人民文学出版社1963年版，第136页。

[32] 丹纳：《艺术哲学》，人民文学出版社1963年版，第137页。

[33] 鲍之蕙：《祝随园先生八十寿同舸斋联句》。

[34] 参见施淑仪：《清代闺阁诗人征略》，上海书店1987年版，第352页。

[35] 况周颐：《蕙风词话》。

[36] 王灼：《碧鸡漫志》。

[37] 吕坤：《闺范》。

[38] 章学诚：《丁巳札记》。

[39] 章学诚：《文史通义·妇学》。

[40] 徐达源：《（吴琼仙）行状》。

[41] 袁枚：《（金逸）墓志铭》。

[42]〔明〕郦琥：《彤管遗编·序》，明隆庆元年丁卯（1567）刊本。

[43] 参见［美］苏珊·格里芳：《自然女性》，湖南人民出版社1988年版，第

19 页。

［44］《论语·阳货》。

［45］《礼仪》。

［46］《大戴礼记·易本命》。

［47］［德］黑格尔：《美学》第 2 卷，商务印书馆 1979 年版，第 327 页。

［48］夏子阳：《陆贞女传》，见施淑仪：《清代闺阁诗人征略》，上海书店 1987 年版，第 580 页。

［49］见胡文楷：《历代妇女著作考》，上海古籍出版社 1985 年版，第 472 页。

［50］王英志：《清代闺秀诗话丛刊》，凤凰出版社 2010 年版，第 7 页。

［51］严迪昌：《清词史》，江苏古籍出版社 1990 年版，第 600 页。

［52］张杰：《试论中国当代职业女性独立人格的追求》，见《学习与探索》1994 年第 2 期，第 74 页。

［53］冯友兰：《新原人》，见冯友兰：《三松堂全集》第 4 卷，河南人民出版社 1986 年版，第 570 页。

［54］戴鑑：《国朝闺秀香咳集·序》，见许夔原纂辑：《国朝闺秀香咳集》，光绪间申报馆聚珍版本。

［55］卓文君：《白头吟》。

［56］陈廷焯：《白南斋词话》。

［57］蔡嵩云：《柯亭词论》。

［58］蔡嵩云：《柯亭词论》。

［59］司空图：《诗品》。

［60］张炎：《词源》。

［61］陈维崧：《妇人集》。

［62］谭献：《箧中词》。

［63］陈之遴：《拙政园诗余·序》，见徐灿：《抛政园诗余》，清嘉庆八年（1803）吴氏拜经楼刊本。

［64］郭麐：《灵芬馆词话》。

［65］史震林：《西青散记》第 2 卷，清朝三余堂刻本。

［66］［67］胡云翼：《中国妇女与文学》，转引自谭正璧：《中国女性文学史话》，百花文艺出版社 1984 年版，第 16-17 页。

［68］翁之廉：《梦湘楼词·跋》，见宗婉：《梦湘楼词》，清光绪六年（1880）常熟宗

氏刊本。

[69] 郭麐：《湘筠馆词·序》，见孙云凤：《湘筠馆词》，清嘉庆十九年（1814）杭州爱日轩刊本。

[70] 况周颐：《东海渔歌·序》，民国甲寅年西泠印社活字本。

[71] 叶嘉莹：《迦陵论词丛稿》，河北教育出版社 1997 年版，第 40 页。

[72] 刘勰：《文心雕龙·明诗》。

[73] 皎然：《诗式·重意诗例》。

[74]《小仓山房诗集·读白太傅集三首》，见袁枚：《小仓山房诗文集》，上海古籍出版社 1988 年版。

[75]《小仓山房诗集·何南园诗序》，见袁枚：《小仓山房诗文集》，上海古籍出版社 1988 年版。

[76] 袁枚：《随园诗话》，人民文学出版社 1982 年版。

第五章　清代闺秀诗词集刊

中国古代女性文学创作，自先秦《诗经》中的女性作者开始，代有人传，而尤以清代发展迅猛。据胡文楷《历代妇女著作考》不完全著录，清代女诗人就有3500余家人，占中国古代女性作家的90%以上，创作队伍甚是宏大。这种创作的繁荣不仅反映在闺秀诗词作品上，还反映在清代“闺秀诗话”和“闺秀词话”中。这些诗话和词话，并不是指诗词鉴赏、诗词批评的女性著作，而是指记载、反映清代女性诗词创作的著作。

第一节　清代闺秀诗话

清代闺秀诗话目录现知有30种左右（据蒋寅考先生考证）。王英志主编校点的《清代闺秀诗话丛刊》也网罗了《妇人集》《袁枚闺秀诗话》（新编）、《名媛诗话》《闺秀诗话》《闺秀诗评》《闺秀词话》《闽川闺秀诗话》《闽川闺秀诗话续编》《燃脂余韵》《青楼诗话》《香奁诗话》等14种著作，比较全面、完整地保留了清代闺秀诗话的精华和大致风貌。其作者既有男性，也有女性，女性闺秀诗话以沈善宝《名媛诗话》15卷为代表，还有陈芸著、陈荭注《小黛轩论诗诗》2卷，施淑仪《清代闺阁诗人征略》10卷、补遗一卷等。

一、沈善宝与《名媛诗话》

沈善宝《名媛诗话》不可多得。作者沈善宝（1808—1862），字湘佩，号西湖散人，浙江钱塘人，清代女诗人，为清道光咸丰年间（1821—1861）女性文坛领袖。她出身官宦之家，自幼受过良好的教育，后家道中落，一度以书画为生，与众多闺中名媛交游结社。沈善宝尤其珍惜和闺秀们的诗社情缘，其见自南宋以来的各家诗话中虽多载闺秀诗，但均过于简略，且有感于闺秀传诗之不易。于道光二十二年（1842）春，假闺秀诗文各集并诸闺友投赠之作开始编撰《名媛诗话》，潜心14年至道光二十六年（1846）冬落成11卷，又辑题壁、方外、乩仙、朝鲜诸作为末卷，共成 12 卷。之后，又陆续补充续集上中下 3 卷，最终成 15 卷。

《名媛诗话》是一部以反映清代才女生平事迹及其文学创作情形为主的文献著作。纪事上涉唐、宋，下至咸丰中叶，重点介绍道光咸丰年间的女诗人，共载录才女约 716 位，以江南（包括江苏、上海、浙江、安徽）为主，又兼顾华北、华中、华南、西南、东北、西北等地的女诗人。大体说来，卷一至卷五主要记录顺治至嘉庆前期的才女；卷六至卷十一记录嘉庆后期至道光后期的才女；卷十二辑录方外、乩仙、朝鲜才女等所谓边缘人物；续集上中下三卷则补记前述才女之间的交游活动。《诗话》对清代女性诗坛尤其是清代中后期女诗人的创作活动及其家庭生活、交游、教育等状况，展开了较为全面、广泛的记录与描述，具有自撰的原创性质。其内容虽然也是以选录诗词佳作为主，但又常有评点，间或也表达自己的诗学观念，具有女性独特的视角与体验。

《诗话》选录的作品，各家篇数不一，或取数首，或仅存佳句，大多在一两首；体裁除诗歌尚有不少词、文和赋，其中序文（赋）颇多，往往详细记载了写作缘由；内容则多描写女性个体生活的作品，也收录了不少闺阁之“别调”，如毗陵钱孟钿的《潼关怀古》《昆明池怀古》（卷三）等，这些作品在内容和风格上对闺阁诗常见模式都有较大突破。《诗话》记人录事选文还多有连带展开或相互比较，如：卷一益阳郭纯贞、四川富顺刘氏“二人遇乱同，贞烈同，而诗体又同”。由此可见善宝选诗眼光之独到与编撰功力之深厚。总的说来，《诗话》为中国女性文学史保留了许多珍贵的女性生活和文学活动片段，对传播和弘扬女性文学具有重要的价值。

二、陈芸与《小黛轩论诗诗》

《小黛轩论诗诗》作者陈芸，字芸仙，号淑宜，自称“道山女子”。清末侯官（今福建福州）人。生于光绪十一年（1885），宣统三年（1911）卒于北京，终年 27 岁。伯父陈季同与父亲陈寿彭同为晚清洋务运动的积极参与者，曾游学或出使东西洋诸国。母亲薛绍徽，晚清著名女学士、翻译家，随丈夫陈寿彭游历了上海、南京、杭州、宁波、广州、香港、天津、北京等地，见闻日广，著述颇丰，著有《黛韵楼遗集》，诗、词、文、画皆工，代表作有《秦淮赋》等；陈芸从小深受母亲薛绍徽的影响。她 5 岁开始读四书五经，聪颖善记，所读书凡阅后一两遍即能一字不差地默诵出来。然“情深不寿，慧极必伤”，15 岁后长达 12 年的孝伺病母并不能挽留母亲的病逝，陈芸最终在薛绍徽死后 40 多天也一缕香魂随风而逝。

薛绍徽在病中时曾想编《女文苑传》，陈芸协助母亲收集整理了不少相关资料。后为了给病中的薛绍徽解闷，陈芸开始在父母的支持下，或寻购或抄写，搜罗了600多种清朝女性文集，又参以“各家征载可名者，杂比成章，谓为论诗诗”221首，共涉及有清一朝女性文人千余人。这221首“论诗诗”，分为卷上、卷下。上卷100首，下卷121首，皆为七言绝句体。每首每句或巧妙地嵌入所论诗人的名号，或隐有所论诗文的名目，或夹有所论诗人的诗句。每首论诗诗完成后，陈芸就让妹妹陈荭做注，并论于病母榻前为博之一笑。因此，每首论诗诗之后，都有小字注文，对该诗所论诗人的籍贯、身世及其诗文集甚至“遗事佳编妙句”等进行详细的注解说明。

薛绍徽和陈芸母女相继病逝后，值辛亥革命，一直到1914年闰五月，薛绍徽和陈芸的遗作终于家刻出版。陈芸遗集两册，分别为《小黛轩诗集》和《小黛轩论诗诗》，附刻在薛绍徽的《黛韵楼遗集》四册后。诸多原因，《小黛轩诗集》和《小黛轩论诗诗》迄今未经点校出版。不管如何，《小黛轩论诗诗》对清代妇女史、妇女文学史的研究都具有弥足珍贵的参考价值。

三、恽珠与《国朝闺秀正始集》

《国朝闺秀正始集》是刊刻于道光年间的一部女性诗歌总集，该书主要选录了清初至道光年间女性诗人的创作，所选诗人所涉地域颇为广泛，作品数量众多，时间跨度近200年，且基本保存了所选诗人的生平家世，对于后人了解清代女性诗歌创作面貌，具有非常重要的文献价值和文学意义。

作者恽珠（1771—1833），江苏阳湖人，以长子麟庆晋封为一品太夫人。少女时代的恽珠有感于“闺中传作较鲜”（《正始集·弁言》），便开始留心抄录各名媛闺秀作品集。婚后，恽珠恪尽妇道，虽忙于家庭内务，但仍断断续续地继续此事。直到嘉庆丙戌（1826）冬，在长子麟庆的帮助下，恽珠终于完成了清代闺秀诗作的收集工作，共得清代闺秀诗3000多首。其后，年过半百的恽珠又一一批读点定，仅留存过半，终稿时正文留得1563首选诗，共计20卷，另有附录一卷，选诗81首；补遗一卷，选诗92首。共计选诗1736首，涉及闺秀诗人共计933人。书末有23名闺秀题词，共计46首。道光十一年（1831），《国朝闺秀正始集》正式付梓，由汴省龙文斋印刷装订成书。历时数十年。

道光十三年（1833）夏，恽珠逝于汴梁官舍。临终前，她将自己未能完成的续编《正始集》的事业托付给了她的孙女妙莲保，自言如能竟其事，则“吾死无憾”。根据妙莲保的记述，《续集》收录恽珠手订诗作10卷及附录一卷，共计选诗919首，涉及女诗人

459 人；妙莲保之母又辑补遗一卷，涉及女诗人 134 人，选诗 310 首。书末附录《挽词》一册，有潘素心、恽湘、汪端等在内共 15 名闺阁诗人题词哀悼。道光十六年（1836），《闺秀正始续集》正式付梓，姑苏吴青霞斋局刻。

恽珠出身于江南望族，身嫁满洲贵族，养成名臣令子，最终成就为“女中之儒”。她借助自己这种特殊的身份完成了流芳千古的闺秀总集《正始集》及续集与《兰闺宝录》的编撰，前者是女性编撰的清代闺秀诗歌总集，在女性文学发展史上具有独一无二的地位，后者也被誉为“中国第一部由妇女写的妇女史”。

《正始集》的编撰宗旨遵循的是“温柔敦厚”的诗教观。首先，在传统诗教观与女性诗学观的认识上，恽珠选诗主要为女子学诗正名，肯定女子学诗的正当性与合理性。同时垂范读者，表现其选诗的道德教化意识。其次，在选诗对象上推尊“雅正”。其对诗人的社会身份进行了严格限定，强调其身份的纯洁与品性的贤淑。同时对闺阁诗作进行以“雅正”为原则的慎重筛选，刻意避免对才情的过分推崇，这与当时正统格调派代表诗人沈德潜的观点完全一致。

一言以蔽之，《正始集》的编选旨趣完全遵循社会传统价值标准，强调女性的德行高于才情，但又不墨守成规，而是代之以辩证的眼光，尽力为女性争得诗坛的一席之地，并在编选过程中采取既坚持原则又灵活机动的策略，从而体现出编者宽宏大度、不拘一格的思想与胸襟。

四、施淑仪与《清代闺阁诗人征略》

胡文楷在《历代妇女著作考》第十条凡例中说：“古代妇女著作，记载极少，翻检群籍，搜罗资料，至为不易。为求读者之便，故自汉至明，叙述较详。清代作者，已有施淑仪《清代闺阁诗人征略》，足资参考。”[1]由此可知，施淑仪之《清代闺阁诗人征略》基本上反映了清代闺秀诗人的全貌，在清代女性文学研究史上具有极为重要的地位。

施淑仪（1877—?），自号学诗，清末民初江苏崇明人。其父稚桐先生是光绪年间进士，长期在外做官。施淑仪幼年即毕读四子书、《诗经》《烈女传》等，稍长旁涉群书，自习吟咏，少有诗名。22 岁嫁与崇明庙镇蔡南平为妻，夫妇琴瑟静好。然南平先生早逝，淑仪所生二男俱早殇。中晚年后，施体弱多病，大约 1945 年去世。淑仪一生坎坷，“一以胸臆中抑塞无俚凄清激楚之情，罄写之于诗”，著有《湘痕吟草》《冰魂阁诗存》《清代闺阁诗人征略》《随园女弟子轶闻》，被称为“百余年来崇邑闺媛之能以文采表见于世者”“首屈一指”的第一人。[2]

《清代闺阁诗人征略》辑录了“清代自顺治至光绪一千二百六十余名女诗人的姓名、里居、著述、事迹等有关材料，内容偏重于文艺方面，凡属诗文、词赋、书画等有一艺专长的都予采录，而以事迹为主。所录资料都注明出处，辑者还间加按语，补充遗闻轶事，或间以议论，抒发自己的见解。大致以诗人生存年代先后次序编排”。[3]起于沈云英，止于秋瑾，“成书八卷，用力十年”。[4]王英志在《清代闺秀诗话丛刊》中认为：“实屡经删订，终编十卷也。”[5]在编撰对象上，书中凡例说“是编以事为主，与选诗不同，凡见其诗而未见其事迹者，姑从缺”。这种“以事存人”的编纂原则，使其叙事生动细致，并且大多能勾画出比较饱满的人物形象。在此编纂原则下，书中人物不是冷冰冰的没有生命的化石古董，而是有血有肉的有生命的载体，读者可以感受到她们的一颦一笑，可以体会到她们的喜怒哀乐。由此说明《征略》与前代所辑女性诗集相比更有文学史的性质和价值。

《征略》在编撰上还有严格的时间结构，全书共计10卷，补遗1卷，均按时间先后顺序依次排列。其中卷一著录明清易代之际女诗人87人，卷二著录清初顺治、康熙年间女诗人141人，卷三著录清初康熙、雍正年间女诗人118人，卷四著录清初雍正至盛清乾隆年间女诗人143人，卷五、卷六、卷七著录盛清乾隆年间女诗人323人，卷八著录盛清乾隆末年至晚清道光间女诗人164人，卷九、卷十著录晚清道光至光绪年间女诗人183人。补遗1卷中录有的女诗人102人，也均按从清初到晚清的时间顺序排列。这种严格的纵向时间编纂结构，可以让读者纵向地厘清清代女子诗歌的发展走势与流程，清晰地把握全清一代女子诗史替兴革变的基本轮廓。

《征略》还特别注重以血亲、师友关系为支撑点来安排内容的编纂。在按时间顺序排列的同时，又常常将同一家族或同一诗学师友体系的诗人综合在一起。如书中卷二，此卷所收大多为清初顺治到康熙年间的女诗人。卷内诗人排列也按时间先后为序。但编者又打乱局部的时间顺序，将这一阶段清代女子诗坛著名的“蕉园七子”集中在一起。这种集中纂辑，如实地反映了“蕉园七子”结社吟诗的文学现象，也真实地再现了清初女子诗坛的风貌。

《征略》编纂的另一重大特色，就是在著录清代女诗人时自己撰写的文字不多，而是通过辑录大量总集、别集、选集、诗话、词话、笔记、别史、方志等有关研究资料来展示清代女诗人的生平事迹与诗学风采。每著录一位女诗人，常常援引多方面的文献材料来描述其生平，评述其诗歌创作特质与成就，且所录文献均注明出处，以备读者查证。在体例上，根据上海书店1987年影印本《清代闺阁诗人征略》，全书依次分为序（易顺鼎作）、凡例、目录、正文一至十卷、传（陈崇作）和附录（孙景谢作）、补遗目录、补遗一卷、四角号码人名索引，可见全书结构之完整精严。

由于体例的严谨，《征略》中收录的绝大部分女性都是真实可靠的，书中记载的大部分女性都有翔实的地域来源，加之信息确凿可靠，能较好地反映清代女性文人的地域特征和生活全貌。

总之，作为一部保存历史资料的文献类书籍，《征略》是迄今为止诸多清代女子文学研究书籍中用力最勤，编纂最为科学、精审的著作之一，堪称清代女子文学研究的经典文献。

第二节　清代闺秀词话

在中国古代文学史上，词的发展历经千年，但在清代以前，词坛基本上是男人一统天下，女词人寥若晨星。而有清一代的大批扫眉才子加入文学艺术的创作大军后，女性词的发展也开始大放异彩。其作品数量之繁多，创作群体之庞大，都堪称盛况空前。其中不乏徐灿、吴藻、顾太清、吕碧城这样堪与易安比肩的名家。各类闺秀词集也层出不穷，总集《众香词》、选集《林下词选》、评论闺秀词的《闺秀词话》等相继问世。光绪年间南陵徐乃昌的《小檀栾室汇刻闺秀词》更是囊括了整个清代著名的闺秀词家。

《小檀栾室汇刻闺秀词》刊于光绪二十一年至二十二年（1895—1896），收录闺秀词人百家（除第十集所收沈宜修、叶纨纨、叶小鸾为明代词人，其余 97 人皆为清代词人），词集 102 种（其中吴藻、许德蘋分别收录两种词集）。前有王鹏运、况周颐、金武祥序，王以敏题词。又复辑“词之丛残不成集者”合为《闺秀词钞》十六卷，补遗一卷，刊刻于宣统元年（1909）。得词人 521 人，词作 1591 首[1]。全清著名的闺秀词人作品基本尽收其中。

《小檀栾室汇刻闺秀词》全书分为 10 集，每集分为 10 种，共 20 册。第一册包括杨芸《琴清阁词》一卷、李佩金《生香馆词》一卷、顾翎《茝香词》一卷、孙荪意《衍波词》一卷、沈善宝《鸿雪楼词》一卷、曹慎仪《玉雨词》一卷、梁德绳《古春轩词》一卷、王倩《洞箫楼词》一卷、归懋仪《听雪词》一卷、杨继端《古雪诗余》一卷。第二册包括徐灿《拙政园诗余》一卷、钟韫《梅花园诗余》一卷、葛宜《玉窗诗余》一卷、苏穆《贮素楼词》一卷、江瑛《绿月楼词》一卷、周诒蘩《静一斋诗余》一卷、周翼杶《冷香斋诗余》一卷、宗婉《梦湘楼词》一卷、钱念生《绣余词》一卷、翁端恩《簪花阁诗余》

一卷。第三册包括顾贞立《栖香阁词》一卷、张令仪《蠹窗诗余》一卷、薛琼《绛雪词》一卷、沈纕《浣纱词》一卷、江珠《青藜阁词》一卷、赵我佩《碧桃馆词》一卷、沈榛《松籁阁诗余》一卷、蒋纫兰《鲜洁亭诗余》一卷、赵友兰《澹音阁词》一卷、陈嘉《写麋楼词》一卷。第四册包括庄盘珠《秋水轩词》一卷、钱斐仲《雨花庵诗余》一卷、关锳《梦影楼词》一卷、张绷英《纬青词》一卷、张缙英《澹菊轩词》一卷、许德蘋《和漱玉词》和《涧南词》各一卷、赵棻《滤月轩诗余》一卷、萧恒贞《月楼琴语》一卷、陆倩《倩影楼遗词》一卷、吴尚熹《写韵楼词》一卷。第五册包括吴藻《花帘词》和《香南雪北词》各一卷、吕采芝《秋笳词》一卷、陆珊《闻妙香室词》一卷、席佩兰《长春阁诗余》一卷、唐韫贞《秋瘦阁词》一卷、钱湘《绿梦轩遗词》一卷、陈珍瑶《赋燕楼词》一卷、陆蓉佩《光霁楼词》一卷、凌祉媛《翠螺阁词》一卷、濮文绮《弹绿词》一卷。第六册包括孙云鹤《听雨楼词》二卷、袁绶《瑶花阁词》一卷补遗一卷、谈印梅《九嶷仙馆词》一卷、朱玙《金粟词》一卷、熊涟《澹仙词》四卷、方彦珍《有诚堂诗余》一卷、殷秉玑《玉箫词》一卷、高佩华《芷衫诗余》一卷、陶淑《菊篱词》一卷、储慧《哦月楼诗存》一卷。第七册包括吴绡《啸雪庵诗余》一卷、徐元端《绣闲词》一卷、鲍之芬《三秀斋词》一卷、王贞仪《德风亭词》一卷、左锡璇《碧梧红蕉馆词》一卷、郑兰孙《莲因室词》一卷、阮恩滦《慈晖馆词》一卷、汪淑娟《昙花词》一卷、邓瑜《蕉窗词》一卷。第八册包括商景兰《锦囊诗余》一卷、葛秀英《澹香楼词》一卷、刘琬怀《补栏词》一卷、张玉珍《晚香居词》一卷、许淑慧《瘦吟词》一卷、钱孟钿《浣青诗余》一卷、黄婉璚《茶香阁词》一卷、许诵珠《雯窗瘦影词》一卷、俞绣孙《慧福楼词》一卷。第九册包括朱中楣《镜阁新声》一卷、钱凤纶《古香楼词》一卷、钟筠《黎云榭词》一卷、孙云凤《湘筠馆词》一卷、屈秉筠《韫玉楼词》一卷、季兰韵《楚畹阁诗余》一卷、曹景芝《寿研山房词》一卷、屈慧纕《含青阁诗余》一卷、俞庆曾《绣墨轩词》一卷、李道清《饮露词》一卷。第十册包括沈宜修《鹂吹词》一卷、叶纨纨《芳雪轩词》一卷、叶小鸾《疏香阁词》一卷、贺双卿《雪压轩词》一卷、张友书《倚云阁词》一卷、孙莹培《翠薇仙馆词》一卷、吴小姑《睡绒词一卷》、缪珠荪《霞珍词》一卷、沈鹊应《崦楼词》一卷、李慎溶《花影吹笙室词》一卷。

清代闺秀词人辈出，词集因此大量刊行，而正如吴熊和所说："词集的命运，散刻则易佚，汇刻则易存，因此词集汇刻，就保存文献而言，历来受到重视。"[2] 徐乃昌的《小檀栾室汇刻闺秀词》汇刻闺秀词达百家之多，一方面反映了清代闺秀词的繁荣，另一方面亦可让后人从中了解清代闺秀词人及词作的总貌，具有重要的文献价值。

除此之外，清末雷瑨、雷瑊所辑的《闺秀词话》亦是一部采掇完备、资料翔实的文献著作。《闺秀词话》成书于清末民初，出版于1916年上海扫叶山房。辑录了大量闺阁词人生平及词作，全书四卷共196条，所录女词人总数逾180位，其中有名噪一时的世家闺秀，也有一些不知姓名、生平者，甚至侍妾、婢女、农妇之流亦杂于其中。该书中被选录的闺秀自宋至清兼而有之，但以清代为最，所占人数十之八九。与以往记载或评论闺秀作品不同的是，《闺秀词话》夹杂了大量对作者生平事迹、作品情况、创作活动的简述以及对所辑人物、作品的评论，甚至有涉及旧时风俗、地理沿革等的描述。这些内容，似乎是将野史、笔记、小说、序跋题记以及词话专论、词集原著等涵盖的诸多内容加以整理融合所得的，虽从体制上看略显杂乱而且缺乏系统的编排，却并不影响读者的阅读，反而为世人提供了大量丰富的时代信息。

根据雷瑨、雷瑊《闺秀诗话·自序》可知，之所以二人会动手归纳辑录这些闺秀作品，皆因作者雷瑨病足，"郁伊无聊"，一时性起，方与胞弟雷瑊"以别纸"记录下诗集、词集、笔记中有关闺秀创作的内容，"以消永昼"。后来渐感"名闺著述渺焉难求"，实乃"艺林之憾事"，于是转而有意辑录，并发动"四方朋好"提供资料，不在乎资料多寡，为令那些闺秀的锦绣文词得以流传后世，不致"荡为云烟"。

二雷所辑《闺秀词话》，多因"人"而记。所记之人，如名媛闺秀之流，或才德俱佳，或才博早慧，或性行特出，或家人得力……均有其人之长处，个人魅力值得称道，故而才被选录书中；至于农妇妾侍女婢乃至无名氏之属，则或怜其身世，或爱其才学，或惜其早夭，或叹其行止……亦非因凡人俗事而不堪录者。凡此种种，勾画出百样女子之情态，可谓集历代才女之大观。值得一提的是，纵观《闺秀词话》全篇，所辑之人，甚少提及容貌，而多道女子之才学。可见二雷选录标准首要便是其人有才，这种并不以封建女性所应具备的"德"为首位的评判女性标准在当时而言是相当进步的。

二雷辑录《闺秀词话》，于选词论词上可谓兼收并蓄，不拘一格，然其主流依旧未脱离小词纤巧婉丽、达情而不言志的特点。《闺秀词话》中虽不乏开合激荡的豪俊之言，也不少咏史记事、关注现实的雅正之作，但绝大多数词作仍涉伤春悲秋、咏物怀人、感韶华之易逝、叹红颜之易老，这些作品虽然已无甚绮靡秾艳之风，但也未达到"言志"乃至"诗教"的高度。正应了"词曲二体，在文章技艺之间"之言。雷瑨、雷瑊在录词评词时几乎全用宋代词人作为参照，用他们来衡量词作的好坏。或赞相类，或称更胜，评价的标杆十之八九与宋代词人相关联，且每一位在列宋人都可视为一个标尺用以衡量词作好坏。据统计，《词话》中品评类大约共30条。在评论庄盘珠及其词集时，除两处言及温庭筠和冯延巳，其余都以宋人或宋词为标准进行论述品评，如李清照、朱淑真、苏轼、柳永、秦观、姜夔等，就共有23条。但是他们在确定评价标准时，往往选择性地遗忘一些词人的部分风格特色，只抽出其中最主要、最突出的一个特点作为评价标准。比如苏辛的豪放、清真的蕴藉、白石的清炼……《苕溪渔隐丛话》曾评价易安词一言其语新，二言其语绮，三言其词清丽。二雷在《闺秀词话》卷四处载李清照条亦皆全摘自《苕溪渔隐丛话》，可见在二雷眼中，易安词作为宋人尺规之一所能丈量的只有以上三项。甚或说，二雷视易安词专为清丽空灵的代名词，他们在品评叶纨纨及包兰瑛时，皆只言“其清丽处不减易安”,[3]“清丽绵邈，酷似《漱玉》”。[4]无疑，这种品评标准还是有失偏颇。

雷瑨、雷瑊认为词应是纤巧婉约的，同时他们继承了小词传统尚“悲”的古老悲美情怀，认为词中表达的这种悲情是一种真实的情感，因为词悲苦凄婉的基调，更加可以“动摇人心”，产生共鸣的效果。尚悲之风贯穿《闺秀词话》四卷始终，检点其中涉及“悲”声之条目，已超过总数的九分之一达到25人。如卷一浦梦珠《临江仙》、卷二梦芙女史《浣溪沙》、卷三钱雯《浪淘沙》，诸如此类，不一而足，评论吴藻《金缕曲》时更谓之“读之令人下泪”[5]。二雷录词崇尚悲苦，主要因为那种“掩抑悲凄”的深痛读之使人断肠。但由于始终秉持“言为心声”的观点，故而雷瑨兄弟一方面力倡悲美之词风，另一方面却又否定词人作悲语。所以从某种意义上来说，雷氏兄弟的录词观点有时是有自相矛盾的地方。

但不管诗话也好，词话也罢，这些集刊通过存人、存诗、存事、存德，记载了清代女性的生活片段和文学创作情况，反映了当时女性的创作盛景，让后世得以知晓清代女性的生活、情感、思想以及创作等各方面的情况。其对清代女性意识的觉醒，具有积极促进的作用，对构建女性生活史、传播和弘扬女性文学、带动女性创作的繁荣更具有不可或缺的文学价值和史料价值。

注释：

[1]《闺秀词钞·例言》，〔清〕徐乃昌：《小檀栾室汇刻闺秀词》，清宣统元年（1909）刻本。

[2] 吴熊和：《吴熊和词学论集词学研究集成》，杭州大学出版社1999年版，第404页。

[3][4][5] 王英志：《清代闺秀诗话丛刊》，凤凰出版社2010年版，第1501、1502、1511、1450页。

下篇

第六章　清代闺秀诗人群落

中国古代女性文学的创作与发展源远流长，明清以后，女性文学创作更是走向一个新的里程碑。其时，不仅创作人数众多，而且呈现出家族化、群体化、地域化的发展特征。她们从闺中吟咏走向闺外结社，建立了众多跨越家族和地域的文学交游网络，将一代闺阁文学推向了发展的高潮。

第一节　江浙闺秀诗人群落

纵观中国古代历史，会发现在整个中国历史发展进程中，自晋朝以来便开始出现了文化中心南移的现象，至南宋，则彻底完成了经济文化中心的南移，从而形成了宋明以后独领风骚的江浙学术文化的繁荣。大量的文人雅士寓居于此钟灵毓秀之地，他们诗会酬唱、拜师收徒、结社命派，其文化品位之高是任何其他地方都无法与之媲美的。同时，豁达的人生态度和雅洁的审美情趣，使得他们在面对家中女子的教育时，并不以严苛的礼教加以约束，反而希望自己的母亲、妻女以及家中女眷都能够成为自己文学上的知音，接受高雅文化的陶冶。如《红楼梦》中林如海专聘贾雨村作为林黛玉的西席就是当时典型名门教育的一种反映。

因此，江浙地区的大家闺秀往往从小就与兄弟们一起去书房接受塾师的传道、授业、解惑，与父兄一样饱读诗书，满腹经纶。但传统的闺训又不给她们可以经常外出游山赏水、打马会友的可能，她们只能在深宅大院通过彼此酬唱联题展示她们的才情。于是，闺阁结社便应运而生。关于结社，明清之际便已风气浓厚，恰如谢国祯所言："结社这一件事，在明末已成风气，文有文社，诗有诗社，普遍了江、浙、福建、广东、江西、山东、河北各省，风行了数百十年。大江南北，结社的风气，犹如春潮怒上，应运勃兴。"[1]江浙闺秀们受此风浸染，纷纷结社聚会，相互唱和。这当中，尤以"午梦堂"作家群，山阴祁、商作家群，蕉园诗社、随园女弟子群、清溪吟社、碧城女弟子群、秋红吟社、秋社等闺秀作家群影响最大，她们代代相继，在有清一代经历了萌芽、发展、成熟阶段，由家族性创作走向跨区越省，最终引领了整个清代女性文学的繁荣与昌盛。

一、清初江浙闺秀诗人群的萌芽发展

在晚明吴江的众多名门望族中，“午梦堂”作家群最是文采风流，济济一堂。这个作家群以叶绍袁、沈宜修夫妇和其四女七子为核心，囊括了叶、沈两大家族近 20 人，形成壮观的文学群落。后来随着明朝的灭亡，叶绍袁削发隐居于西山（今吴中），这一家族便改称“吴中叶氏”了。

入清以后，浙江山阴的祁、商两族联姻形成又一个庞大的女性创作群，其中心人物为商景兰姐妹。商景兰，字媚生，会稽人，明吏部尚书商周祚之女，嫁于祁忠敏（字彪佳）为妻。婚后夫妻恩爱，祁忠敏终身不曾纳妾，离世之时，商景兰只有 42 岁，她以一介女子之身，辛勤教授二子理孙、班孙承继家学；除此之外，她还亲授三女德渊、德琼、德茝及二媳张德蕙、朱德蓉，使她们在诗学上都取得了不凡的成就，而商夫人与诸女之间的聚会盛况亦令人艳羡不已。商景兰的胞妹商景徽，字嗣音，又字伊璧，江苏上虞徐咸清妻室，著有《咏雏堂诗草》。商景徽生平坎坷，心意落拓，性喜幽静，常与诗书为伴。商景徽的女儿徐昭华，成为继商氏姊妹的后起之秀。其幼承母教，工楷书、善丹青，著有《花间集》《徐都讲诗》等，才情超妙，称扬于后。祁商家族创作群体最令人称颂的是与当时行走尘世以卖字画为生的江南才女黄皆令的交游唱和，其已具备了超越闺阁的标志性意义，可视为女性诗社的萌芽。

梁乙真曾在《清代妇女文学史》中云：“自来闺秀之结社联吟，提倡风雅者，当推‘蕉园’诸子为盛。”[2]说的就是清代著名的蕉园诗社成员。清顺治年间，由钱塘顾之琼（字玉蕊）发起，因徐灿、柴静仪、朱柔则、林以宁、钱凤纶五人合刊诗集，史称“蕉园五子”。后期由林以宁发起，囊括林以宁、柴静仪、钱云仪、顾姒、冯娴、毛媞、张昊，史称“蕉园七子”，当时七子之名，蜚声于西子湖滨。诗社前后绵延 40 余年，前后期皆以“蕉园”命名，新老成员亦有更替。“蕉园诗社”在一定程度上突破了家族姻亲和地域的局限，并以其深远的影响促进了清代江浙地区乃至全国范围内女性结社的进一步发展。

二、清中江浙闺秀诗人群的繁荣壮大

女子诗社的出现，激发了闺阁才女的创作热情，江浙地区的女性文学得以出现跨越式的发展，诗社规模进一步扩大。乾隆嘉庆时期，女性读书结社现象更为普遍，女性教育不再局限于世家望族之中，女子结社更明显呈现出由内向外的发展趋势，如“随园”“清溪”“碧城”女弟子群体，浙派女词人、常州女词人群体等。这一时期女性文学社团的涌现，在很大程度上突破了以往的家族姻亲关系，甚至跨出了同乡同里，社内成员几乎囊括了所有江浙辖区。如名噪一时的“随园”女弟子群。“随园”女弟子群可谓清代最具影响力的一个女性文学创作群体，不仅因为其师从文坛大家袁枚，主要是因为这个群体自身人数众多，作品丰富，影响深远。

《随园女弟子诗选》中共录女弟子 28 人，分别是席佩兰、孙云凤、金逸、骆绮兰、张玉珍、廖云锦、孙云鹤、陈长生、严蕊珠、钱林、王玉如、陈淑兰、王碧珠、朱意珠、戴兰英、鲍之蕙、王倩、卢元素、吴琼仙、张绚霄、毕慧、屈秉筠、许德馨、归懋仪、袁淑芳、王惠卿、汪玉轸、鲍尊古，其中前 19 人保留了诗作，后 9 人有目无诗。据王英志根据其他涉及女弟子的诸多文献加以考证，得出随园女弟子人数已超过 50 人。加上袁氏家族的女诗人袁机、袁杼、袁棠，以及袁枚临终前招收而人名不详的女弟子，则师从袁枚的随园女弟子群体数量是空前的。梁乙真在《中国妇女文学史纲》中也提到袁枚“影响所及，南至闽粤，北极燕鲁。钱塘为其桑梓之乡，金陵乃所久居之地，故两地妇女被其声教者尤广。读《湖楼请业》之图，知一时红粉，俱拜门墙，盖自古以来，提倡妇学之力，未有如袁枚者也”[3]。以袁枚为核心组建的这支随园女弟子群体在清代刮起一股强势的女性创作之风，她们跟随袁枚授业学诗，诗歌创作承袭性灵诗学观，文学创作直接抒发个人真实情感，风格独具个性色彩。

与袁枚的随园女弟子群几乎同时崛起的还有“清溪吟社”。清溪吟社从规模和影响上皆不及随园女弟子，但在吴中地区也享有盛誉，诗社中集结了诸多极具才华的闺秀，她们在任兆麟、张允滋夫妇的带领下，组织了许多吟榭活动，并与当时的其他诗人诗简往来，创作了大量优秀的诗词作品。清溪吟社成员以十媛为领袖，时称“吴中十子”，包括张青溪允滋、张紫繁芬、陆素窗瑛、李婉兮嫩、席兰枝蕙文、朱翠娟宗淑、江碧岑珠、沈蕙孙纕、尤素兰澹仙、沈佩之持玉。她们各有诗集问世，且有合集《吴中十子诗钞》，一时可以“媲美西泠、颉颃蕉园矣”，[4]“清溪”成员除了和随园女弟子一样把诗文作为自己的主要功课，还兼习各种技艺，因此，论文学与竞技艺，正是“清溪吟社”的特色所在。同时，任兆麟以朴学名世的布衣情结以及喜好养生与参禅悟道的生活方式深深地感化着清溪吟社的女性，使得这批闺秀诗人不着世俗，与世无争，正如张紫繁《秋夜怀寂居禅友》所言，“想得安禅处，天花正满林”。

随园女弟子群繁华过后，另一为世人所关注的碧城仙馆女弟子群，也随之崛起，为清代的女性诗社添上了浓墨重彩的一笔。碧城女弟子群的导师是嘉庆道光年间的陈文述（1771—1843），字退庵，号云伯，浙江钱塘人。著有《碧城仙馆诗钞》《颐道堂文集》《西泠闺咏》《西泠怀古集》等诗文集10余种。其与袁枚一样，对女弟子满怀提携热情。陈文述一生所收女弟子的数量仅次于袁枚，且组织的大型集会如西湖诗会和吴门诗会在当时盛况空前。碧城女弟子群的组织和雅集形式与随园女弟子群颇为相似，成员为44人，以吴藻、吴规臣、张襄、汪琴云、钱守璞、王兰修、辛丝、陈滋曾、于月卿、李晨兰以及陈文述的儿媳汪端为翘楚。

随园与碧城两位文士大力提倡女性文学，不仅在当时反响巨大，同时也产生了巨大的晕轮效应。道光以后，江浙地区闺阁女子结社成风，并呈现出以此为中心向全国范围内蔓延辐射的势头。

三、清后期江浙闺秀诗人群的成熟圆满

以浙江籍女子为主而在京城结社的“秋红吟社”，由钱塘才女沈善宝发起。据沈善宝《名媛诗话》记载：“己亥（1839）秋日，余与太清、屏山、云林、伯芳结‘秋红吟社’。”诗社以沈善宝为首，顾春（太清）、许云林、项屏山、钱继芬（伯芳）等才女为成员，此外还有满族诗人栋鄂武庄、栋鄂少如、富察蕊仙和太清妹西林仙霞、云林妹云姜、石珊枝、李纫兰等。“秋红吟社”打破了地方性女子结社的特点，其成员多为上层贵妇及各地在京做官者的女眷。其中顾太清为奕绘亲王的福晋，项屏山亦是杭州人氏，是当时兵部侍郎许滇生的继室；云林是任兵部主事的浙江德清人许宗彦之女。她们凭着对文学的真挚热爱与倾心向往，不曾借助外力，纯以闺阁女子之力相约结社；同时，她们均远离了自己成长的故土，来到京城结社，为当时的女性结社提供了又一个全新的典范。

“秋红吟社”的发起者钱塘沈善宝，字湘佩，是江西义宁通判沈学林的长女，陕西朔平知府、安徽武凌云的继室，著有《鸿雪楼词》《鸿雪楼诗选初集》《名媛诗话》等。其中《名媛诗话》是一部专门“为闺阁传扬”的女性诗歌论著，为后世研究清代的女性文学提供了宝贵的文献资料。在沈善宝的童年，严父吟诗，慈母抚琴，家庭盛会中的艺术底蕴激发着沈善宝的诗情迸发。然而命运多舛，12岁时父亲“为同僚倾轧，忿而自裁”，失去顶梁柱的大家庭瞬间倾覆。善宝以诗、画润笔所入，奉母养弟，后寡母弟妹相继故去，她四处筹资，竭力奔走，终于将亲人归葬，并由此一夜之间获天下人盛赞其孝。伶仃孤苦的善宝，从此踏上了游学之路。盛名之下，她结识了闺秀诗人的领军人物梁德绳夫人，继而和吴藻、许云林、顾太清、汪端等才媛成为倾心密友。结成“秋红吟社”后，大家常常

在诗词唱和中取长补短，交相进超。善宝尤其珍惜和闺秀们的诗社情缘，也深为她们创作的不易而嗟叹。由此，她潜心14年鼎力完成《名媛诗话》的编纂。只为记录和挖掘闺秀们的才情，为她们在艰难生活中依然忘我创作而感动。这也使得沈善宝一骑绝尘成为女性诗人的领军人物。

“秋红吟社”的重要支柱当数满族女诗人顾太清，又名顾春，字梅仙，又字子春，号太清，常自署太清春，晚年又自号太清老人椿。作品结集有《天游阁诗集》和《东海渔歌》，以词见长。顾太清不仅是诗社的创始者，同时还积极引荐了一些满族成员加入诗社，如富察华尊等人，她们经常相约集会，结伴游赏，诗社生活极其丰富多样。可惜好景不长，随着社中成员作为眷属随任异乡，才媛们彼此联系日渐稀少，而旗手沈善宝的谢世更使“秋红吟社”遭受了致命打击，所以不过三四年，“秋红吟社”便星暗云散了。

随着女性诗社的越来越成熟，闺秀们的女性意识日益增强，对自身所处社会地位也渐渐有了一定程度的醒悟。于是近代著名才女徐自华于1908年发起、旨在纪念鉴湖女侠秋瑾而成立的“秋社”，加入了更多的为民请命的思想成分。

徐自华（1873—1935），字寄尘，号忏慧，浙江桐乡人。她出身名门，少承家学，喜读书史，诗词皆工，与桐乡吴芝瑛（亦为“秋社”主要成员）并称“吴徐两夫人”。曾与近代民主革命的先驱、留学归来后的秋瑾女士同校共事，两人相见恨晚，互相欣赏。秋瑾慷慨就义后，徐自华悲痛欲绝，并在1908年2月为秋瑾举行的追悼会上正式成立“秋社”并建“风雨亭”（“秋”即秋瑾之姓，“风雨”暗指秋瑾赴义时所吟诗句“秋风秋雨愁煞人”）。徐自华自任社长，秋瑾生前挚友徐蕴华、吴芝瑛、唐群英等女士皆加入其中。这些觉醒了的新闺秀传承着民主思想和妇女解放的火种，社员之间的诗文西州唱少了江浙女性诗社的风花雪月，更多地体现出对国民的关切和对社会黑暗的批判。基于共同对民主思想的追求，女性诗社渐与当时进步男性诗社相互融合，比如当时极负盛名的“南社”，江苏籍女性成员就有20多个。在这个快速变化的历史时刻，女性诗社与男性诗社不断融合，二者从早期的各自分流过渡到有所交叉，终至合流为男女诗人平等结社。由此，有清一代的女性结社终于画上了一个圆满的句号。

作为一种独特的文化现象，清代江浙才女群的涌现，乃是历史与吴越文化交会的一种体现。她们打破世俗的偏见，结社拜师，刻苦研练文学艺术，在严苛的社会生存环境中，以江南女子特有的柔韧坚忍、聪明颖悟以及对文学的爱好和天然禀赋，在文坛上开辟了属于她们自己的领地，使其创作成为中国文学史上一道亮丽的风景，而广泛的阅读以及新思想的浸染亦开阔了她们的眼界胸襟，激发了她们女性意识的觉醒，她们开始以诗社为阵地，以诗词为武器，瞭望尘世的兴衰荣辱，保求自己在社会和家庭新的位置。

注释：

[1] 谢国桢. 明清之际党社运动考 [M]. 沈阳：辽宁教育出版社，1998. P7.

[2] 梁乙真. 清代妇女文学史 [M]. 北京：中华书局，1990. P24.

[3] 梁乙真. 清代妇女文学史纲 [M]. 上海：上海书店，1990. P404.

[4] 梁乙真. 清代妇女文学史 [M]. 北京：中华书局，1990. P155-163.

第二节　湖湘闺秀诗人群落

湖湘闺秀诗人历代皆有，尤以清代为盛。道光十四年（1834）长沙毛国姬编印《湖南女士诗刊》八卷，就收有清代湖南闺秀 72 人。乾隆嘉庆以后，湖南女子教育进一步蓬勃发展，闺秀诗人更以家族化、群体化特点与江浙闺阁诗人群遥相呼应。而《慈云阁合刻》《湘潭郭氏闺秀集》《湖南女士诗钞》等编著的刻印与传播，更加扩大了湖湘女诗人的影响，形成了一个重要的女性文学创作。

一、晚清湘潭重要闺阁诗人群

根据近人陈翰仪《湘雅摭残》18 卷，集中收入道光以来湖南女诗人 52 家，当中最突出的就有湘潭郭氏、湘阴李氏、湘潭周氏、长沙杨氏、湘乡曾氏等。

道光重臣李星沅在《湘潭郭氏闺秀集·序》中说："予惟风雅之彦，董于闺达，递传三代，近时湘楚，必推郭氏为女宗。"足见湘潭郭氏风雅之盛。《湘潭郭氏闺秀集·序》主体为湘潭女诗人郭润玉所编，收湘潭郭氏四代闺秀诗人共 7 家诗篇，分别为：郭步韫《独吟楼集》（74 首）、郭友兰《嗍雪山房诗》（51 首）、郭佩兰《贮月轩诗》（58 首）、王继藻《敏求斋诗》（88 首）、郭漱玉《绣珠轩诗》（119 首），郭润玉《簪花阁诗》（162 首）、《簪花阁遗稿》（43 首），郭秉慧《红薇吟馆遗草》（99 首），共计 694 首。郭步韫，号独吟，为郭氏闺秀中首开诗风、诗学权舆者，郭润玉《独吟楼诗·序》说："吾家诗事以姑祖母为先导，一传而至两姑母，再传而至诸姊妹，皆嗜诗若性成焉者。先是，姑祖母抚孤矢节，茹苦含辛，其时命之艰屯，境遇之蹙迫，郁无所告，胥发于诗。如秋天别鹤，长空哀鸣，如雪山老梅，寒香激烈。读者即其诗，可以悲其志矣。"其诗凄婉绵缈，读之难忘。

郭友兰，字素心，郭步韫侄女，撰《嗍雪山房诗》，郭润玉《嗍雪山房诗·序》说："二姑母年二十七始适凤氏，未几而寡，依先大父以居椎髻布裙，躬亲操作，时借歌咏强自陶写。"一生孤苦，犹笔耕不辍。

郭佩兰，字芳谷，亦为郭步韫侄女，撰《贮月轩诗》，郭润玉《贮月轩诗·序》云："三姑母端淑勤俭，能得先大父欢。居甥室最久，琴帘静好，图史纵横，终日手一编，吃唔不辍，萧然如老师宿儒。间出议论，迥非巾帼所可及。"诗风清雅工练，情致深婉。

王继藻，字浣香，郭佩兰女，撰《敏求斋诗》，郭润玉《敏求斋诗·序》云："自垂髫，秉承母训，受读六经，旁涉子史，靡不过目成诵。"所作诗清婉拔俗，楷法端秀。

郭润玉、郭漱玉两姐妹为郭氏闺秀诗人中成就最高者。郭润玉，字笙愉，有《簪花阁诗》和《簪花阁遗稿》各一卷，于《簪花阁诗·自序》中云："予十四岁失恃，遂膺痼疾，辗转床褥四五年，顾独喜诵诗。闻阿父论诗，则凝思寂听，若有所得，神智都爽。"所作甚有丈夫气。郭漱玉，字六芳，有《绣珠轩诗》，郭润玉为其序云："伯姊六芳性明慧，幼随阿母治家事，磊落如成人。读书数行并下，犹工为诗，每得句，必吟哦再四，诸弟妹听之，都能成诵，犹推敲不肯脱稿，其矜慎如此所存诗故不多。"其诗工练有唐人风韵。

郭秉慧，字智珠，郭润玉侄女，李星沅与郭润玉长子李杭之妻，早卒，有《红薇吟馆遗草》。李星沅于《红薇吟馆遗草叙》中云："幼读书过目成诵，学为韵语，婉丽自然。"可惜郭润玉过世后，其昼夜哀号，悲思抑郁，于笙愉殁后 16 日即追随而去。

像郭氏这样满门风雅且皆集诗成集的闺阁作家群不仅古来皆稀，延绵至今也甚为少见，足见当时湖湘诗风之盛。

除却诗名远播的郭氏闺阁诗人群，人杰地灵的湘潭另有一周氏闺阁诗人群如皎皎寒星，闪耀在晚清湖湘诗文泰斗之中。

湘潭周氏，为晚清军政重臣左宗棠岳家。这一女诗人群人人才华横溢，个个著有诗集。其领军人物为王慈云，著有《慈云阁诗钞》行世。慈云长女诒端即左宗棠妻。周诒蘩的父亲周系舆早亡，母亲王慈云寡居守节，通书史，工于诗，精明能干，周诒端、周诒蘩和她们的堂姊妹，还有慈云老人的孙女、侄孙女、左宗棠的三个女儿，皆受教于周母慈云，也因此造就了道光、同治年间的湘潭第二大女诗人群体。

周诒端，字筠心，著有《饰性斋遗稿》，为周氏闺阁作家群核心人物。左宗棠入赘周家时，贫寒潦倒，全靠周家周济维生。后诒端劝其不可久依岳家，于是另立门户，并将书房取名"饰性斋"。左宗棠一生对妻子敬重折服，极力推许。诒端卒后，宗棠将其作品编成《饰性斋诗》刊印出版。其诗多含蓄温顺，意境清远。

诒端之胞妹诒蘩，为湘潭名人张声玠的继妻，字茹馨，有《静一斋诗草》。诒蘩境遇困苦，诗歌多悲苦而少欢愉，是周氏闺阁作家中存诗最多，成就最高的。

周诒端之堂姊妹周絜，少时与诒端同窗共砚，后嫁罗汝怀为妻。罗家藏书很多，絜广泛阅读，边读边写。所作诗别有风味，不袭旧词。诒端另一堂姊妹周雅宜，其诗辞旨悲激，诗意苍古，有《蕴香阁遗稿》一卷传世。

周翼杶，字德媗，王慈云长孙女。适长沙徐树绿，未期而寡。人称才女，晚号冷香老人，有《冷香斋诗草》《冷香斋诗余》。

周翼枃，字敬婠，适湘潭黄氏，性聪慧幽逸。慈云老人之二孙女，有《耦香斋诗草》。

左孝瑜，字慎娟。慈云老人之外孙女（左宗棠长女）。适安化陶桄，有《小石屋诗草》。

左孝琪，字静斋。慈云老人之外孙女（左宗棠次女），因病未适人，有《猗兰室诗草》。

左孝琳，字湘娵，慈云老人之外孙女（左宗棠三女）。适湘潭黎福昌，有《琼华阁诗草》。

左孝瑸，字少华。左宗棠第四女，适湘潭周氏，有《淡如斋诗草》。

该女诗人群还有周石禄，周诒端侄女，通书史，时以女师目之，所作诗文高洁入古，无女子妩媚气。

湘潭郭氏家族和周氏家族以家族闺秀为中心，组成了一个家族性的文学社群，能文习礼，风度翩雅，在湖湘地区俨然成为当地世家中的宗范，其作品亦是湖湘女性诗歌史乃至中国女性诗歌史上重要的、不可忽视的组成部分。

二、湘潭闺阁诗人群生成的原因

湘潭闺阁诗人群的生成不是偶然的，更不是一个异样的存在，其生成自有其时代、地域的经济、思想、文化等方面的原因。

梁乙真在《中国妇女文学史纲》中说："妇学而至清代，可谓盛极，才媛淑女，骈萼联珠，自古妇女作家之众，无有逾于此者矣。"[1]胡明在《关于中国古代的妇女文学》中说："入清，诗学极盛，词学复兴，诗人词人如过江之鲫，能诗善词的才媛淑女层出不穷，风动潮涌。中国妇女参与文学创作活动留下作品之丰厚，有史以来无愈此时。"[2]据胡文楷《历代妇女著作考》统计，历代女性作家有 4214 人，其中清代女作家就占 3684 人，近人施淑仪在《清代闺阁诗人征略》中也收录有清一代女诗人1262人。数量如此之多的清代闺阁诗人，足以证明清代闺秀文学前所未有的繁荣兴盛。在这样一个时代大背景之下，湘潭闺阁诗人群的出现便是顺应这种历史潮流而生的。

经济的繁荣是清代女性文学发展的一个重要因素，尤其是有着“苏湖熟，天下足”美誉的江浙一带，人才密集，状元辈出，一些高门望族在重视家族男子教育的同时也非常关注女子的闺中教育，虽然主观上是为了教授儒家典范和传统闺训，客观上却起到了普及女子教育的良性结果。许多女子由此获得了良好的文学修养，掌握了用文字表达自己喜怒哀乐的特殊途径，收获了对自己才华的自信和对人生的另一种感悟。这些关注女子教育的文士中更有一些具有远见卓识的男性诗人开始专门收集、出版和评点女性作品，客观上更进一步促进了女性创作的热情。如王士禄编辑的《然脂集》、沈德潜的《国朝诗别裁集》、蔡殿奇的《国朝闺阁诗钞》等，更有如学者袁枚、陈文述等名人雅士大力提倡奖掖妇女文学，率先收授女徒，为清代女性文学的繁荣发展推波助澜。江浙女性文学的这种别样华美随着清代相比前代更发达的交通如清风一样吹遍了大江南北，使得全国上下都呈现出一派女性作家争奇斗艳的欣欣向荣气象。而根据胡适对单士厘《清闺秀艺文略》中清代女诗人户籍的统计，清代各省女诗人的数量繁多的同时又相对比较集中，排名前五的几个省份分别是江苏、浙江、安徽、福建、湖南，且这些闺阁诗人大多呈现出家族化、群体化的特点。

湖湘一带，山川奇秀清峻，自古以来就文士才俊辈出，虽说自由卓异的湘楚文化未如中原文化昌盛，但其成就也一直都在伯仲之间。有清一代，诗人诗集之多，超越前代，而湖湘诗人在全国诗坛的地位也日渐提高，尤其道光以后，随着湖南士人在清朝政治格局中地位的日趋显要，湖湘文人在文坛上的影响也渐趋强盛。湘潭作为清代湖湘地区的文化中心，一直以来都是湖湘文人结社的主要聚集中心，这里经济发展领先湖湘各府，文化世家汇聚。据王勇、唐俐等学者考证，清代湖南有影响力和延续力的文化世家有40个左右，其中11个位于湘潭，他们之间姻娅联系，以家族为基础形成社交网络，结社交游，诗词酬唱，营造了一种非常热烈的文化交游氛围，如湘潭郭润玉之父郭汪璨，与湘潭耆老道光年间组雨湖吟社，诗友云集，名噪一时。“（郭）润玉……父汪璨方与县中耆彦，倡雨湖诗社，内外宾客并绂佩娴雅，从容欢娱，盛事传于京国。词林文士多赋诗夸美焉”。[3]文人家族间的这种结社酬唱，从另外一个角度也为家族闺阁作家的成才提供了温和的土壤与灌溉的雨露。

家族中男性文人的提倡褒奖无疑亦是促使闺阁作家群成就斐然的一个主要因素，清代很多文人世家都把提高女性的知识修养作为振兴家族的重要手段，一方面，既可将女儿培养成兰心蕙质的名媛才女，得配名士才子；另一方面，家庭夫妻之间唱和往来，既巩固了夫妻间感情，亦增添了诸多闺房之乐。冼玉清在《广东女子艺文考》后序中谈到才女成名的三大条件："其一明父之女，少禀庭训，有父兄之提倡，则成就自易；其二才士之妻，闺房唱和，有夫婿为止点缀，则声气易通；其三令子之母，侪辈所尊，有后嗣为之表扬，则流誉自广。"[4]足见女性才情的展露和传播必少不得家庭男性成员的尊重和宽容。湘潭闺阁诗人中的郭润玉，其父郭汪璨，进士出身，善诗，常家居，好与人谈诗。其夫李星沅，道光封疆大吏，两人既是夫妻，又似吟友，夫唱妇随，琴瑟和鸣，李星沅名其居曰"梧笙馆"，辑二人唱和之作为《梧笙馆联吟集》。殁后李星沅辑其作品得《簪花阁遗稿》一卷。郭润玉的侄女郭秉慧，字智珠，适李星沅之子李杭，据李星沅记述，她与李杭相得甚欢，而李杭北上游宦，智珠亦"随侍北行，水驿山程，即景即句，时与梅生相唱和"。[5]李星沅并亲为其《红薇吟馆遗草》作序。

正是因为家族男性文人对闺阁诗人创作的这种宽容和提倡，引领呵护着她们才华的顺利生长，才使得这些闺阁才女迸发其热烈的创作才情，不致枉费上苍所赐，使翡翠蒙尘，珍珠落土。

闺阁作家群的创作成就还得益于她们的结社聚会、诗词唱和。清代社会不仅男性之间唱和集社的热烈，女性诗人之间诗词往来也蔚然成风。如盛极一时的随园女弟子，人数众多，载入袁枚《随园诗话》中的便有28人之多，再有如陈文述门下的碧城女弟子、"清溪吟社""蕉园七子"等，至于其他规模较小的诗社以及家庭诗社等更是不胜枚举。受此风浸染，湖湘闺阁才女也纷纷分题联句，互相唱和，如郭秉慧就与杨纫仙、张仙蕖等闺中友人组成消寒梅花诗社，彼此文酒相乐，相互酬唱。此外，家族闺秀之间的聚集学习、酬唱互动更是常事。据左宗棠《慈云阁诗钞·叙目》载："外姑（岳母）念女及诸外孙甚，时携孙女翼杬来柳庄。暇以课诗，诸孙每夜列坐，诵声彻户外。时茹馨夫人随张君（指张声玠）官元氏亦常以诗宁母，外姑每顾而乐之。"[6]而遍读郭氏和周氏闺阁作品，其唱和诗作在各自诗集中亦俯拾皆是。这种闺阁之间的唱和，既增强了她们的创作技巧，开阔了她们的胸襟视野，亦丰富了她们沉闷的闺阁生活，使她们最终能以群体的面貌留驻于史册，唱响于三湘四水。

三、湘潭闺阁诗人的创作

翻阅中国历代女性文人的所有作品，从体裁上来说诗词创作占据了非常显赫的位置。

尤其是明清时期的女性文人，一方面她们大都熟练地掌握了近体诗的写作要旨，另一方面由于古代女性身居狭小的闺阁后院，社会经验不够丰富，所以也很难驾驭大开大合的题材，而短小精练的诗词更适合表达她们细腻的情感，也因此学者孙康宜说“（中国）20世纪以前的女作家几乎千篇一律是女诗人”，[7] 在这样一种文化背景之下，湘潭闺阁群的创作自然无一例外是以近体诗作为她们创作的主要载体。

相比男性文人，中国古代女性作家在创作上无疑有着不一样的关注点。2000多年的封建社会，赋予了男性太多的权利，文坛同样如此，男性文人可以用文字抒发自己的思想、感情，抒写社会生活、历史人物和事件。而女性，作为封建社会的一种附庸，她们的文学创作即便是繁荣昌盛的，这种昌盛也是男性文人一手打造出来的。所以，明清时期的女性文学创作更多也还是附庸于男性所好，趋于消遣性和娱乐性，并且这种消遣和娱乐成为她们生活中一种无可替代的精神家园。湘潭闺阁诗人群与清代女性有着共同的生活经历和特点，即便个人际遇不相同，但总体而言，她们的创作也都同在一片天空之下，翻开湘潭闺秀作家群的作品集，可以看到她们的创作在题材上几乎都集中在送别思亲、感时叹命、怀史咏物上，只是由于各自才情不一，作品成就也就有了高下之分。

郭润玉为郭氏闺秀诗人中有意识为郭氏作品编印成集者，同时与郭漱玉也同为其中成就最高者，其《寄石梧川东》：“镜月照高楼，良人赋远游。正襟私下拜，细语别离愁。入夜寒威重，客中应未眠。相思无限意，飞梦到东川。”寄怀远在千里之外的夫君，由景入情，明月、高楼、寒露、梦境重重渲染，情意缠绵，思亲之重深入骨髓，读之如临其境，情同旅人。又如其咏物诗《雪花》，“一桁梨云照影斜，东风昨夜冷窗纱。散来天女纤纤手，飞作春城处处花。嫩绿莫寻芳草迹，小红微露海棠芽。水晶帘卷凭栏望，咏絮诗才记谢家”。诗中淡淡的喜悦跃然纸上，没有寒冬雪花的肆虐，有的是初春将临的轻快，将一个身负咏絮之才的娇俏女子生动地描画于读者面前。当然，像这样轻松活泼的作品在湘潭闺秀作品集中是不多见的。中国古代女性文学中，“闺怨”之音随处可见。一直以来，泪眼蒙眬的柔顺女子是古代男性心目中女性形象美的最高境界，这种审美定位自然影响了一代又一代的中国古代女性，她们总会自觉不自觉地用这种标准来塑造和约束自己。因此，女诗人笔下的自我形象总是更多地充满了悲苦和愁怨。湘潭闺阁女诗人同样不外于此，一方面，她们有的确实身世飘零，遭遇坎坷，发而为诗，自然是黯然神伤，满纸心碎。如周氏诒蘩，丈夫早逝，家产为族人所夺，子起毅、起新均早慧而殇，一生苦命，故诗歌多悲苦之音而少欢愉之词。又如郭氏步韫，早寡，其女早夭，子长年在外游宦，晚年生活孤单，作品自然多伤愁苦痛，凄清冷寂。另一方面，在漫长的古代中国，伤春悲秋是女性文学最为集中的一个古老话题，无论是面对春天的美妙还是秋天的肃杀，女性诗人都会由此联想到自己人生的际遇，而狭窄的生活空间和漫长无聊的人生，更是成为她们人生孤独的外在表征，所以，她们诗中大量存在着表现她们对时空独特的生命体验的内容，在寂寞枯燥的长夜中，她们所感受到的是无处不在的寂寥和人生无常的悲苦。如郭步韫《夜坐偶成》"破梨空复梦悠悠，兀坐孤帏数漏筹。海上有方难起死，人间无地可埋忧。虫声夜月凄凉院，帘影西风寂寞楼。聚散明知安薄命，几时啮齿未能休"。满纸凄苦，确如润玉所言，"如秋天别鹤，长空哀鸣"。

湘潭闺阁诗人群的创作从艺术上来看，大多还有一个相类似的特点：选材比较平凡琐细，语言相对清新自然。生活空间的闭塞决定了她们作品中的选材相对男性文人而言要更平凡和琐细，光从她们诗歌作品的题目来看，她们所抒写的内容多为发生在身边的细枝末节的小事以及由此而产生的感情波澜，缺乏深刻的社会意义，但又正是因为抒写的皆为身边亲身感受小事，作品里面所饱含的情感才更真实和亲切。此外，由于闺阁作家自身的特点，作品中的语言往往相对质朴自然，也因此少去了男性文人掉书袋式的艰涩难懂，显得更加灵动清澈。如郭漱玉的《春望》，"楼外春如许，烟光碧四围。絮随花乱落，云与鸟争飞。溪水绿平岸，夕阳红映扉。徘徊欲终日，相赏竟忘归"。又如郭润玉的《立秋夜作》，"一夕凉风起，惊心节序更。流云传雁影，银汉作秋声。拂扇消烦暑，题诗怅别情。故园楼上月，应似去年明"。诗歌语言均简洁朴素，尽显白描之长，甚有性灵之风。

由于封建闺训"内言不出"之教，即便我们有幸读到这些闺阁作家的部分作品，我们仍然只是略微窥见了她们所处的家庭环境和一些人生经历，在漫长的湖湘文学史上，这些闺阁作家的身影或许不够清晰，但那留下的一脉清香却袅袅徐徐，不绝于世。

注释：

［1］梁乙真：《中国妇女文学史纲》，见《民国丛书》第二编第60册，上海书店1990年版，第374页。

［2］胡明：《关于中国古代的妇女文学》，载《文学评论》1995年第3期，第100页。

［3］〔清〕陈嘉榆、王闿运等修撰：《（光绪）湘潭县志》卷八之六列女传十四，第396页。

［4］胡文楷：《历代妇女著作考》，上海古籍出版社1985年版，第951-952页。

［5］贝京校点：《湖南女士诗钞》，湖南人民出版社2010年版，第470页。

［6］〔清〕左孝威辑：《慈云阁诗钞·叙目》，同治十二年（1873）刻本。

［7］孙康宜：《文学经典的挑战》，百花洲文艺出版社2002年版，第101页。

第七章　清代初期闺秀文学个案

第一节　巾帼辞铸须眉音——移民词人徐湘萍

徐灿（约1618—约1698），字明霞，号湘萍。江苏吴县光禄丞徐子懋女，弘文院大学士海宁陈之遴继妻。从夫宦游，封一品夫人。徐灿父亲徐子懋经史皆通，故而徐灿自小受到良好的教育，在《家传》中其父称徐灿“幼颖悟、通书史、识大体”，为徐子懋所钟爱。湘萍工诗善词，又善书画，所画仕女设色淡雅、笔法古秀、工净有度，得北宋人法，晚年画水墨观音，间作花草。著有《拙政园诗集》2卷，收诗246首；《拙政园诗余》3卷，收词99首，今均存传。其中词作艺术成就尤为突出，陈维崧在《妇人集》中曾评价说：“徐湘萍才锋遒丽，生平著小词绝佳。盖南宋以来，闺房之秀，一人而已。”晚清词论家陈廷焯的《百雨斋词话》也说：“国朝闺秀工词者，自以徐湘萍为第一。”[1]

一、徐灿词的主题内容

徐灿的人生际遇既有幸福欢愉的青春年华，又有坎坷孤寂的中年晚景。迭遭家国之变后，其作品充满家国之思，感慨深沉。由于其传世的《拙政园诗余》中收录的只是她一部分词作，且很难分辨出哪些是她早期的作品，须经仔细研阅才可以发现蛛丝马迹。

已试华灯照绮筵，渐添奇巧斗新悬。明月似嫌芳景速，不轻圆。佳节最怜前一日，但欢长算几何年。可惜金吾犹禁夜，促游鞭。（《南浣溪沙·十四夜》）

暖浅寒轻夜气和，踏春红袂试纤罗。月似美人慵欲睡，晕横波。懒逐香尘看火树，自笺新调当笙歌。半侧流霞三两爵，不须多。（《南浣溪沙·十五夜》）

玉乱香忙午夜天，氍毹红暖正初筵。佳月怜人浑不减，昨宵圆。绛蜡消风欢未足，踏灯须待明年。好倩凤箫吹到晓，怕花眠。（《南浣溪沙·十六夜》）

以上三首《南浣溪沙》分写元宵前后三天，其间展现出的是一派轻松欢快、无忧无虑的青春少女形象，应属前期之作。当然，单纯从作品所反映的内容来看，徐灿前期的作品应该和大多数闺阁才人一样基本上还是在一个比较小的个人空间里，所涉及的也大都是个人的思绪，反映的是词人欢快幸福的少女生活和难以排解的青春之思。

徐灿词作真正大放异彩，走出不同于一般闺阁文风的当数其大量的家国词。经历明亡以后，徐灿由明入清，经历易代之变，加上其夫陈之遴以贰臣之身入仕清朝，对从小接受传统儒家教育的她而言，是非常痛苦的。虽然对丈夫不忠心有不满，但同样作为一个深受儒家思想影响的封建大家闺秀，徐灿又严守妻道顺从的儒家道德规范，不能放开言辞，与丈夫正面冲突。所以矛盾纠结当中，徐灿唯有将内心的痛苦和对前朝的怀念全部寄寓诗词当中，并因此使得作品呈现出一种“幽咽境深”的艺术风格。如《永遇乐·舟中感旧》：

无恙桃花，依然燕子，春景多别。前度刘郎，重来江令，往事何堪说。近水残阳，龙归剑杳，多少英雄泪血。千古恨、河山如许，豪华一瞬抛撇。

白玉楼前，黄金台畔，夜夜只留明月。休笑垂杨，而今金尽，秾李还销歇。世事流云，人生飞絮，都付断猿悲咽。西山在，愁容惨黛，如共人凄切。

桃花依旧是桃花，燕子依然是燕子，但在徐灿的眼里，故国破败以后一切景物都不一样了，“前度刘郎，重来江令”，丈夫贰臣为官，往事何堪说，明朝灭亡了，“流水落花春去也”，留下一片破败，人事全非。“休笑垂杨，而今金尽，秾李还销歇”，那些曾经繁花似锦之物早已销声匿迹，只有垂柳，仍然忠实地立于故地。面对惨痛的现实，词人深深感到世事变幻莫测，人生好比无根飞絮，难以掌握。

再如《风流子·同素庵感旧》：

只如昨日事，回头想，早已十经秋。向洗墨池边，装成书屋。蛮笺象管，别样风流。残红院，几番春欲去，却为个人留，宿雨低花，轻风侧蝶，水晶帘卷，恰好梳头。

西山依然在，知何意，凭栏怕举双眸，便把红萱酿酒，只动人愁。谢前度桃花，休开碧沼，旧时燕子，莫过朱楼。悔煞双飞新翼，误到瀛洲。

词人写下这首作品时离上次离京已有10年之久，10年之间天下已经易主。江山虽然依旧，但词人的身份、心境皆已不似从前，“只如”和“早已”之间的转折对照，带出往事不堪回首的无尽悲凉。在回忆的碎片里折射出词人对旧朝含蓄而深沉的追怀之情，“悔熬双飞新翼，误到瀛洲”，用隐喻的手法蕴含了词人对丈夫出仕清朝的不满，言辞委婉规劝，克制隐忍。其词境之广与词意之深是徐灿此前的词作中少有的。

由于这类作品饱含忧患意识和兴亡之感，使得其在闺阁文学中尽去纤佻之习，富含北宋遗风，拓宽了女性文学的传统题材并超越了以婉约为本色的词风。即使是闺阁文学中所常用的思乡和伤春悲秋等传统题材，由于加上了词人身世之感也尤显沉郁厚重。如《醉花阴·风雨》：

几日愁风和恨雨。乡梦教留住。花外燕双飞，等得它来，诉与伤心语。

碧云有路须归去，清鸟书无据。残月又模糊，空照人愁，没个分明处。

这首词写的是词人在春日风雨中思念家乡。词的开头描写了自然界的连日风雨让词人产生了怨恨之情，并由此引发了思念家乡的情怀。下片则从眼前的风雨愁怨联想到漂泊天涯，虽道路遥遥而终须归去，然而青鸟传书无所依凭，让人格外悲伤。徐灿在这首词中用曲折婉转的笔法营造出凄恻迷蒙的氛围，在满溢的忧伤与愁绪，隐然暗示了乡关之情之外更为复杂的心事。联系明清易代之际的时代背景，故国和故乡在这一刻实现了情感的交叉重叠。又如《踏莎行·初春》：

芳草才芽，梨花未雨。春魂已作天涯絮。晶帘宛转为谁垂，金衣飞上樱桃树。

故国茫茫，扁舟何许，夕阳一片江流去。碧云犹迭旧河山，月痕休到深深处。

“故国茫茫，扁舟何许”，故国已成他人天下，想学范蠡归隐亦不可得。细细品咂，能体察出词中许多内在的意蕴，有故国之思，有兴亡之叹，也有欲归不能归、欲隐不能隐的复杂心理以及对丈夫仕清的微讽等。

除此之外，徐灿词中还有一些夫妻、姐妹和亲戚朋友之间的酬和之作，这些酬和词作颇有点士大夫之间诗歌酬唱的意味，字里行间具有极大的感发潜能，有着深沉的蕴意。如《玉楼春·寄别四娘》：

风波忽起催人去，肠断一朝分燕羽，无端残梦怯相逢，梦破更添愁万绪。

扁舟暂毂鸳鸯诸，几度短长亭畔雨。雨声欲逐泪痕多，知道泪痕多几许。

词人感情极为沉痛，包含了对明朝的亡国之痛和对丈夫失节仕清的屈辱之痛。

二、徐灿词的艺术特色

（一）词境深广，词意深隐

徐灿与一般处于承平年代或在闺房中过着安稳日子的贵族女性的“为赋新词强说愁”或视界局限于小我情感的悲春伤秋不同，她生活在时事多变、社会矛盾与民族矛盾异常尖锐的时代。浮华的辞藻在巨变的时代显得黯淡无色和苍白无力，无病呻吟地为愁而愁的词作在巨变时代里只有被淹没的命运。徐灿作为一位历尽磨难而又具有强烈社会责任感的女词人，虽不乏女性词人的敏感细腻，但决不纤佻浅薄，其词词境深广：一是指其词作主题突破了一般的闺门题材，而将整个社会纳入了自己的视野；二是指词人站得比一般女性词人要高，她不再沉溺在自己的小我情感里，关心的不再是传统女性词人所反复念叨的那点单纯的女性情思，而是走向了士大夫情致，在小我中有了大我的气势与胸襟。其词集中多《满江红》与《念奴娇》等慷慨激越之调就是其词作词境深广，词意深隐的有力体现，同时更因为这种曲调的采用，使得她的作品具有了一种“尽洗铅华”“绝去纤佻之习”的感觉。《满江红》《念奴娇》宜做豪壮音，徐灿将自己的家国情怀尽抒于此，超出了一般女性词作的题材范畴，也使其词作突破了纤巧的形式。如《满江红·感事》：

过眼韶华，凄凄又、凉秋时节。听是处，捣衣声急，阵鸿凄切。往事堪悲闻玉树，采莲歌杳啼鹃血。叹当年、富贵已东流，金瓯缺。

风共雨，何曾歇。翘首望，乡关月。看金戈满地，万里云叠。斧钺行边遗恨在，楼船横海随波灭。到而今、空有断肠碑，英雄业。

又如《念奴娇·初冬》：

黄花过了，见碧空云尽，素秋无迹。薄薄罗衣寒似水，霜逗一庭花石。回首江城，高低禾黍，凉月纷纷白。眼前梦里，不知何处乡国。

难得此际清闲，长吟短咏，也算千金刻。象板莺笙犹醉耳，却是酒醒今夕。

有几朱颜，镜中暗减，不用尘沙逼。燕山一片，古今多少羁客。

这类激越词调本来并不适合小女子纤细闺思的表达，但加上词人深沉的家国之恨和兴亡之叹，也就使其词风自然与纤巧轻靡无缘了。严迪昌先生评徐灿词说：“徐灿运笔阔大处不逊男子，但心细如发处则又有女中才人的独到之境。”[2]这在以上所引词中得到了最充分的体现。

（二）善于化用前人诗词

化用前人的诗文作为一种古典诗词创作所常用的艺术手法在文坛上古已有之。宋代诗人黄庭坚曾说：“古之能为文章者，真能陶冶万物，虽取古人之陈言入于翰墨，如灵丹一粒，点铁成金也。”[3]点铁成金就是对化用现象的描述，即学习前人之词，稍加改动，形成新的作品。徐灿自幼聪颖，通书史，识大体，有着良好的教育。她的作品喜化用唐宋名家诗词，尤其对李清照诗词情有独钟，这一方面与李清照作品本身的艺术魅力有关，另一方面更是因为她们人生经历有着相似之处，两人都有着幸福的闺中生活、美满的婚后生活，以及同样遭受家国之乱的生离死别。所以，徐灿在创作时很自然地就与这位宋代女词人产生共鸣，从而化用她的诗句。如《踏莎行·初春》中“芳草才芽，梨花未雨，春魂已作天涯絮”一句化用了贺铸《青玉案》中的“试问闲愁都几许？一川烟草，满城风絮，梅子黄时雨”。词中愁绪似乎已化作春魂，如同那漫天的风絮，飘向天涯。其愁思比之贺铸更为深沉和伤感。再如《满江红·感事》中“听是处，捣衣声急，阵鸿凄切”，化用了李白的《子夜吴歌》“长安一片月，万户捣衣声”。《蝶恋花·春闺》中“一种分鸾，两地黄昏雨”，化用了李清照的《一剪梅》“一种相思，两处闲愁”和《声声慢》“梧桐更兼细雨，到黄昏、点点滴滴”。由于文学素养深厚，徐灿在化用前人诗词时，往往能够兼收并蓄，得心应手又能了无痕迹，更能推陈出新，将其为已所用并提升词境，使作品呈现出一种典雅优美的艺术美感。如：“小雨做春愁，愁到眉边住。道是愁心春带来，春又来何处。屈指算花期，转眼花归去。也拟花前学惜春，春去花无据。”（《卜算子·春愁》）词中除了后两句以外，皆有迹可寻。“小雨做春愁，愁到眉边住”，可以说与范仲淹“都来此事，眉间心上，无计相回避”（《御街行》）和李清照《一剪梅》“此情无计可消除，才下眉头，却上心头”等句意有相通之处。接下来两句“道是愁心春带来，春又来何处”，将辛弃疾《祝英台近》词“是它春带愁来，春归何处，却不解、带将愁去”三句化出了新意。

徐灿在化用前人作品时，很少将前人的诗词原封不动直接引用，而是通过各种手段使其与自己的情感相融合，有机地融入自己的创作中去，并由此产生了非常好的效果。这不仅体现了徐灿本身的文化修养和艺术底蕴，而且使她的词不论从外在形式还是思想情感上都显得典雅厚重而内涵深沉。

（三）作品画面色彩丰富

《清代闺阁诗人征略》记载“（灿）善画宫妆美人，笔法古秀，衣纹如莼叶，间亦点染作花草”。[4]可见徐灿是非常擅长绘画的。与绘画的色彩语言不同的是，文学中的色彩并不具有直接的观感，它是借助语言文字对色彩的描述，抑或是对色彩词语进行艺术重组，来唤起人们对色彩之美、意境之妙的遐思，从而增强诗词的艺术感染力。将绘画艺术与诗词创作有机融合，这方面徐灿可谓是清代女词人中的佼佼者，其词作中涉及诸多色彩词语。如“雪里枝枝红意早，窗俯碧河云半袅”（《一斛珠·有怀故园》）；“江南景，绿阴稠。惓红收”（《诉衷情·暮春》）；“依旧绿，为谁红”（《捣练子·春怨》）；“紫袍珠勒，偏称少年仙”（《满庭芳》）等。在这些充满色彩的词句中，词人将它们都赋予了特定语境下特殊的生命价值，既创设了色彩鲜明的艺术之境，又委婉地表达了心中难以直言的情愫。

此外，富于色彩的情境创设更使得静止于书稿上的画面有了动态之美，例如《点绛唇·春暮》，“未信桃花，偷将春色争飞去。便成红雨，不管莺无主。

曲曲瑶房，玉暖香深处。春还许，海棠枝上，留取三分住”。上片“红雨”一词，写出了桃花落红如雨，使读者如临其境，静止无味的画面瞬间成了一派动态可感之景；下片从室外写到室内，富贵华丽的深闺之中，玉暖香深，全然不知室外的春寒料峭，但不觉间，室外之春仅“海棠枝上，留取三分住”。这首词表面是在写女词人对春天即将逝去的惋惜之情，实则流露出女主人公对青春易逝的叹惋之情。

善属文、尤精书画的徐灿借用了美术学中色彩对比映衬的方法，使色彩所产生的独特之美不为美术学所独有，文学作品中亦可见其魅力。徐灿汲取前人创作之精华但又不落俗套，在色相上，她大胆尝试选择具有明显对比意义的色彩词语进行文学艺术加工，并由此在色彩明暗、冷暖对比之中创造出诸多绝美的艺术之境。

三、徐灿词艺术特征的形成原因

徐灿词艺术特征的形成原因主要有两个：一是词人自己的艺术素养和审美取向；二是时代环境的影响，即改朝换代的国变和曲折坎坷的人生经历给予词人的心灵冲击。

徐灿丈夫陈之遴在《拙政园诗余·序》中记徐灿“所爱玩者南唐则后主，宋则永叔、子瞻、少游、易安，明则元美。若大晟乐正辈，以为靡靡无足取”。这一方面可见徐灿善于学习前人之作，另一方面可见诗与词在徐灿这里没有太大的主题分工。换言之，正是因为徐灿对诗词主题界限的突破，使其词作具有了更为广阔的词境。

任何人都深深地植根于他所处的时代生活之中，徐灿也不例外。生活在这样一个悲剧性的易代之交，面对战争的残酷、民族的灾难、国变的耻辱，徐灿心中一直充塞着一股悲愤又悲凉之气。然而作为一个闺中柔弱女子，面对腥风血雨的现实、流离失所的悲凉和前途未卜的苦闷，唯有创作才可以宣泄她郁积于胸的强烈感情。加上高远的见识，徐灿的词作不论是从思想上还是艺术上看都立意甚高、取径甚宽、视野甚广，完全脱去脂粉气，洋溢着兴亡之感。

其次，徐灿的丈夫陈之遴的仕途境遇变迁也直接导致她人生的坎坷。明朝覆亡后，陈之遴入仕清朝，数年内屡迁官职，顺治九年（1652）授弘文院大学士，徐灿虽受封为一品夫人但心中始终愀然不乐。此后，陈之遴屡次遭弹劾，全家“流徙盛京，家产籍没”，徐灿亦随夫同往。在盛京戍居的13年之间徐灿夫逝子亡，孑然一身，凄凉孤苦。

身历明清易代之悲，继而成为政治斗争的受害者，徐灿丰富的生活经历以及她个人忧国思家的情结使她的词作跳出了个人小我的圈子，并将目光延伸到了人生、家国甚至历史的思考。她的家国词将历史兴衰质感融入故国沦亡之痛，予人以厚重的沧桑感。这在中国文学史特别是妇女文学史上都是难能可贵的。

从艺术价值来衡量，徐灿诗歌成就不如词作，但其诗“题材较广泛，或抒家国之思、兴亡之慨，或纪梦游仙，或拟古咏史，或题画咏物，或怀友悼亡。形式亦多样，五绝五律五古、七绝七律，各体皆备。语言清新淡雅，温柔敦厚”。[5]

注释：

［1］陈廷焯：《百雨斋词话》卷五。

［2］严迪昌：《清词史》，人民文学出版社2011年版，第568页。

［3］黄庭坚：《答洪驹叔父》，陶秋英：《宋金元文论选》，人民文学出版社1984年，第187-188页。

［4］施淑仪：《清代闺阁诗人征略》卷二，上海书店1987年版。

［5］张毅、徐灿：《〈拙政园诗集〉初探》，载《龙岩师专学报》2004年第1期，第70-71页。

第二节 蛾眉况是不凡才——“香奁名宿”商景兰

陈文述《西泠闺咏》卷十有《幻影楼咏商景兰》，其词曰：“争羡金童玉女来，蛾眉况是不凡才。神仙眷属闺房福，家国沧桑涕泪哀。高阁云低山掩黛，曲池波冷水生苔。膝前环佩瑶清侣，笙鹤萧鸾取次来。”[1] 词中玉女即为清初著有《锦囊集》的“香奁名宿”商景兰。

一、美人十五学吹箫

商景兰（1605—约1676），字媚生，明清浙江会稽人，明朝吏部尚书商周祚长女，自幼接受传统教育，能书善画，与妹商景徽皆有国色而工诗文，尤长诗词。两人同为当时越地才女中的精英，毛奇龄《西河词话》中曾有记载：“徐仲山夫人系商太傅女，善文，与其女兄祁忠敏夫人，俱以闺秀为越郡领袖。”[2] 在未嫁之前，商景兰已经是当地有名的才女，且常与闺中众友相聚相娱，“当年绣户集群仙，一旦分飞罢管弦”（商景徽《雨集咏雛堂》）就真实地描绘了她们少女时期的欢乐情景。万历四十八年（1620），16岁的商景兰，嫁与藏书家祁承爜之子祁彪佳（后为苏松巡抚）为妻。二人感情弥笃，才子佳人式的美满婚姻一时广为人颂。朱彝尊就曾言：“祁公美风采，夫人商亦有令仪，闺门唱随，乡党有金童玉女之目。”[3] 袁枚也曾言：“前朝山阴祁忠悯公彪佳，少年美姿容，夫人亦有国色，一时称为‘金童玉女’。”[4]

在婚后的25年中，商景兰无须为生计或是丈夫的功名过多操劳，生活过得平稳安逸。从祁彪佳的日记来看，在他们的日常生活中不乏临帖博弈这样的雅事，更为多见的是二人经常偕行于山水之间，赏玩风景，或是共坐对酌，悠然相望。此外，商景兰婚后育有三子四女，可谓子息无忧，祁彪佳一生亦未娶妾，这更是古时众多女性，尤其是那些薄命的才女所无法想象的。从这一点上来说，他们的婚姻可以被视为一个才子佳人的典范。如果身逢太平盛世，这种岁月静好的幸福生活必将永伴直至终老。但随着清军迅猛入关，商景兰美满的家庭生活不可避免地迭遭变故，1645年农历闰六月初五，祁彪佳殉节自沉于自家寓山住所梅华阁前的水池中，商景兰遵丈夫遗命接管家业，养育儿女并劝诫子孙韬光养晦，以读书为业，保家全身。然而事情并不能如她所愿。康熙六年（1667），其三女德琼身死。同年三子班孙因暗怀故国，涉浙中通海案远放宁古塔。虽然班孙三年后逃归，却削发为僧，断绝了与家中的联系，最终于康熙十二年（1673）去世。所以，商景兰30年的孀居生活中，还屡次遭受了生活的沉重打击。但即便如此，商景兰仍致力于文学追求与诗歌创作，经常组织家族内外频繁的文学活动，并创作了大量的诗歌作品，结集为《锦囊集》。可以说，商景兰延续着祁氏几代人对家族声誉艰辛的文化守望，自她故去后，祁氏一门风雅亦随着家族破败而沦没。

二、才华直接班姬后

身处簪缨世家，富裕优渥的商景兰从不需要为生活操劳烦心，她有足够的时间以读书弹琴、赏花听雨来打发闺中寂寥的生活。因此，商景兰的诗词大多以书写日常生活的亲身感受与琐碎经验为主。如《偶作》，“数种秋花带露娇，美人十五学吹箫。静窗一一翻书史，空令幽怀转寂寥”。在幽静的闺阁中，在读书与女红的日常生活中，生命悄无声息地流逝，这是一种闺中女子的生命常态和普遍境遇，更是闺阁作家的一种感时伤怀和顾影自怜。

商景兰通常能以其敏锐的洞察力捕捉琐碎的生活细节，于不动声色中将其融入文字，表达出她对生命时间与生存空间的体认与感知。如《闺中四景词》：

艳阳天，流水曲。处处莺啼柳绿。初睡足，晓妆迟。帘开燕子飞。桃如火，梅如豆。添得玉颜消瘦。眉淡淡，鬓星星。王孙正草青。（《更漏子·春》）

湘帘外，池水侧。双燕风前归急。移玉簟，弄双纨。黄梅雨正翻。熏风起，芙蓉乱。叶底鸳鸯寻伴。一队队，一双双。联翩宿野塘。（《更漏子·夏》）

西风萧瑟梧桐老。闻处处、寒砧夜捣。罗袂拂霜轻，雾髻侵云袅。绿窗声送孤鸿早。纨扇上、离愁多少。月下桂香浮，限煞秋光好。（《海棠春·秋》）

朔风剪出鹅毛片。柳絮与、梅花相见。木落万山空，正大江如练。红炉拨尽寒犹战。况夜夜、玉壶添箭。耐得岁寒心，又苦桃花面。（《海棠春·冬》）

词作中商景兰伤时感怀的幽怨在远逝的四季流光中，随着空间的变化不断地得到强化。除此之外，商景兰还创作了组诗《闺中四景歌》，诗歌中“深闺”“栏杆”等女性生存空间所独有的意象一方面反映了作者生存空间的闭锁，另一方面又表现其渴望突破个体存在走向精神自由的女性主体意识。

自然风物作为闺秀作品中的重要组成部分，同样也是商景兰笔下的常见题材，她的咏花之作往往给人以高洁之感，表现出一种典雅柔婉的审美情趣。如：

窗前篱菊早含香，散入深闺伴晓妆。自古黄花能醉客，渊明无日不飞觞。（《咏菊花》）

小苑荷花一色红，芬芳摇扬碧池中。总来难禁秋霜起，漫向人前斗晚风。（《咏荷花》）

石榴如日照帘栊，小小枝头一派红。佳人刺绣罗裙上，添得幽香斗晚风。（《咏石榴花》）

诗歌没有繁复的写作技巧，却读之难忘，让人齿颊留香。

商、祁家族皆为簪缨仕宦、世代书香之家，生长生活其中的商景兰不仅获得非常良好的教育，相较一般闺秀更拥有非常丰富的郊游经历，而江南美丽的山水更是时时滋养着她的心神，视野所及不仅跳出了闺阁，更不假雕饰地赋予了江南美景清新隐秀的灵气。如《春光好》，“山色秀，水纹清，落花轻。沙上鸳鸯泛绿汀，棹归声。小鸟如啼如话，春光乍雨乍晴。一派霞光催日暮，月东升”，词写泛舟暮归景象，景物繁多而不杂乱，用笔错落有致，描绘了一幅有声有色的江南山水图。再如《钗头凤·春游》，“东风厚，花如剖，满园芳气长堤柳。莺身弱，浮云薄。韶光易老，春容零落。莫莫莫。梅空瘦，情难究，菌兰未放香先透。真珠箔，秋千索。沉沉亭院，相思难托。错错错”。词中自然之春与人生之春交织在一起，虚实相生，别有一番意蕴在其中。

和男权社会所有被禁锢在家庭的柔弱女性一样，商景兰的作品中也经常充满感时伤物的哀怨情调。如《醉太平》，“水绿山青，花飞柳轻，卷帘无事调筝。写愁肠意萦。情牵意萦梦杳难成。香飘一片魂惊，见窗前月明”，明月窗前，卷帘人无事调筝，其愁自明。又如《醉花阴·闺怨》，“论愁肠如醉，写愁颜如睡，银红冉冉影随身，畏畏畏。半帘明月，一庭花气，时光容易。无数衾边泪。难向天涯会。夜寒故故启离情，碎碎碎。梦中细语，为谁分诉，何如不寐”，说不清，道不明的愁绪唯有诉之明月，而明月的时圆时缺更引人愁绪，在这一片朦胧月色和参差花影当中，女词人因此更见落寞忧伤。

三、当时同调人何处

身为抗清节士的遗孀，商景兰博学多才却恪守传统女子相夫教子的古训，所以《锦囊集》中相当多的内容都是她顾影自怜的闺阁吟咏，这些作品虽一唱三叹地描述了闺阁女子特有的生命体验，但若从艺术价值角度来看，商景兰最受世人称颂的还数她的悼亡诗词。

商景兰婚后一直与丈夫祁彪佳感情笃厚，共享了25年的幸福婚姻生活。祁彪佳不仅终生不曾纳妾，在他的日记中就经常可见其对妻子的深厚情谊。崇祯十四年（1641）记载：

> （十二月初九日）内子忽而血崩，几于晕厥，为之彷徨竟夜。
>
> （十二月十四日）内子体复不安，彷徨竟夜。
>
> （十二月十六日）内子大有起色，为喜。
>
> （十二月二十七日）连日内为荆人治药饵，外理应酬诸务，大如岁暮交际，细至米盐琐屑，皆一身兼之，苦不可言。[5]

日记中祁彪佳在妻子病重之时整夜焦虑不眠，妻子病情稍有起色，即欢欣鼓舞，对妻子的关心疼爱一目了然。可惜时代变幻的风云不能成全商景兰与丈夫终老烟霞、幸福相守的志愿。对于丈夫选择舍身殉节的这一举措，商景兰虽感与有荣焉，但在情感上始终无法释怀，她内心的伤痛也确是难以平复的。作于顺治二年（1645）的《悼亡》诗，就清晰地表达了她内心真实的矛盾情感，"公自成千古，吾犹恋一生。君臣原大义，儿女亦人情。折槛生前事，遗碑死后名。存亡虽异路，贞白总相成"。诗歌以悲怆的语调赞颂了祁彪佳的坚贞不屈，也不失分寸地表达了自己内心的哀痛和对女性家庭责任感的真实见解——虽然存亡异路，志节却是一样贞白。诗中哀恸之情，震撼了无数仁人志士。

祁彪佳在殉节前曾留有《别妻室书》一封，书中云：

> 自与贤妻结发之后，未尝有一恶语相加，即仰事俯育，莫不和蔼周详。如汝贤淑，真世所罕有也。我不幸值此变故，致于分手，实为痛心。但为臣尽忠，不得不尔。贤妻须万分节哀忍痛，勉自调理，使身体强健，可以区处家事，训诲子孙，不堕祁氏一门。则我虽死犹生矣。[6]

遗书中既见夫妇感情之深厚，亦可见祁彪佳对商景兰的殷切托付。面对难以承负的生命之重，商景兰没有软弱地妥协，而是顽强地肩负起丈夫遗命，倾尽一身心力支撑家业，教养儿女。在五十大寿之时，她写下《五十自叙》以总结自己含辛茹苦养育儿女的艰辛及对丈夫的深重思念，"忍泪语两儿，汝曹非不力。行乐虽及时，避难需俭德。我家忠孝门，举动为世则。行当立清标，繁华非所识。事事法先型，处身如安宅。读书成大儒，我复何促刺。我本松柏姿，甘与岁寒敌。扬名显其亲，此寿同金石”，[7]既表现了商景兰不负丈夫遗命，对子女的谆谆教诲，也可见她“我本松柏姿，甘与岁寒敌”独立不迁的坚强品格和傲人气魄。而“凤凰不得偶，孤鸾久无色”则流露出商景兰独撑家业的辛苦和作为守节女子难以言传的生命悲哀。从“只羡鸳鸯不羡仙”的幸福云端跌落到形单影只寂戚境地的商景兰经常感受到别鹤孤鸾的悲凄，“从来恩逐红颜尽，此际愁同白发长。世上已无京兆尹，蛾眉应减黛螺光”（《对镜·其二》）。丈夫已逝，曾经相伴相依的幸福生活如今被形影相吊所取代，陪伴她的只有浓得化不开的愁苦，读之令人潸然泪下。丧夫之痛在《过河渚登幻影楼哭夫子》中表现得更淋漓尽致，“久厌尘嚣避世荣，一丘恬淡寄余生。当时同调人何处，今夕伤怀泪独倾。几负竹窗清月影，更惭花坞晓莺声。岂知共结烟霞志，总付千秋别鹤情”。幻影楼或为祁彪佳《寓山注》中所指的浮影台，寓山曾是祁彪佳夫妻俩共同规划与设计的私家林园，本来约定远离红尘，共同著书、偕隐终老，但这份美好的愿望最终随着丈夫成就君臣大义而落空，当年同调人已不复存在，徒留无限悲苦相伴余生。

作为祁氏家族繁华及夫妻情深的见证，寓山在商景兰后期的笔下经常带上了浓重的思念色彩，如《卜算子·初春游寓山看花》，“春半绿茵齐，处处香风透。满目青山点翠苔，景色依然秀。尽道柳丝黄，不解梅花瘦。回首莺啼深树时，正是秋千候”，以及《卜算子·春日游寓山看花》，“烟暖碧云楼，楼迥春山秀。风落残红水面飘，池内清波皱。柳外小莺啼，花鸟声相斗。唤起当年万种愁，泪湿青衫袖”。两首词均写春日游寓山，触目所及皆是曾经过往的甜蜜，层叠的景色当中既表现出商景兰对以往幸福生活的留恋，亦可见一个女子对丈夫最深沉的思念。而由于身处明清风云变幻之际，作为晚明士大夫遗孀的商景兰，经历了往昔华堂鼎食后再看眼前的风光，总是不免带上“物是人非事事休”的感慨，如《春日寓山观梅》，“争春梅柳一庭幽，物在人亡动昔愁。惟有春风无限意，依然香气满枝头”。这种物是人非的感慨与对丈夫的追忆融合在一起，既有亡国之痛，亦有丧偶之悲，形成了诗歌中厚重的家国黍离之悲。

四、一丘恬淡寄余生

祁彪佳殉节后，商景兰坚持以教养培育子女、延续家族凝聚力与文化声望为己任，经常带领子媳女儿等吟咏唱和，在家庭中营造一种浓厚的文化氛围。清代邓汉仪《诗观》曾记载：“夫人有两媳四女，咸工诗。每暇日登临，则命媳女辈载笔床砚匣以随，角韵分题，一时传为盛事。”[8]可见这种即兴式的吟咏已成为她们日常生活中的常态，亦可见当时围绕商景兰的女性文学活动之兴盛。这种文学活动帮助祁、商家族女性建立了一个属于她们自己的文化圈，在一定程度上也扩大了她们的见闻与知识视野。除此之外，商景兰还跨越家族、男女规限，与族外女性常有文学往来，如她曾在《赠闺塾师黄媛介》中就表达了对黄媛介的高度赞赏之情："门锁蓬莱十载居，何期千里觐云裾。才华直接班姬后，风雅平欺左氏余。八体临池争幼妇，千言作赋拟相如，今朝把臂怜同调，始信当年女校书。"诗中商景兰把黄媛介与中国古代文学史上三位著名女诗人——班昭、左芬与薛涛相提并论，虽见其对黄媛介的独好，但从另一角度也传达了其作为博学女性的独立与自信；同时，在明清男性文人大力奖掖闺秀作家这个大背景下，商景兰及祁门女性为追求文学造诣的提升，亦跨越了男女界限进行诗艺的交流。毛奇龄在为商景兰女祁德渊作《祁夫人易服记》中曾言及了他们的交往情形，"与少至东书堂时，夫人从母商夫人学诗，而以予通家子，每出诸闺中诗，属予点定，以故每读夫人诗而为之赏之"。[9]

这种一门女性习文写诗的盛况一直延续到商景兰过世才渐趋消散。应当说，商景兰一生中所表现出的对于文学的热爱和追求在很大程度上为当时女性提供了一个独立进行文学尝试的例子，并且她还将这种文学追求推广至身边的亲人朋友，进而建立了一个以她为中心的女性文学团体。可以说，她因为对诗歌的热爱与坚持从而突破阶层与男女界限的超前举措足以保证她在文学史上占有突出的位置。

注释：

[1] 陈文述：《西泠闺咏》，道光丁亥汉皋青鸾阁原镌、光绪丁亥西泠翠螺阁重梓。

[2] 毛奇龄：《西河词话（卷二）》，台湾商务印书馆，第563页。

[3] 朱彝尊：《静志居诗话》，人民文学出版社1990年版，第623页。

[4] 袁枚：《随园诗话》，王英志校点，凤凰出版社2000年版，第511页。

[5] 祁彪佳：《祁彪佳文稿·祁忠敏公日记》，书目文献出版社1991年版。

[6] 祁彪佳：《祁彪佳集》，中华书局1960年版，第258页。

[7] 祁彪佳：《祁彪佳集》，中华书局1960年版，第272页。

[8] 邓汉仪辑：《四库禁毁书丛刊（集部）·诗观》，北京出版社1997年版，第23-24页。

[9] 毛奇龄：《西河文集·碑记》，商务印书馆1937年版，第2615页。

第三节　一寸心当万斛愁——闺塾名师黄媛介

明清之际，江南多产闺阁才女。尤其身处鼎革之际的闺秀们，在面对改朝换代的复杂时局和颠沛流离的生活困境时，身如浮萍的她们唯有依托大量的艺术作品，以抒发内心的苦痛和对现实的无奈。其中，有“林下风者”之誉的黄媛介就是翘楚之一。

一、黄媛介生平

黄媛介，字皆令，号离隐、若芷，又号如一道人。浙江秀水（今嘉兴）人，生卒年不详。明末清初女诗人、画家、闺塾师。以诗、文、书、画名于一时，被称为“四绝”，受到文坛大家的赞赏。明清著名散文家张岱，曾在《赠黄皆令女校书》诗中极口赞道：“未闻书画与诗文，一个名媛工四绝。”著有《南华馆古文诗集》《如石阁漫草》《离隐词》《越游草》等，皆散佚。其中，存世者有《湖上草》《黄皆令诗》及零星诗文。她“好吟咏，工书画，楷书仿黄庭坚，画似吴仲圭而简远过之”。[1]其传世画作有《虚亭落翠图》轴（上海博物馆藏）、《山水》扇面、《墨笔山水》扇面（故宫博物院藏）、《仿赵大年山水》扇面（四川省博物馆藏）等。

黄媛介虽出身不失为殷实的书香门第，但已是家道中落。家门寒素，远不如一般闺秀清贵，却也不乏诗书教养，与其兄黄象三（生卒年不详）、姊黄媛贞（约 1628—1661）同负才名。据施淑仪《清代闺阁诗人征略》记载，“髫龄即娴翰墨，好吟咏，工书画。楷书仿《黄庭经》，画似吴仲圭，而简远过之。其诗初从选体入，后师杜少陵，潇洒高洁，绝去闺阁畦径”，可见其全才。才名远播的她倾慕者众多，其中广为流传的有复社创建人张溥竟不顾黄媛介已许字杨世功的事实，欲求其为配。此前杨世功“聘后贫不能娶，流落吴门”，且“久客不归”。“父兄屡劝之改字”，媛介均置若罔闻。但张溥求娶，媛介却欣然答应，“约某日会某所，设屏障观之”。父母以为媛介是要相看张溥中意与否。“既罢”，（媛介）对父兄说：“吾以张公名士，欲一见之，今观其人有才无命，可惜也。”其时张溥方入翰林，享有盛名。而张溥竟真的“不逾年，竟卒”。后媛介终嫁与杨世功。[2]

杨世功虽为士人，但家贫至“以鬻畚为业”，其从来就没有能力供养妻子儿女。婚后，黄媛介“所携惟书卷自随，相见乃铅华不御”，以至于风鬟雨鬓，担负起养家重任。据《梅村诗话》载，黄媛介嫁给杨世功后，因丈夫不能养家，不得不常因生计忙碌奔波，卖文鬻画，如同水上浮萍，长期漂泊，居无定所。但她始终并未因贫困而屈服，她以过人的才华与丰富的阅历赢得了众多名士才女的赞誉。如果不是因为清军入侵，黄媛介这种亲身操持，与夫君“黾勉同心，怡然自乐”的生活状态也许会一直持续下去并终其一生。但不幸的是，黄媛介与许多不计其数的人一样都成了乱世飘蓬。

据《清代闺阁诗人征略》所录《林下词选》记载，“媛介久以诗文擅名，书画亦为世所称赏。作《离隐歌·序》云：予产自清门，归于素士。兄姊（名媛贞）雅好文墨，自少慕之。乃自乙酉逢乱被劫，转徙吴间，羁迟白下，后入金沙，闭迹墙东（琴张居士园名）。虽衣食取资于翰墨，而声影未出于衡门。古有朝隐、市隐、渔隐、樵隐，予殆以离索之怀成其肥遁之志焉。将还省母，爰作长歌，题曰《离隐》。归示家兄，或者无曹妹续史之才，庶几免蔡琰居身之玷云尔”。[3]按此推断，黄媛介应该曾于清兵攻陷嘉兴时被乱兵劫掠，为清军所掠所辱的谣言一起，家人亲友也因此质疑她的清白，致使其有家难回，只能在《离隐歌·序》中自辩并无“蔡琰居身之玷”。同时不得不“跋涉于吴、越间，困于槜李，踬于云间，栖于寒山，羁旅建康，转徙金沙，留滞云阳”。[4]辗转流落间，时或寄食于朱门之下。即便如此命运多舛，晚年时期，厄运仍未远离于她。施闰章《黄氏皆令小传》记载：“会石吏部有女知书，自京邸遗书币强致为女师。舟抵天津，一子德麟溺死。明年，女本善又夭。介遂无子，癔甚。南归，过江宁，值佟夫人贤而文，留养疴于僻园，半年卒。”儿子溺亡，爱女又早夭。吉水远山夫人朱中楣曾回忆说，“犹记闲坐湖楼，皆令携幼女过访，发方覆额，遂能诵诗写帖，楚楚可人”。[5]由此可知黄媛介女儿也是生而秀美且天资聪颖，才令著名词人朱中楣一见之下念念不忘。可惜上天不佑，儿女双双夭折令黄媛介备受打击，郁郁寡欢之下染疾南归，不过半年即病死于清初将领佟国器江宁的别业中，只40余岁。

二、黄媛介之文学创作

黄媛介一生所作甚丰，可惜多有散佚，唯明末清初职业出版者邹漪所辑刊之《诗媛八名家集》中录有其诗词72首。这些作品中既有其真实生活的写照，也有良师益友之间的唱和，更有于鼎革之际对国家和离乱百姓的深重忧虑。

黄媛介一生贫苦漂泊，其诗歌《夏日纪贫》就记录了她与丈夫暂居杭州时的贫苦生活：池塘水涨荇如烟，燕啄萍丝翠影悬；高壁阴多能蔽日，新荷叶小未成莲。著书不费居山事，沽酒恒消卖画钱；贫况不堪门外见，依依槐柳绿遮天。

首联描绘了当时她旅居之处的秀丽景色，池水春涨、绿荫成片，池塘边低垂的翠柳映于盈盈碧波之上，令燕子错认浮萍，掠过水面轻啄柳影。颔联以赏心悦目的清幽景象带出颈联中生活的清贫艰苦，紧接着尾联尽写她当时因拮据困顿而闭门谢客的窘迫。

虽曰纪贫，但始终丝毫未见作者对贫困生活的抗拒，反倒有种苦中作乐的怡然自得，可见其本自安于贫素，襟情不凡。

黄媛介还善于记录其日常所见，通过抒写事物的细微意趣来表达个人的思想情感，诗风清雅、写意。如《采菱》就写得逸趣横生：

> 轻舟放桨喜潺湲，碧柳丹枫落日间。欲采湖菱愁指滑，背人先自脱金环。
>
> 褰得菱蓬水溅衣，曝时犹得趁斜晖。中流不是狂风急，应把全湖尽摘归。

落日余晖中，乡女划一叶扁舟，荡漾在碧波之上，沿岸的垂柳和红枫交相辉映。该诗叙事层次分明，语言描写充满色彩，生动、细致地再现乡女“喜潺湲”“愁指滑”“脱金环”“趁斜晖”等系列心理活动和小动作。诗歌最后说如不是中途风雨骤起，“应把全湖尽摘归”，幽默俏皮中带着几分遗憾、几分豪气，充分表示了黄媛介细致入微的观察力和意犹未尽的游湖之行。

而在她的另一首题画诗《为渔洋山人画山水》中，则以画入诗并赋予景物独特的个性象征，以此表达自己的作画心得和清高品性：

> 懒登高阁望青山，愧我来年学闭关。淡墨遥传缥缈意，孤峰只在有无间。

后两句细写个人的绘画造诣高超，指出若有似无的感觉正是最佳的艺术效果。所以，“懒登高阁望青山”并非不爱青山，而是为了绘出自己心里的青山，是一座具有象征意味的“孤峰”，寄托了她自己孤高、超脱个性的孤峰。

为谋生计，黄媛介一生有着较为漫长的游历生涯。其中凄苦，其丈夫杨世功曾在《越游草·题词》中记载：“皆令渡江时西陵雨来，沙流湿汾，顾之不见，斜領乃踟蹰于驿亭之间，书奁绣帙弃之旁舍中，当斯时，虽欲效扶风橐笔撰述东征，不可得矣。”[6]杨世功无疑是歉疚的，而黄媛介在吃苦受累的路上，也见识了大片的风景，赢得了众多才女名士的赏识，并在频繁交往中产生了大量的赠答唱和诗。黄媛介一生与苏州的沈宜修母女、绍兴的商景兰母女和吴山母女，才女王端淑、归淑芬，名妓柳如是等均私交甚好。《同祁夫人商媚生祁修嫣湘君张楚纕朱赵璧游寓山分韵二首》记录的就是黄媛介与商景兰等闺中的一班诗友同游寓山时的兴致所作：

> 名园多异植，花绕曲栏边。山抱沧潭水，亭藏碧树烟。
>
> 栖鸟啼月下，回棹泊霜前。酒罢同归阁，开奁纳翠钿。
>
> 佳园饶逸趣，远客一登台。薜老苍烟静，风高落木哀。
>
> 看山空翠滴，觅路乱云开。欲和金闺句，惭非兔苑才。

诗歌细致地描画了所游园林的山水亭台之美，并以叙事式的手法记下了与友人相互唱和、尽兴而归的欢乐时光。诗歌多处可见化用杜甫名句之处，不难看出黄媛介确实对杜甫诗熟读于心，信手拈来，也因此更能说明其诗"初从选体入，后师杜少陵"了。

邓汉仪《天下名家诗观》"黄媛介"下云："（黄媛介）时时往来虞山，与柳夫人为文字交。"可见黄媛介与柳如是两人之间有很多酬唱的诗词。黄媛介《眼儿媚·谢别柳河东夫人》云："黄金不惜为幽人，种种语殷勤。竹开三径，图存四壁，便足千春。　匆匆欲去尚因循，几暗伤神。曾陪对镜，也同待月，常伴弹筝。"《前调》云："剪灯絮语梦难成，分手更多情。栏前花瘦，衣中香暖，就里言深。月儿残缭又重明，后会岂如今。半帆微雨，满船归况，万种离心。"

这两词皆是谢别柳如是之作。第一首"黄金不惜为幽人"句，当是指柳如是资助黄媛介诸多，应为实录。

词末尾"曾陪对镜，也同待月，常伴弹筝"及第二首词中"衣中香暖，就里言深"诸句，更证明黄柳二人实为闺中密友。

除与这些名媛名妓相交，才名知世的黄媛介在浪迹天涯途中，与众多名士亦多有来往，如当时文坛领军人物吴伟业、钱谦益、施愚山、毛奇龄等人就与之交往颇多，他们因赞赏黄媛介的才华与品格而为其诗集作序或题词，如吴伟业就曾以《鸳湖闺咏》四章诗篇相赠，黄媛介也因此有和吴伟业诗四首，《和梅村鸳湖四章》其三云：

> 石移山去草堂虚，漫理琴尊葺故居；闲教痴儿频护竹，惊闻长者独回车。牵萝补屋思偏逸，织锦成文意自如；独怪幽怀人不识，目空禹穴旧藏书。

诗风清丽，比之一般闺秀诗作更添了不少开阔意境，既有"闲教痴儿频护竹"的淡然情趣，也有"织锦成文意自如"的洒脱自在，别具韵致。

与众多闺秀才女保持密切友好关系的同时，黄媛介还经常要面对明清易代所带来的煎熬与苦痛，而流浪奔波的疲累更让她比其他闺中女子多几分心酸和沉重。如她的《长相思·春暮》就是由她对国家和民众的深重忧虑凝铸而成：

风满楼，雨满楼。风雨年年无了休，余香冷似秋。

卖花声，卖花舟。万紫千红总是愁，春流难断头。

这首双调小令又名《双红豆》，与一般的愁妇抒怀之作不同的是，这首词上片首句"风满楼，雨满楼"化用了唐代许浑的《咸阳城东楼》中的诗句"山雨欲来风满楼"，形象地描绘出明清之替的风雨飘摇之势。"风雨年年无了休"和"余香冷似秋"是作者由动荡的时代联想到自己这个生在不幸年代里的弱女子，在为生计的奔波中过早地逝去了青春，剩下的岁月如同风里落花，不知能到何时。残命如同冷秋，一种悲怆之感摧己心碎，是于时代之不幸中抒写的身世之感，也是大明朝大势已去，行将就木的形势之叹。下片由上片的虚写转为实写，"卖花声，卖花舟"，四处可闻的卖花声，满载繁花的小船，何等热闹。但在作者眼里却没有"万紫千红总是春"的喜悦，有的只是"余香冷似秋"的感伤和内心怨愁的抑郁。一个"愁"字，令家国之痛跃然纸上。但她并未就此打住，"春流难断头"，此愁犹如一江春水，无休无止，绵绵不绝。

再如《丙戌清明》云："倚柱空怀漆室忧，人家依旧有红楼。思将细雨应同发，泪与飞花总不收。折柳已成新伏腊，禁烟原是古春秋。白云亲舍常凝望，一寸心当万斛愁。"此诗为黄媛介的代表作，道出了她身为乱世凄凉女子的痛楚心境。"倚柱空怀漆室忧，人家依旧有红楼"，诗人心中存着一腔报国不能之惆怅，而达官贵人家里却依旧歌舞升平。面对细雨飞花，本已被贫穷困苦所郁结的心此刻更加愁苦，国仇家恨，无处排解。颈联以古新相对，古人临别折柳相赠，夏伏冬腊，岁月更替，虽折柳保留着古代风俗，寒食禁火沿袭古来传统，可江山易代，心情氛围全不似当年，清明节的景物风情，无不触发着今昔盛衰之慨。尾联连用"白云亲舍""寸心"的两个思亲典故，以"常凝望""万斛愁"直白地极言"漆室忧"与"亲舍之思"是如此令人难以承受。

在四处漂泊的漫长岁月里，黄媛介还亲身体会到国难之际劳苦大众的惨痛生活，所以这种深刻且切肤的体验令她在忧心江山社稷的同时，更对广大百姓寄予了莫大的关心和同情。"倾橐无锱铢，搜瓶无斗升。相逢患难人，何能解相救？"在这首五绝诗中黄媛介用白描的手法既表现了自己的生活现状，也再现了下层百姓的穷困境况，并由此发出"同是天涯沦落人”的感慨，诗歌以一句无奈的反问结束，充满了同情和抱憾。虽寥寥几字，却显意境深远。《玉镜阳秋》中评此诗说，媛介“家无儋石，而心存济物，襟情不凡”。同样的家国之思，黄媛介“颇有魏晋风致”的赋中也有所体现，其《闲思赋》就是个人命运与国家危难相交织的痛苦哀鸣，赋中云：

惟古人之不作兮，咏遗篇之渺茫；意欲欻举而无舍兮，心远降而自伤。何伊人之不多怀兮，托幽会于灵神；故素所悦爱兮，冀一见而相亲。致微辞而献诚兮，竟不接而弃我；眷彼美而长怀兮，竭平生而增慕。既不察余之衷情兮，何踌躇而不去？诵诗书以自陈兮，使君王之道光。接一语以迥隔兮，怅永昧于椒房；身欲去而顾留兮，羡浮云之飞扬。曾不得而相抗兮，渺一世而沈藏。何慷慨之不绝兮，人各具此深情。不延赏于君德兮，机关内伤怀于友生。固陈迹之可哀兮，当新怨之未平。怪清风之夜吹兮，音声凄而不绝；情惨怛而易增兮，心惆怅而焉歇？保高人之胸襟兮，虑已开而更结……

身处乱世却心怀天下，黄媛介的诗文创作打破了传统闺怨的狭隘内容局限，开掘出比普通的闺阁之作更为广阔的抒写世界。她以职业女性的生涯与开阔的人生视野，一洗铅华，绝去闺阁之气，在思想内容和艺术风格上突破了历代女子之作，为繁兴清代闺秀文学创作打开了局面，也为今天活跃于各行各业的女性树立了楷模。

三、黄媛介之书画造诣

除了以诗文善名，黄媛介的书画更是为世人所称赏，甚至在书画艺术上的声名超越了她的诗名。明代姜绍书编著的《无声诗史》卷五记载了22位女书画家，其中就有黄媛介的小传，称其工书善画，楷书仿黄庭坚，遒婉有古法。近人祝嘉《书学史》更将其列入书法家行列。王士祯列举当时代善画妇人时，也以其为清初工山水之闺秀代表。尽管黄媛介曾卖诗鬻画为生，但其作品并不易得，经常“稍给，便不肯作”。同时代的文人邓汉仪曾在其《无声诗史》卷五中记载曰：“皆令书画不可多得，郡城萧仪九，装潢家名手也。予从其处得皆令诗画扇一，出以示客，知画者谓逼真梅花道人笔意，字亦遒婉有古法。”黄媛介的传世画作中，盖因酬唱、鬻画所需，扇面画居多，且“笔意萧远，不见女子态”。明亡之后，黄媛介流离跋涉于吴越之间，曾寓居虞山柳如是的绛云楼，两人吟诗作画，相互切磋，以为乐事。钱谦益《黄皆令新诗·序》曾载：“绛云楼新成，吾家河东（柳如是）邀皆令至，砚匣笔床，挹西山之翠微，坐东山之画障，丹铅粉绘，篇什流传吴中，闺阁侈为盛事。”其间黄媛介为柳如是所作《为河东夫人作浅绛山水》就是以墨笔为主，并以浅赭设色，清淡简洁，意境深远，颇见其山水画特色。

至于黄媛介之书法，历来对其评论较少，传世作品亦不多见，且多见于画作题跋，以小楷为主，兼有少量行书。

注释：

［1］冀勤辑校：《午梦堂集》，中华书局1998年版，第693页。

［2］［3］［4］［5］施淑仪：《清代闺阁诗人征略》卷一，上海书店1987年版。

［6］黄皆令：《越游草·题词》，载毛奇龄：《西河合集》，《题词》13a—14a。

第四节　扫眉才子是鸣鸾——闺阁女宗顾贞立

在中国古代诗词发展的历史画卷上，明清以前真正意义上的女词人可谓寥寥。清初周铭编写的《林下词选》所录有宋以来“四朝闺秀词，合之名妓女冠才鬼，不过百余家”。[1]而到了清代，闺秀词人则大放异彩，不仅名家众多，风格也是各异其色，各逞其芳。这当中，有“闺阁女宗”之称的顾贞立在清初女性词坛别树一帜，盛名远扬。邓红梅在《女性词史》中称其“以力大思深的内蕴与劲爽苍凉的品貌，而翘然独立于繁红丽绿的清初女性词坛上”。[2]

顾贞立原名文婉，字碧汾，自号避秦人，江苏无锡人，出身于明代末年的诗书望族。曾祖顾宪成，乃晚明东林党领袖之一；祖父顾与渟为明朝户部郎；父亲顾枢，才高博学，为东林学派另一领袖高攀龙的门生，以理学与文学闻名于世；其弟顾贞观为清初著名词人。这种诗书传家的家族传承，让顾贞立对自己的才学甚为自负，她在与闺友纤月唱和的词中就明确表示：“何必羡儒冠，花满阑干。扫眉才子是鸣鸾。得近班家明月句，愿作齐纨。”（《浪淘沙》）可见其在文学创作上有着巾帼不让须眉的气概。而其家族中人也都颇以其能文而自豪。顾贞立一生创作作品丰富，其中诗词尤多，可惜作品大多散佚，今仅存《栖香阁词》二卷共计160余首词，另有少量诗歌传世。

顾贞立不仅在明末清初女性词坛上是一个特殊的存在，放眼整个女性词史，她也是一位个性鲜明的作家。她的词作虽立足女性独特的处境，却又突破了女儿气息和闺阁情调。大而言之，她的一生和词作的发展基本经历了三个阶段：清新爽快的少女明快期、憔悴凄婉的婚后落魄期和悲凉沉郁的晚年华发期。

一、清新爽快的明丽少女词

如前文所述，顾氏家族从顾宪成到顾贞观，个个才情不凡，顾贞立母亲王氏虽为顾枢的继室，也是“通晓书史，婉静温恭”。[3] 在礼教教育尤其是“妇学”教育方面，顾贞立的父母对其相较显得比较开明宽松，所以闺中顾贞立时时可以享有斗韵飞笺之乐，甚至可以做出秉烛持觞、痛饮啸歌这种完全不合闺典女训的“逾矩”之事。这种书香馥郁的文学世家和宽松的家庭教育，让顾贞立养成了男子一般的豪气和孤傲不羁的胸怀，即使此期闺阁依然是她生活的主要空间，闺阁情怀依然是她生命的主旋律，她的作品也不同于普通闺秀词作中的婉媚风格，而是充满一派悠闲与爽利。以《望江南》11 首最典型：

东亭好，太史旧名家。望去有庭皆叠石，看来无树不梅花。即此是烟霞。

东亭好，佛阁石为龛。曾羡莲台双并蒂，愿依弥勒一花憨。还把本来参。

东亭好，疏雨逗庭梧。小酉阁前山水画，晚妆楼外辋川图。燕子引新雏。

东亭好，青粉薜萝墙。梅子乍圆莺语滑，杏花微雨燕泥香。小立傍斜阳。

东亭好，最是可闲居。咏絮诗教鹦鹉念，替花格倩玉人书。积雪满庭除。

东亭好，青盖绿阴圆。元览楼前题白雪，三余阁上驻婵娟。一望似神仙。

东亭好，阑砌玉玲珑。一点烟鬟留夕照，三层楼阁接垂虹。人在画图中。

东亭好，最忆是花朝。破寂自倾鹦鹉盏，拈题先得美人蕉。阁倚凤凰箫。

东亭好，无事掩深闺。痛饮长歌红烛夜，沉香小像曲屏西。何处不堪题。

东亭好，梅子乍圆时。碧玉邻家催斗草，青溪小妹解弹棋。吟就护兰诗。

东亭好，石榻对茶烟。丹桂香飘金粟岭，碧梧阴覆卧雪轩。斗韵与飞笺。

这组词活灵活现地勾勒出了少女顾贞立的生活场景，词句清新巧致，随处可见其爽利轻快的身影。这种洒脱的早期生活经历以及她对自己学识和襟怀的自信也铸就了她后来睥睨词坛的雄风。

二、憔悴凄婉的婚后落魄词

16 岁时，顾贞立遵从“父母之命、媒妁之言”嫁与同邑侯晋。这段文化大族之间的联姻原本应该为两族的通家之好再添佳话。然而，与那些得嫁才子、琴瑟静好而时有分韵题笺之乐的幸运才女不同，顾贞立成年后的婚姻与生活令她极为失望与悒郁。顾贞立不仅遭遇了“彩凤配凡禽、才女配庸人”的不幸，婚后不久，侯晋更是另纳新欢。这样的婚姻使她不光要忍受丈夫庸碌无才的无奈，还要承受其薄幸无德的痛苦，尝尽被人抛弃的寂寞和难堪。《栖香阁词》中顾贞立与亲朋好友的交游唱和之作颇多，但唯独没有一首是写给侯晋的，一方面可见侯晋之平庸，另一方面也可见顾贞立对他的心灰意冷和不满。这首《满江红·中秋旅泊》便道出了她心底的深深隐痛：

为问嫦娥，何事更、一生担搁。也曾来、百子池边，长生殿角。伴我绮窗朱户影，辜他碧海青天约。倩回风、迢递寄愁心，随漂泊。

五色管，今闲却。千石酒，谁斟酌。又天涯羁旅，鬓丝零落。别梦匆匆偏易醒，远书草草浑难托。判长眠、憔悴过三秋，人如削。

词中“一生担搁”四个字刻骨痛心，道出了她婚姻失败的无比惨痛和由此带来的无限伤怀 。但顾贞立的独特之处还在于她能超越时代的局限，不被古代女性“内言不出于阃”所束缚，感于直抒自己对婚姻生活的不满以及自己决意以自适之态面对世人的洒脱。《沁园春》“掠鬓梳鬟，弓鞋窄袖，不惯从来。但经营料理，茶铛茗碗，亲供洒扫，职分该当。还谢天公深有意，便生就、粗疏丘壑才”和《满江红》“堕马啼妆，学不就、闺中模样。疏慵惯、嚼花吹叶，粉抛脂漾”，就直接表露了顾贞立对闺中女子惯常生活状态的不屑和不甘雌伏的孤高落拓。

侯晋一生才学平庸，科考不顺，后在湖北谋得一个小差，顾贞立因此不得不随宦天涯，飘零辗转于江湖之间。但因丈夫的无所成就，家境日益贫困，以致要靠她典当嫁妆度日。为了生计，一向“怕向针神称弟子”的顾贞立不得不飞针走线，靠刺绣来养家糊口。《满江红·剪彩为花》中，“闭户再添今夜线，停针便换明朝粟”就清晰地表现了她凄惨的境遇。

生活的不幸令贞立备感忧愤，满心郁恨难以排遣。在婚姻中看不到希望也得不到幸福的她始终愁肠难解、憔悴如削，同时内心也因此充满了强烈的不平和愤懑，其中最能反映她内心压抑苦闷心情的作品当数那首著名的《满江红》(楚黄署中闻警)：

仆本恨人，那禁得、悲哉秋气。恰又是、将归送别，登山临水。一派角声烟霭外，数行雁字波光里。试凭高、觅取旧妆楼，谁同倚。

乡梦远，书迢递。人半载，辞家矣。叹吴头楚尾，翛然孤寄。江上空怜商女曲，闺中漫洒神州泪。算缟綦、何必让男儿，天应忌。

“仆本恨人”化用江淹《恨赋》“仆本恨人，心惊不已”，这既是她内心情怀的一种自我宣泄，也为全词奠定了孤傲劲爽的抒情风格。在悲秋之际想着辞亲远乡本已乱人心绪，又正逢烽烟四起、山河动荡，个人“翛然孤寄”的身世与社稷宗国的崩塌命运终于汇成一股愤激之气爆发出来，“算缟綦、何必让男儿，天应忌”，女词人毫不避讳地直陈她欲与须眉一争高下的气魄和识见。这首词行文雄健，语带风云，历来为人们所赏识。郭麟评这首词曰：“语带风骚，气含骚雅，殊不似巾帼中人作者，亦奇女子也。”[4]

清康熙十三年（1674），侯晋卒于湖州任上，顾贞立家境更为凄惨。生活的重压之下她唯有寄厚望于儿子侯麟勋（字汉仪），但终未能如愿。尽管其子自幼英敏，才华出众，并于清康熙十八年（1679）考取进士，名列三甲，但“时纳例盛行，铨政雍滞，不及掖选，落魄无聊，竟以穷死”。[5]顾贞立的生活陷入了更深的抑郁愁苦之中。

三、悲凉沉郁的晚年华发词

夫亡子逝后，顾贞立已是垂垂老矣。晚年的顾贞立贫病交加，常常断饷而不得不高卧寻梦，偶有邻人馈赠，但也因此更加刺痛她那颗千疮百孔的心，更加显现其身世遭际的落魄不堪。或许是经历了太多的坎坷波折，看过了太多的风云变幻；也或者是时光之水磨蚀柔软了她以往的棱角与锐利，顾贞立晚期的作品中更多的是沉淀后的沧桑之意。如《满庭芳·乙丑元旦立春》：

除夕迎春，春朝岁旦，百年难遇今年。瑶枝琼树，光映满堂前。无奈风鬟雨鬓，何心去、剪胜争妍。思前事，雪堂分韵，黛笔拂云笺。

围炉帘半卷，裁冰煮雪，绣坐香眠。正繁华时节、月媚花娟。多少悲欢冷暖，黄粱熟、一笑茫然。今惟有，闲身尚在，子孝与孙贤。

乙丑年间，顾贞立已是60余岁的老人了。隔着那么多年的风霜岁月，当初那个曾在楚黄署中写下“算缟綦 、何必让男儿，天应忌”的她终于开始变得平和。尽管无人知道这些年来她的心如何由郁愤渐渐走向隐忍，但她那“多少悲欢冷暖，黄粱熟、一笑茫然”的看似安详豁达的语气中，又包含着多少人生如梦、沧海桑田的喟慨与惘然。反映到作品中，顾贞立此期词作风格更有一种悲凉沉郁之感。如《忆秦娥》，“残冬逼，回肠百结愁难说。愁难说，有谁来问，冻云寒雪。　惊心岁月空相惜，关心姊妹犹相忆，犹相忆。笙歌影里，簸钱时节”。

岁暮寒冬，别人家都欢欢喜喜地准备过年，女词人却孤苦伶仃地忍受“冻云寒雪”的煎熬。她愁肠百结，却欲诉无人。在这种寂寥凄恻的岁末，她禁不住开始回忆与好友的青春往事，“惊心岁月空相惜”当指壮烈的反清复明年代，一“空”字表明复国大业无望，从此深陷家国之恨。紧接着，“笙歌影里，簸钱时节”则生动地描绘了宫女玩簸钱游戏时的情景。词人以这种往日之乐境衬托今日之哀境，令人备感凄凉和哀绝。而《满庭芳》在总结了词人自己一生的际遇和追求后，更是心绪回旋，感慨良深。“弱絮轻尘，空花幻影，分明身世虚舟。笑孤云野鹤，何事淹留。回忆从前似梦，无端别、业海蜃楼。如今似、槿花临暮，燕子清秋。　休休。韶华去也，便琼花难耐，风散云流。多少朱颜绿鬓，空耽误、粉怨脂愁。何须问、唐宫汉苑，终属沉浮。”重叠纷繁的抒情意象中，充满了词人无法传递的难言隐痛和对人世的无奈慨叹。

面对社会巨变和人生的种种不如意，顾贞立晚年那种避世的念头更为强烈，“青莲”的纯净无污和无欲无求成为她余生的追求，与青灯为伴也基本是她所有生活的常态。从《清平乐·问海棠影》中就可窥见她晚年青灯古佛生活的一角。“娟娟楚楚。借得青灯助。相对似怜还似妒。不语却因何故。枝头嫩蕊初开。西风且莫频催。留与伊人为伴，明朝还傍妆台。”

根据张秉成先生的《弹指词笺注》书内所附《顾贞观年表》记载，“清康熙三十八年（1699），是年贞观之姐顾贞立卒”。[6]大约1699年，顾贞立于困窘寂寞中去世。

四、《栖香阁词》的艺术风貌

在整个中国女性词史上，闺秀词大多都是秀美绵丽、含蓄凄婉的，顾贞立以其卓然傲立的才华抛开了所谓“温柔敦厚、怨而不怒”的小词传统，让整部《栖香阁词》总体上都呈现出一种劲直疏宕、气含骚雅的特点。

一般说来，女子天性相比男子要更柔婉含蓄，体物察情也更敏感细腻一些。而词体本身又颇具要眇深幽之美，因此女性词作大多具有纤婉曲折的风格。顾贞立潇洒孤傲的个性加上国仇家恨的遭遇，使得她不复拘泥于以往的观念，转而以一抒己志为目的，其词风自然也就转向劲直疏宕的一路。这种心智性情和抒情取向首先让她在词牌的选择上就与众多闺秀不同。关于词牌，龙榆生先生曾在《填词与选调》中说道：“一种曲调之组成，必其人之心有所感，而借抑扬抗坠之音节以表达之……依曲调以填词，则歌词所表达之情，宜与曲中所表达之情相应。”[7]顾贞立性情洒脱，抒发情感多喜一气呵成，因此格调坚浑的词牌就常被她所选用，如《满江红》《沁园春》《百字令》《念奴娇》等，尤以《满江红》为最，如《满江红·忆远时蓉滨北游》：

> 雁泣西楼，天亦瘦，惨黄愁翠。难消受、长歌当哭，孤灯泻泪。典尽难留嫁日衣，醉来却喜书空字。问断肠、吟就是何题，长门句。屏山静，炉烟细。听不了，寒蛩砌。数离愁多少，撑天塞地。故国迷漫残照外，美人宛在潇湘里。坐闺中、对此可怜宵，人憔悴。

这首词几乎融入了顾贞立人生中所有的悲恨之情，有家境潦倒的难堪、遭人冷落的凄凉，也有故国不堪回首的沦亡之痛，更有知己天涯的无奈离愁。但词中并不见闺秀词所常有的自怨自艾和气息奄奄，而是一种深深的怨愤悲怆和寥落孤高，苍劲之气贯穿全词。

由于性喜直述情怀，顾贞立的作品语言很少华美的辞藻和艳丽的色彩，在遣词造句方面经常显示出直白疏放的特色，加上厚重苍劲的感情，她的词因此与众多纤柔绵婉的闺秀词相比有着完全不同的风神和气魄。

顾贞立心慕高洁，不愿与俗同流，同时又经历了易代之悲，在这一点上有着和屈原一样对现实世界产生疏离感的共鸣。因此，在她的词中经常可见对屈骚的传承。如上文所述的《满江红·忆远时蓉滨北游》中“美人宛在潇湘里”，就化用了屈原《九歌·少司命》中“望美人兮未来”之句，来表明她对美好事物的追求是多么遥不可及。而屈原用来表现自己高洁品性的香草意象，在顾贞立的词作中也是到处可见，如《多丽》中“纫幽兰、犹堪为佩”；《南乡子》中“九畹芳兰佩可纫”；《剪湘云》中“结茱萸，双带佩秋兰，浥愁人泪点”；《百字令》中“九畹芳兰，凌波仙种，瑞可成三绝”等。如此多次反复地运用这些意象，不仅说明屈原是顾贞立精神的引领者，同时也是顾贞立自己高洁品性的自画像。

总之，顾贞立的词中常常可以看到屈骚的影子，这其中有词人高洁的志向，也有其炙热的爱国情怀，正可谓得“离骚之旨”。顾贞立以其“语带风云、气含骚雅”的独特韵致，为当时相对单调的女性词坛带来了一股清新俊逸的气息，无论在词的内蕴还是艺术上都取得了开创性的成就，她也因此获得了“闺阁女宗”的不朽称号。

注释：

[1] 周铭编：《林下词选》，清康熙十年吴江周氏宁静堂刻本。

[2] 邓红梅：《女性词史》，山东教育出版社2000年版，第258页。

[3] 徐乾学：《顾庸庵先生墓表》，载《憺园集》卷三十二，光绪九年（1883）刻本。

[4] 郭麐：《灵芬馆词话》，载唐圭璋：《词话丛编》，中华书局2005年版，第1537页。

[5] 黄卯：《锡金识小录》卷六，光绪二十二年木活字本。

[6] 张秉戍：《弹指词笺注》，北京出版社2000年版。

[7] 龙榆生：《龙榆生词学论文集》，上海古籍出版社1997年版，第176页。

第八章　清代中期闺秀文学个案

第一节　天然不与众芳同——闺中性灵席佩兰

“诗者，人之性情也。近取诸身而足矣。其言动心，其色夺目，其味适口，其音悦耳，便是佳诗。”[1]关于诗歌创作，“乾隆三大家”之首的袁枚曾发出过如许率性主张。同在招收弟子方面，袁枚也表现出与众多传统封建文人不同的地方，那就是大量招收女弟子。在《随园诗话补遗》中，他与有荣焉地向世人宣称：“余女弟子虽二十余人，而如严蕊珠之博雅，金纤纤之领解，席佩兰之推尊本朝第一，皆闺中之三大知己也。”[2]尽管他将自己的女弟子引为知己，至今200年以来仍存种种非议，但当年首席弟子席佩兰的确在“性灵”女性文学创作上独树一帜。

一、席佩兰的创作之师

席佩兰（约1760—1820），名韵芬，字道华，又字浣云，小名瑞芝，因善画兰花，自号佩兰，江苏昭文（今常熟）人，内阁中书席宝箴孙女。席佩兰自幼好诗，八九岁即学完《毛诗》，父又授之以《绿窗吟》诗。其学诗沉溺刻苦，许多作品都流露出对诗歌发自内心的钟情与喜爱，如《诗中三友歌》：“性耽佳句席道华，一诗千改墨点鸦。一字未安心如麻，倚柱夜看秋河斜。”

除了良好的家庭教育及自身的聪颖天资和刻苦好学，席佩兰能在文学之路越走越远，其中两位男子的赞赏与支持功不可没：一位是她的丈夫孙原湘，另一位即为她的恩师袁枚。

孙原湘，字子潇，一字长真，晚号心青，与席佩兰同为江苏昭文人。乾隆四十一年（1776）冬，席佩兰约15岁时嫁与孙原湘为妻。婚后两人情爱弥深，互为师友，孙原湘以空灵取胜的诗歌创作主张和实践更是对席佩兰影响极大。而自古以来，夫妻才艺相合无疑对女子的艺术创作有着极大的鼓励和安慰，正如女诗人骆绮兰所说："至闺秀幸而配风雅之士，相为唱和，自必爱惜而流传之，不至泯灭。或所遇非人，且不解咿唔为何事，将以诗稿覆醯瓮矣！"[3]

孙原湘少小以才名，却屡试不第，直到嘉庆十年（1805）才中进士，后为翰林院庶吉士，充武英殿协修官。所以佩兰与之唱和的诗歌大多都围绕着科第前程之事，在将近30首的夫妇唱和诗中，席佩兰不仅表达了对丈夫的缱绻情深，同时百般鼓励期勉，谆谆劝诫，作品由于情感真挚，在彰显柔婉诚恳的同时又雅致有趣。如《以指甲赠外》，"掺掺指爪脆珊瑚，金剪修圆露雪肤。付与檀奴收拾好，不须背痒倩麻姑"。诗人语带幽默，把自己的指甲当作礼物寄予丈夫，期许其在外不要妄动绮念，一心求取前程。语言风趣又自带风情，颇显夫妻间伉俪情深。孙原湘对此曾以《内人指甲》进行唱和，诗云："不爱匀黄不染丹，生来偏喜近豪端。只因久惯拈花后，落剪依然气如兰。"诗歌从侧面描写了妻子高洁如兰的品格，也表达了诗人对妻子的爱重与深情。这种往来于夫妻间的创作进一步加深了夫妻情感，使得两人成为当时乃至整个封建时期为数不多的神仙眷侣。据倪鸿《桐阴清话》云："昭文孙子潇太史，与德配席浣云，俱能诗，唱和甚夥。其《示内》句云：'赖有闺房如学舍，一编横放两人看。'又《赠内》云：'五鼓一家都睡熟，怜卿犹在病床前。'上联想见闺房之乐，下联想见伉俪之笃。"[4]因此，在丈夫孙原湘的支持与鼓励下，席佩兰的文学爱好不仅没有淹没在婚后琐碎辛劳的生活中，创作水准在相互的督促改进中反而日渐精益，在这种亦师亦友的婚姻生活和你唱我和的文学操练中，两人均获得了精神世界的幸福和满足。

乾隆五十三年（1788），经友人推荐，孙原湘与当时文坛巨擘袁枚结识。不久，袁枚造访孙家，孙原湘借此良机，以诗《随园先生过访，并示新刻〈天台雁荡游卷〉》及时表白了对袁枚的无限仰慕之情。此后孙原湘经常呈诗求教，有时也会呈上妻子的佳作，但袁枚并不甚推重，以为有代作之嫌。直至其亲至虞山造访孙氏夫妇，始信佩兰之才，其《随园诗话补遗》卷八中就曾记载此事："女弟子席佩兰，诗才清妙，余尝疑是郎君孙子潇（原湘）代作。今春到虞山访之，佩兰有君姑之戚，缟衣出见，容貌婀娜，克称其才。以小照属题，余置袖中，即拉其郎君同往吴竹桥太史家小饮。日未暮，而见赠三律来。读之，细腻风光，方知徐淑之果胜秦嘉也。"[5]大约自此以后，席佩兰与袁枚正式确立师徒关系并多次上书请业，开始与丈夫同门学诗。席佩兰的诗歌深得袁枚真传，创作中处处体现性灵诗观，深得袁枚心意。在《长真阁集》题词中，袁枚盛赞佩兰的创作"字字出于性灵，不拾古人牙慧，而能天机清妙，音节琮琤，似此诗才，不独闺阁中罕有其丽也，其佳处总在先有作意而后有诗，今之号诗家者愧矣”，对席佩兰的赏识与器重一览无余。

二、席佩兰的文学主张

作为袁枚的爱徒，席佩兰与孙原湘的诗歌创作与文学观念深受其影响。袁枚之论诗，概而言之为“性灵”。其《随园诗话》云：“自《三百篇》至今日，凡诗之传者，都是性灵，不关堆垛。”[6]“言诗之必本乎性情也。”[7]又云：“今人浮慕诗名而强为之，既离性情，又乏灵机，转不若野氓之击辕相杵，犹应风、雅焉。”[8]这当中，所谓“性情”和“灵机”均为其性灵说之二要素，而又以性情为核心。由此可知，袁枚的“性灵说”其实突出地呈现出一种“重情”的审美理念。遵循这一“重情”理念，则诗歌创作必须自然天成，才能纯真动人。综观席佩兰《长真阁集》，可见其对文学的审美始终是遵循着“性灵”二字的。但身为女子，席佩兰对文学创作也有着自己独立的判断，其中最为突出的就是关于“女郎诗”的创作观点。

秦观《春日五首》其二云：“一夕轻雷落万丝，霁光浮瓦碧参差。有情芍药含春泪，无力蔷薇卧晓枝。”金人元好问对此评论说：“有情芍药含春泪，无力蔷薇卧晓枝。拈出退之《山石》句，始知渠是女郎诗。”元好问意为秦观此诗风格温柔纤秀，如出女子之手，语含讥诮。后世文人对此或有呼应，或有反对，袁枚尤其认为“女郎诗”的柔媚婉约，也是丰富多彩的诗风中的一种，并无尊贱高下之分。其对女弟子诗歌创作中充满闺阁气的生活琐事、个人遭际也普遍表示认同。在这一点上，席佩兰并没有附和恩师的观点，而是表明了自己的态度。她在《寒夜喜佩珊归》中赞赏归冒仪说，“高论尽除闺阁气，名家不作女郎诗。双鬟煮茗供清话，忘却更长瞌睡时”。在她看来，“女郎诗”是女性诗人在创作中首先应该挣脱的一道藩篱和应该超越的一个范畴，如果女性始终沉溺在闺阁绣楼的悲春伤秋和吟风弄月之中，那么女性的诗歌创作将永远困守在“女郎诗”的有限空间中，永远无法被文坛所真正认可，也永远不能走出性别的桎梏。

当然，在“性灵”一说中，席佩兰始终坚持和袁枚同样的观点，她反对闺中女子的“女郎诗”并不意味着闺阁创作要放弃女子的本真性情去一味模仿男性文人。其《论诗绝句》第二首、第三首就清楚地主张作诗要以性灵为本，不以雕饰为工：

> 沉思冥索苦吟哦，忽听儿童踏臂歌。字字入人心坎里，原来好景眼前多。
>
> 风吹铁马响轻圆，听去宫商协自然。有意敲来浑不似，始知人籁不如天。

儿童所歌，出于本心，檐下铁马风吹声响，实属天籁；诗亦如此，须出于本性自然，随机自动，率性而出，方可真正做到“情动于中形于言”。

和清代众多闺阁词人群一样，围绕着席佩兰周边也有众多家族女诗人，其教诲家族女弟子也常以性灵说为基础，《与侄妇谢翠霞论诗》就清楚表明了她的性本论，“性情其本根，辞意属枝节。本根如不厚，芬葩岂能结？枝节如太繁，生理转不实。真体贵有曲，曲始味愈出”。[9]可以看出，席佩兰论诗有明显的性灵意味。她认为，性情才是创作的根本，辞意不过细枝末节，且作诗要婉曲含蓄，雅致蕴藉，只有这样，作品才有余味悠长的韵致。

在诗歌创作原则上，性灵说主张艺术创作要有独创性，既不囿于古人，亦不盲从流俗，“要之，以出新意、去陈言为第一着”。[10]对此，席佩兰亦坚持创作须寻求突破，方能别出心裁，不致蹈袭前人。其《论诗绝句》第四首云，“清思自觉出新裁，又被前人道过来。却便借他翻转说，居然生面独能开”。即便选用旧才，也要推陈出新，卓识独具。当面对已为前人淋漓尽致描摹过而自觉无法超越时，她宁可收笔不动，也不愿落入毫无新意的窠臼之中。

在诗歌艺术风格上，席佩兰亦有契合性灵说的艺术追求。《随园诗话》卷三第三十四条云：“诗，如言也，口齿不清，拉杂万语，愈多愈厌。口齿清矣，又须言之有味，听之可爱，方妙。”《随园诗话》卷七第六十七条亦言：“用典如水中着盐，但知盐味，不见盐质。用僻典如请生客入座，必须问名探姓，令人生厌。”可见袁枚主张作诗须注意言辞清晰的重要性，东拉西扯，点不到关键之处，让人感觉夹杂不清，读之无味。而诗歌中深僻的典故更让人丈二和尚摸不着头脑，徒增读者对诗句的厌烦。席佩兰在《论诗绝句》第一首中同样表达了她的这种艺术观点，“枵腹何曾会吐珠，吟痴又恐作书橱。游蜂酿蜜衔花去，到得成时一朵无”。诗歌应清新如芙蓉，语辞清丽、气格飘逸，让人读后仿佛能嗅到沁人心脾的芳香。过于烦冗的辞藻、过于华丽的雕饰都会成为一种负累，使诗歌显得刻意生硬，华而不实。

三、席佩兰的艺术创作

作为清代中期闺秀作家的典型代表，席佩兰留下了丰富的著述，据《历代妇女著作考》记载，《撷芳集》中著录有席佩兰《傍杏楼调琴草》（未见），又有席佩兰《长真阁诗集》（亦名《长真阁集》）七卷。

今存席佩兰作品主要收录在《长真阁集》和《随园女弟子诗选》中。《长真阁集》七卷，其中六卷为诗作，共710首（组）（组诗以一首计），后附《长真阁诗余》一卷，凡18首，共12调。嘉庆十七年（1812），《长真阁集》与孙原湘《天真阁集》五十四卷和《天真阁外集》六卷一同付梓，共12册。其中《长真阁集》分两册装订，其中一至三卷为一册，四至六卷及诗余为一册。这种夫妻合集出版在当时是比较常见的一种情况。在《天真阁集》的自序中，孙原湘说他们诗集的出版，主要得益于“佩兰鬻铁券，劝予陆续付刊”，[11]可见为了刊刻诗集，席佩兰宁愿变卖家当首饰，也要鼓励支持丈夫刊刻诗集，足见文学在她心中占有至高无上的地位。

此外，袁枚的《随园女弟子诗选》中也选录了78首席佩兰诗作，不过都基本见于《长真阁集》。《长真阁集》收录的作品基本囊括了所有的诗体，从五言、七言到杂言、乐府，从律诗、绝句到排律、古体，席佩兰无不涉猎，而且运用娴熟，得心应手。在题材选择上，席佩兰随心而动，发而为诗，真正的“无意不可入，无事不可言”。具体而言，其作品大致可分为亲情友情诗、山水风物诗、咏物咏史诗、应制酬唱诗、岁时感怀诗等。其中，应制酬唱可见其日常，咏物咏史可感其情怀，山水风物可览其视域，亲情友情可叹其深情。

在当时闺秀创作蔚然成风的社会思潮影响下，席佩兰一方面勤于学习，另一方面积极与爱人亲人、名媛文士交游酬赠，诗简往来，彼此之间不仅增进了感情，更开阔了视野，提高了创作水平。除了与丈夫、与恩师、与以陈文述为代表的男性文人唱和以外，席佩兰往来闺秀中尤以与屈秉筠、归冒仪、叔姒李餐花及侄妇谢翠霞等人最为频繁，其作品均清楚反映出闺阁交游的生活情趣。如《送侄妇谢翠霞归宁枫泾》云：“闺中宛胜竹林游，忽动乡情引别愁。浣服暗惊慈母线，飞花随上美人舟。明知去路无千里，预恐归期过九秋。我亦有亲常苦别，欲留卿住忍相留。”诗中有对侄妇归宁的不舍，也有身为出嫁女感同身受的对家人的牵挂与思念。《秋夜寄怀餐花》更表达了她们姊妹间的深情厚谊，“我思素心人，岂有山川隔。相思如万里，相去实咫尺”。为家常琐事所困扰的她们，即便不能日日相见共读，但于笔墨间的相知却时时萦绕，常常为伴。这些酬赠之作，或记事，或感怀，或题画，或代柬，在《长真阁集》中占据了相当大的篇幅，从某些方面折射出席佩兰所处年代闺阁才媛与外界交游的真实生活。

作为家中长女的席佩兰，幼承庭训，饱受儒家思想熏陶，终其一生都以传统妇德严格要求自己，同时也一直以己非男儿之身可以勇担家族重担而引为憾事，也因此席佩兰的创作中有大量不舍家人，对弟妹谆谆教诲的诗篇，每一句都是殷殷叮嘱，每一字皆是切切深情。如《别弟十二韵》：“我别慈亲去，高堂赖汝贤。辛苦休退后，甘旨必尝先。逢怒心母怨，承欢礼贵虔。妹痴绾束发，弟幼未随肩。课字呼勤识，添衣唤早眠。教虽兼父职，情要体娘怜。勉力承先志，专精索古篇……”自己不能照顾寡母、扶养弟妹的遗憾，勉励大弟承欢尽礼、奋发图强的嘱托尽诉于笔端，感人肺腑。

在丈夫奔波于仕途的20余年间，席佩兰默默地肩负起家庭的责任，其众多思怀丈夫的诗篇中，充满了其柔婉的勉励和抚慰。为人子媳的孝悌节守，在诗人身上体现得淋漓尽致。如《喜外竟归》:“晓窗幽梦忽然惊，破例今朝鹊噪晴。指上正抡归路日，耳边已听入门声。纵怜面目风尘瘦，犹睹襟怀水月清。好向高堂勤慰问，敢先儿女说离情?”丈夫风尘仆仆归家，惊喜之余尽管情长语短，仍不忘提醒丈夫先问高堂安好，整首诗集写景、叙事、抒情于一体，在刻画夫妻情深的同时也可窥见诗人对长辈从心底到行动上的恭谨孝敬。

友情、亲情、爱情，席佩兰的创作中处处可见其一生为“情”所“困”，所以家庭生活和酬唱生活成为其创作的两大主要内容。除此之外，岁时感怀、咏史咏物、山水风光也常出现在她的笔端。特别是感时纪游之作，皆清新可人，饶有生趣。如《杏花春雨》:

春闹江南二月时，薄烟如雨不成丝。飘来两点又三点，洒着十枝兼五枝。宋玉墙头红乍减，文君垆畔影全欹。一肩香重花郎担，深巷人家睡起迟。

诗人用浅显的比喻和典故将雨中低垂的杏花写得妩媚清新，自然动人，隔着纸端恍能闻到一股清新的杏花香。又如《暮春》二首云：

乍晴乍雨落花天，人似垂杨起更眠。好片春光谁买去，榆钱撒罢又荷钱。

十树花开九树空，一番疏雨一番风。蜘蛛也解留春住，宛转抽丝网落红。

此诗笔触疏淡，形象空灵，想象奇特，充满了诗人对春天的不舍。

席佩兰曾随夫一起赴山西上党省亲，由南至北，渡江登山，一路风光变换，途中佩兰创作的山水纪游诗表现了她善于捕捉事物形象、营造独特意境的审美特征。如《渡江》，“顿觉舟如叶，飘然万项中。混茫莲上下，空阔失西东。渡口沉云白，波心浴日红，深闺未曾见，放眼胆俱雄”。诗写其渡江时面对空阔苍茫的江面景象，小舟翩然如叶，渡口白云、波心红日在一“沉”一“浴”中动感十足，富于生机。

但总体而言，尽管席佩兰一生创作丰富，但此类作品所占比例并不多，而内敛的心性更是让其甚少直抒胸臆之作，不过偶尔的吟唱亦可让人窥见其灵光一现的心绪变化。如

《秋虫夜语》：

有何离恨寄愁心，永夜窗前和苦吟。太息忽停灯下剪，深情疑抱爨余琴。楚天明月砧声薄，吴苑西风漏点沉。学尽离骚哀怨意，人间何处觅知音。

半夜听秋虫低语，灯下停剪苦吟，只为一缕幽思愁绪，难觅知音。

席佩兰将自己一生的生命体验贯穿创作之中，用女性特有的情感，把内在的性灵之美融入世俗生活，融入友情、亲情、爱情和家业荣辱各个方面。《长真阁集》可以说是席佩兰一生形迹情感的记述，亦可称之为一部清代闺秀诗人的“生活诗史”。

注释：

［1］袁枚：《随园诗话》，人民文学出版社 1982 年版，第 565 页。

［2］袁枚：《随园诗话补遗》，王英志标校：《袁枚全集》，江苏古籍出版社 1993 年版，第 835 页。

［3］骆绮兰：《听秋馆闺中同人集序》，出自胡文楷：《历代妇女著作考》（附录二），上海古籍出版社 2008 年版，第 90 页。

［4］施淑仪：《清代闺阁诗人征略》卷六，上海书店 1987 年版，第 309 页。

［5］袁枚：《随园诗话补遗》，王英志标校：《袁枚全集》，江苏古籍出版社 1993 年版，第 176 页。

［6］袁枚：《随园诗话》，人民文学出版社 1982 年版，第 146 页。

［7］袁枚：《随园诗话》，人民文学出版社 1982 年版，第 90 页。

［8］袁枚：《小仓山房诗文集》，上海古籍出版社 1988 年版，第 1754 页。

［9］席佩兰：《长真阁集》，载于胡晓明、彭国忠主编：《江南女性别集（初编）》，黄山书社 2008 年版，第 504-505 页。

［10］袁枚：《随园诗话》卷六，人民文学出版社 1982 年版。

［11］孙原湘：《天真阁集·序》，载《续修四库全书（第 1487 册）》，上海古籍出版社 2002 年版，第 519 页。

第二节　萧然四壁女相如——农妇词人贺双卿

清代著名诗人曹震亭曾有诗云："萧然四壁女相如，月府将空堕望舒。绝句双花兰可佩，心经一叶桂能书。病怜游子难亲疗，疟苦仙娥强自除。世上姻缘休更说，鸳鸯多半锁因诸。"（《读〈西青散记〉和双卿秋吟原韵其六》）诗中所述女子即为清代女性文学史上最为引人感慨的农妇词人贺双卿。

一、贺双卿其人及真伪之辨

有关贺双卿其人其事，主要记载于史震林的《西青散记》。史震林，江苏金坛人，字公度，号梧冈，乾隆丁巳进士授广东高要县知县，因母老改任淮安教授。奉母还乡后，以茅山一带——"西青"为活动中心，广记四邻文友学士之往来酬唱，成就四卷本的《西青散记》。《西青散记》记事皆署明干支月日，所涉人物也多有案可稽，是一部纪实性很强的叙事散文，但因其本身有笔记体小说的性质，且文中亦混有"女仙""女鬼"之类的故事和作品，所以对于双卿的存在历来都是众说纷纭，莫衷一是。但总的来说，肯定贺双卿其人真实存在者诸多，因为《散记》中所录贺双卿之作品大多写自身所历所感，极具特色，任何一个人都不可能假口言传。

至于贺双卿之籍贯，长期以来主要有两种说法：一曰丹阳说，施淑仪《清代闺阁诗人征略》卷三记载："双卿，江苏丹阳人。""家四屏山下，世业农，嫁金沙绡山里周姓樵子。"[1]二曰金坛说，《西青散记》卷二记载："双卿者，绡山女子也，世农家。"[2]据考，史震林所指"绡山"，即今江苏金坛区薛埠镇境内的房山，此曾建有绡山书院。然不管哪种观点，贺双卿都是一个可感可亲可悯可叹的传奇女性。

《散记》卷二中有这样的记载："双卿生有夙慧，闻书声即喜笑。十余岁习女红，异巧。其舅为塾师，临其室，听之悉暗记。以女红易诗词诵习之。学小楷，点画端妍。能以一桂叶写《心经》。有邻女嫁书生者，笑其生农家，不能识书生面也。雍正十年，双卿年十八，山中人无有知其才者，第啧啧艳其容，以是秋嫁周姓农家子。其姑乳媪也……其夫长双卿十余岁。"[3]据此可知，双卿生而慧敏，18 岁即嫁与长她 10 余岁的村夫为妻，从此开始了她更为不幸的人生。生为农妇，双卿无疑要承担繁重的劳作，加上丈夫粗鄙嗜赌，婆婆蛮横暴戾，双卿的生活自然悲苦难言，但双卿“性潇洒而意温密，飘飘有凌云气”。[4]即便“嫁村夫，贫陋颇极，舅姑又劳苦之，不相恤。双卿事之善，意虽弗欢，见夫未尝无愉色。饥倦忧瘁，言笑犹晏晏也”。[5]可见双卿受“三从四德”影响颇深，同时待人至诚至善。但在繁重劳作和郁闷心情的双重煎熬下，双卿终究难堪其负，身体日渐羸弱，在嫁入周家不久后便患上了疟疾，加上无钱医治，又带病劳作，最终“劳瘁以死”。总之，双卿的一生，是短暂的、凄苦的，用她自己的词作《孤鸾·病中》足可概括其孤寂的血泪人生。

午寒偏准，早疟意初来，碧衫添衬。宿髻慵梳，乱裹帕罗齐鬓。忙中素裙未浣，褶痕边、断丝双损。玉腕近看如茧，可香腮还嫩。

算一生、凄楚也拼忍，便化粉成灰，嫁时先忖。锦思花情，敢被爨烟熏尽！东菑却嫌饷缓，冷潮回、热潮谁问？归去将棉晒取，又晚炊相近。

二、贺双卿其词

《西青散记》共收录贺双卿词14阕、诗39首、文5篇，其中文学成就主要体现在词作上，后人将其辑为《雪压轩词》，被收录于徐乃昌《小檀栾室汇刻闺秀词》第十集中。

双卿的词，第一次在中国文学史上塑造了一个农民女词人的形象，她以粉做墨，以叶当纸，将自己艰苦繁重的劳动生活尽诉笔端，这在闺秀词中，是前无古人的。如《浣溪沙》：“汲水种瓜偏怒早，忍烟炊黍又嗔迟。日长酸透软腰肢。”聊聊三句，不仅写出了双卿劳累不辍的苦况，也写出了“暴夫恶姑”对她横挑鼻子竖挑眼的困境，读之令人扼腕叹息。再如《一剪梅》，“寒热如潮势未平，病起无言，自扫前庭。琼花魂断碧天愁，推下凄凉，一个双卿。　　夜冷荒鸡懒不鸣，拟雪猜霜，怕雨贪晴。最闲时候妾偏忙，才喜双卿，又怒双卿”。在病中难起的痛苦时刻，双卿却依然要起早劳作，甚至还要忍受姑婆的喜怒无常，无端指责。其个中凄凉，直可让天地为之一恸。

虽为一代才女，面对苦难的生活双卿却始终恪守传统妇德，把事夫与舅姑当成生活的全部。即使丈夫性暴，舅姑悍恶且喜怒无常，双卿亦始终极尽妇道与孝道，《散记》卷三记载，双卿常常“日煮韭及芋以疗饥”，却“私易米粥进其姑”。[6]冬日，尽管自己穿得很单薄，却“自脱其所袭，袭其夫。其夫抱瓦炉，啜白酒，醺然曝背坐篱下。饥渴，则坐呼使双卿奉饮食。双卿右手捧盂，左手执箸，进其夫。日稍寒，拔其炉曰：寒乎？则暖酒以饮之。事舅姑，敬有加也”。[7]邻家妇人曾揶揄其“虾蟆有气耶”？双卿叹曰：“天乎！愿双卿一身代天下绝世佳人受无量苦，千秋万世后，为佳人者，无如我双卿也！”[8]

愿代天下人受苦的双卿是善良的、纯朴的，其个性也是柔软的、敏感的。找不到突出围城的出路，看不到理想和希望，双卿的内心无疑充满了痛苦和凄凉，尤其是身处病中的时候，那种无边无际的痛苦和孤独实在无从倾泻。于是，双卿用大量的文字记录了她备受煎熬的病情以及无人看顾的孤寂凄惨，《薄幸·咏疟》就是双卿在被病痛折磨的景况之下，以极大的悲痛倾诉了自己的不幸。

> 依依孤影，浑似梦、凭谁唤醒！受多少、蝶嗔蜂怒，有药难医花症。最忙时，那得功夫，凄凉自整红炉等。总诉尽浓愁，滴干清泪，冤煞蛾眉不省。
>
> 去过酉、来先午，偏放却、更深宵永。正千回万转，欲眠仍起，断鸿叫破残阳冷。晚山如镜，小柴扉烟锁，佳人翠袖恹恹病。春归望早，只恐东风未肯。

词上阕塑造的就是一个孤苦伶仃的女子，僵卧在病榻之上昏昏沉沉，奄奄一息，无人理睬，无人关怀。同时，“受多少、蝶嗔蜂怒”更含蓄地指出她病中受尽姑婆丈夫的欺凌和侮辱。下阕继续写词人受疟病的折磨，“正千回万转，欲眠仍起”描写其在疟疾病发之下自己的头晕目眩，摇摇欲坠，但即便如此，仍然要强撑病体起身操持劳作，“断鸿叫破残阳冷”虽写大雁哀鸣，残阳冷照，其实正是其冰冷内心的外在刻画，言有尽而意无穷。又如《凤凰台上忆吹箫·残灯词》：

> 已暗忘吹，欲明谁剔？向侬无焰如萤。听土阶寒雨，滴破三更。独自恹恹耿耿，难断处、也忒多情。香膏尽，芳心未冷，且伴双卿。
>
> 星星，渐微不动，还望你淹煎，有个花生。胜野塘风乱，摇曳渔灯。辛苦秋蛾散后，人已病、病减何曾？相看久，朦胧成睡，睡去空惊。

病中独伴孤灯，更兼潺潺寒雨，如泣如诉。词中上阕描写残灯，实为自况，残灯与词人之间互相为伴，互为温暖，更折射出人世间的一片冷酷无情。“辛苦秋蛾散后”，秋蛾已散，残灯将尽，一片萧索冷清，这时候的词人感觉内心无比惆怅，病情看似更重几分，“相看久，朦胧成睡，睡去空惊”。最后灯残人倦，朦胧渐睡，却因为内心始终无法平静，思绪如潮，朦朦胧胧中又被噩梦惊醒，那种忧惧、惊恐的心理跃然纸上，实是苦不堪言。

和天下所有年轻女子一样，双卿对人世间美好的爱情生活同样充满了向往和憧憬，如她在《与舅书》中“不愿生天，惟思并蒂”，就表达了她曾经的这种思想，只是现实却只给了她不幸的婚姻和多病的人生。所以这首《残灯词》中“残灯”给词人的温暖与情谊亦可视作词人对心心相印、相濡以沫恋人的思恋和追求。

双卿一生孤苦，其恪守妇德而所交甚少，但《西青散记》中却记录有一邻家好友，名为韩西，虽不识字，却爱双卿的作品，所以对双卿颇为照顾，这样的女伴，也因此成为双卿婚后难得的精神寄托。一次双卿疟疾病发，归宁的韩西前去探望并送去食物，正被饥寒病痛所折磨的双卿挥泪写下了那首充满惆怅与孤凄情怀的《摸鱼儿·谢邻女韩西馈食》：

喜初晴，晚霞西现，寒山烟外青浅。苔纹干处容香履，尖印紫泥犹软。

人语乱，忙去倚、柴扉空负深深愿。相思一线，向新月搓圆；穿愁贯恨，珠泪总成串。

黄昏后，残热犹怜细喘。小窗风射如箭。春红秋白无情艳，一朵似侬难选。

重见远，听说道，伤心已受殷勤饯。斜阳刺眼，休更望天涯，天涯只是，几片冷云展。

词中有自己内心的苦闷，也有对邻女韩西的深情。“人语乱，忙去倚”，可见其对女友来访又惊又喜的心情，而“相思一线，向新月搓圆”，则表现出词人对旧友的思念之苦，“穿愁贯恨，珠泪总成串”，更反映出词人生活的不幸和内心的苦闷。下阕“残热犹怜细喘”更加重了其生活的苦难，病痛之中无人怜惜、无人关怀。但即便处境如此艰苦，双卿仍打足精神劝说好友不要为她伤心，“重见远，听说道，伤心已受殷勤饯。斜阳刺眼，休更望天涯，天涯只是，几片冷云展”。言下之意，我已受您馈送，就请不要再为我伤心，“斜阳”也好，“天涯”也罢，都不值得过多去关注。词中充满了词人对邻女的友爱和感激，感情质朴又爽朗通达，虽也写病中，却属于双卿词作中较为轻松的作品。

虽为一介农妇，双卿却是兰心蕙质，目光所及一切自然风物都带上了她自己的情感和印迹。同样是送别韩西，《凤凰台上忆吹箫》中的景物就完全是词人当时情态的外在表现与形象写照。“寸寸微云，丝丝残照，有无明灭难消。正断魂魂断，闪闪摇摇。望望山山水水，人去去，隐隐迢迢”，词中送别时飘忽不定的“寸寸微云”，黯然变幻的“丝丝残照”精确地外化了她“断魂魂断、闪闪摇摇”的离愁别怨。尤其全词妙用 22 个叠字，更是传神而形象地描画了词人神情恍惚、凄苦哀怨的情态与心境。而《二郎神·菊花词》中的菊花就完全与她本人合为一体了。

> 丝丝脆柳，袅破淡烟依旧，向落日、秋山影里，还喜花枝未瘦。苦雨重阳挨过了，亏耐到、小春时候。知今夜，蘸微霜，蝶去自垂首。
>
> 生受。新寒侵骨，病来还又。可是我、双卿薄幸，撇你黄昏静后。月冷阑干人不寐，镇几夜、未松金扣。枉辜却，开向贫家，愁处欲浇无酒。

词中独自承受寒霜侵袭的菊花有着无人关怀的凄凉，但即便如此，“亏耐到、小春时候”的坚忍与顽强却是让人为之敬佩和赞赏的。这里人菊不分，菊花的凄凉即是词人的苦难，菊花的坚韧也是双卿的自我写照。整首词意蕴幽深、情景交融，非词中翘楚莫能名其境。

三、《雪压轩词》艺术风格

《雪压轩词》尽管收录作品数量不多，但其思想内容和艺术风格都极具研究价值。贺双卿以底层劳动妇女的身份，第一次在词中全面而真实地反映了她所亲身经历和承担的繁重劳动生活与病痛折磨。同时，词里也真切地反映了封建社会底层劳动人民邻里之间的往来人情和风土气息。在这10余首词作中，贺双卿对自己的生活和情感皆娓娓相道，不加任何渲染和修饰，一任真情实感自然流淌，却首首有泪，字字句句总关愁。所以，清人黄燮清在《国朝词综续编》卷二十二中评价说：“双卿词如小儿女哝哝絮絮，诉说家常，见见闻闻，思思想想，曲曲写来，头头是道。作者不自以为词，阅者亦忘其为词，而情真语质，直接三百篇之旨，岂非天籁？岂非奇才？乃其所遇之穷，为古才媛所未有，每诵一过，不知涕之何从也。”[9]这种语出自然而情感真挚的突出感受，应是所有读者从双卿的词作中所真切体会并感同身受的。《春从天上来·饷耕》就可堪称这方面的代表作：

> 紫陌春情。漫额裹春纱，自饷春耕。小梅春瘦，细草春明，春日步步春生。记那年春好，向春燕、说破春情。到于今、想春笺春泪，都化春冰。
>
> 怜春痛春春几，被一片春烟，锁住春莺。赠与春侬，递将春你，是侬是你春灵。算春头春尾，也难算、春梦春醒。甚春魔，做一春春病，春误双卿。

词中“漫额裹春纱，自饷春耕”清晰勾勒词人病发畏冷，裹纱送食的病弱形象，“记那年春好，向春燕、说破春情。到于今、想春笺春泪，都化春冰”，该是对从前美好愿望的追忆，但如今“怜春痛春春几”“甚春魔，做一春春病，春误双卿”，层层展示了词人惆怅迷惘而又苦涩难言的寂寞情怀，读之忍不住共洒一掬悲悯之泪。

双卿的词在自然流泻真情实感的同时还特别擅长运用比兴手法，尤其喜欢运用身边的自然实景曲折地反映自身的劳苦病痛以及孤寂哀怨之情，如《凤凰台上忆吹箫·残灯词》就用“残灯”寄托自己孤苦的内心，《二郎神·菊花词》以寂寞坚忍的“菊花”自况，《惜黄花慢·孤雁》以离群的“孤雁”喻托自己的遇人不淑，误落田家等，皆意蕴深远，别具深情。

此外，在艺术手法上，《雪压轩词》几乎全词皆用白描，淳朴自然，全无半点矫揉造作，于娓娓叙述中尽抒低回婉转之情；同时，在渲染情感方面，双卿还特别擅长运用“双声叠韵”进行遣词造句。其中最具代表性的作品就是《凤凰台上忆吹箫》（寸寸微云）了，尽管全词用了20余个叠字，但丝毫也无重复拖沓之嫌。全词所营造出的悲冷孤绝毫不逊色于李清照《声声慢》所带给读者的艺术冲击力。清代陈廷焯在《白雨斋词话》中评价该词时说：“其情哀，其词苦，用双字至二十余叠，亦可谓广大神通矣。易安见之，亦当避席。”[10]“然如双卿《凤凰台上忆吹箫》一阕，叠至四五十字，而运以变化，不见痕迹，长袖善舞，谁谓今人不逮古人?”[11]评价直言此词艺术成就超过李清照，虽有所偏颇，但词作本身通过化用叠字所营造出来的沉着蕴藉、哀婉缠绵之感确是毋庸置疑的。

总之，在中国古代文学的历史长河里，没有哪一位闺秀作家能像双卿一样生活于贫贱之家却书写出非凡脱俗的文学作品。她所承受的生命之重，她于苦难中处之泰然的坚忍，无不让人为之怜惜感叹。而她向艺术求取寄托的创作成就更是在题材之拓展、艺术之创新上为中国词学做出了难能可贵而不可磨灭的突出贡献。“清朝第一女词人”之美誉，于双卿而言确为实至名归，后人无论从哪个角度去研读她，都能不断找到新的感觉、新的启迪和新的收获。

注释：

［1］［4］［5］［8］施淑仪：《清代闺阁诗人征略》卷三，上海书店1987年版，第23、24页。

［2］［3］［6］［7］〔清〕史震林：《西青散记》，中国书店1987年版，第33、11、36页。

［9］黄燮清：《国朝词综续编》，中华书局1933年版。

［10］［11］陈廷焯：《白雨斋词话》，杜维沫校点，人民文学出版社1998年版。

第三节　领袖人间士大夫——女中青莲归懋仪

闺秀文学至清乾隆嘉庆时期乃为极盛，前有袁枚、陈文述等文人大力提携女弟子，后有各家族闺秀诗人群争奇斗艳，更有夫妇伉俪诗缘深厚、唱和情深。其中，往来交游众多文人与名媛的常熟归懋仪实为闺阁诗人中的典型代表。

一、归懋仪之生平

归懋仪（约1761—约1832），字佩珊，号佩珊女史、虞山女史，江苏常熟人。归懋仪出身于江苏常熟以科举传家的名门望族，父亲归朝煦官至浙江巡道，好刻书，曾刻归有光《易经渊旨》《震川大全集》；母李心敬，字一铭，江苏上海县人，梧州知府李宗袁女，有《小窗杂咏》《蠢余集》，今尚存《蠢余集》。惜天妒红颜，心敬未及朝煦贵即逝，年仅27岁。适时懋仪年仅5岁，幼年失怙，后由朝煦妾闻人氏抚养成人。归懋仪出身于这样一个具有深厚文化底蕴的文学世家，幼承庭训，博通经史，自然有他人无法比拟的先天条件。加之“少小爱章句，时把一编吟”，[1]长大后的归懋仪无疑成长为一个具有渊深文化素养的大家闺秀。及至嫁与舅家李心耕之子监生李学璜为妻，懋仪仍不辍笔耕。李学璜，字安之，号复轩，上舍生。据《瀛壖杂志》载，“学问渊博，为名场耆宿，著有《莞测》及《枕善居诗剩》。娶妇于虞山归氏，曰佩珊女史。夫妇俱工诗词，闺中唱和，为里间所艳称”。[2]

在归懋仪诗学道路上最为难得的是，她不仅有渊源的娘家家学和夫婿的志同道合，更有公婆的有力支持与鼎力相助。李学璜之母杨凤姝，字萍香，号茸城，吴县农部杨大琛长女，工诗赋，诗最俊爽，著有《鸿宝楼诗稿》。杨凤姝与归懋仪的文字缘起于懋仪母李心敬，凤姝嫁入李家后就常与心敬叠相唱和，后又为李心敬与归懋仪诗合刻的《二蠢诗余》题词，畅忆当年闺中文字乐和姐妹情。归懋仪于归之后，婆媳二人接续当年骨肉情，继续绵延彼此的文学之缘。同时，归懋仪还结交了更多的诗文之友，如莲舫三姑、玉亭四姑、浣香四嫂等，均为李氏闺门内的密友。除此之外，归懋仪与家族中的男性亦多诗文往来，在诸多男性亲属中，归懋仪与六母舅李心衡感情最为亲厚，诗文往来也最为频繁。这种宽松的学诗环境为归懋仪之后的文学成就创造了一个诗风氤氲的桃花源。

归懋仪早期的婚姻生活无疑是十分幸福的，公婆的喜爱、丈夫的怜惜、闺中姐妹的陪伴、长辈的慈爱，使其在婚后仍能尽吟咏之兴，尽享书画之乐。然而，随着翁父的卸任，归懋仪的生活发生了翻天覆地的变化。在李心耕卸任岳阳知州后，归懋仪一家就陷入困窘之中。此后的岁月里，她也始终在贫困中苦苦挣扎。归懋仪一生育有两子五女，长女远嫁楚北，两子与第四女均早殇，晚年贫而无子。在姑翁先后殁世，丈夫无力持家，加之骨肉早殇分离后，贫病交加成为归懋仪后半生的常态。为了维持生计，归懋仪有过很长一段时间的闺塾师经历，《绣余续草》五卷本道光十二年（1832）刊本前有陶澍的序文：……佩珊名懋仪，为上舍李学璜之室，以诗名数十年，穷老且病，吟咏不辍。间为人延请教闺秀，皆井井有法度……[3]这种可免于男女授受不亲之尴尬的闺塾师教育方式在当时获得了很多文人的认可，归懋仪一时“信从者众”，吴藻的《百字令·读〈绣余续草〉题寄归佩珊夫人》对此就有清晰的记载：“闻道近日宣文，绛纱帐里，弟子红妆列。”[4]词中描述了归懋仪广招女弟子，宣讲文艺的盛况。由此，我们也可视归懋仪为清代最典型的职业女性了。

二、归懋仪别集版本

归懋仪生平所作诗歌不下千首，一生著作，结集较多，其别集曾三次刊刻，且有数种稿本、抄本传世。

（一）《绣余小草》一卷，刻本

《绣余小草》又叫《绣余诗草》，《（民国）重修常昭合志·艺文志》《江苏艺文志·苏州卷》著录；胡文楷《历代妇女著作考》据《闺秀正始集》著录，但称未见。[5]现存三个版本中一为国家图书馆藏乾隆五十六年（1791）李心耕辑刻《二余诗集》本；二为上海图书馆藏张应时辑《书三味楼丛书》本，前有徐祖鎏嘉庆十三年（1808）序，后无题词，此本与《二余诗集》本收录诗歌相同；三为南京图书馆藏常熟归氏寿与读书室抄本，正集与国图本同，后附别录。另蔡殿齐整理的《国朝闺阁诗钞》有《绣余小草》，乃据此集选录，仅收诗9首。

（二）《绣余续草》一卷附《听雪词》，刻本

《绣余续草》一卷，刻本。《（民国）重修常昭合志·艺文志》《江苏艺文志·苏州卷》、胡文楷《历代妇女著作考》著录，为道光三年癸未（1823）刊本，前有戈载、段骧

序，吴其泰题词，收诗136首，词20首，国家图书馆、上海图书馆均有藏本。

又《听雪词》，清光绪二十二年（1896），徐乃昌刻入《小檀栾室汇刻闺秀词》，有抄本多种。

（三）《绣余续草》五卷，刻本

国图、上图、北京大学图书馆、复旦大学图书馆、华东师范大学图书馆、哈佛大学燕京图书馆等藏。

与《绣余续草》一卷本均刻于道光十二年（1832）。

（四）《绣余续草》一卷附诗余，抄本

《（民国）重修常昭合志·艺文志》谓："《绣余续草》一卷，附《诗余》。钱塘诸以敦跋，周庄诸氏藏稿本。"[6]此册原本今未见，上图藏有常熟丁氏淑照堂抄本。此册南图另藏有南社抄本，原为柳亚子所有。

（五）《绣余再续草》一卷、《绣余三续草》一卷、《绣余四续草》一卷，稿本

《江苏艺文志·苏州卷》云："《绣余续草》不分卷，《再续草》一卷，《绣余三续草》一卷，《绣余四续草》一卷，集部别集类，存。稿本，清祝德麟批，席佩兰、孙原湘等跋，南京图书馆藏。"[7]是为，《绣余再续草》《绣余三续草》《绣余四续草》三书各一卷，现藏于南京图书馆。前有祝德麟、乔重禧题词，版心有"兰皋书屋"字样，未见席佩兰、孙原湘等跋，诗多见于卷刻本，应为其整理底本之一。《绣余续草》五卷刻本，应为其整理底本之一。

（六）《绣余五续草》不分卷，稿本

胡文楷《历代妇女著作考》云："《绣余五续草》不分卷，闺籍经眼录著录。上海图书馆藏有稿本，前后无序跋，全书共八册，计诗六册，尺牍一册，诗余一册。后有无名氏题。"[8]该集暗红格子抄写，半页六行，行二十字，册中夹有上海合众图书馆的书签条。书共八册，前六册为诗，第六册有数首词和尺牍，第七册为词，最后一册为尺牍。词与尺牍多数未见于他集。

（七）《绣余余草》一卷附《尺牍》《诗余》，稿本

《绣余余草、尺牍、诗余》，兰皋诗屋抄本，诗、词、书信各一卷，《绣余余草》前有陶澍、陈銮序，乔重禧题词，现藏于台湾“国家图书馆”，所录诗作多见于《绣余续草》五卷刻本后两卷，应为其整理底本之一。

（八）《绣余近草》一卷，稿本

该本为残本，多处缺页、缺句、缺字，多数作品已见于《绣余三续草》《绣余四续草》《绣余续草》五卷本，现藏于天津图书馆。

三、归懋仪之创作

归懋仪一生诗、画、书法俱工，题《虢国早朝图》中“马驮香梦入宫门”之句曾被随园主人袁枚大为赞赏。其诗词艺术特色鲜明，才气纵横，世人多有称道，如著名诗人赵翼曾赠诗称“岂期白首新知己，翻在红颜绝代人”，陈文述亦云“绝代青莲笔，名媛比大家”。

作为袁枚的女弟子之一，归懋仪的创作始终都坚持实践了老师的“性灵说”，作品中自然地抒发自己的真性情，流露内心的喜怒哀乐，以及对大自然的审美感受是归懋仪诗词作品最重要的特色之一。

比如《画梅》：

小阁帘初卷，中庭月正明。
一声瑶鹤警，满地瘦枝横。
韵极何妨淡，香多转觉清。
相思隔烟水，无限陇头情。

平常的景物，普通的意象，组合起来却显得动静相宜，显露出诗人情绪的变化。而由“韵极何妨淡”的绘画鉴赏经验，再联想梅花的香气，发出“香多转觉清”的感叹，更给人耳目一新之感，诗人呈现给人的是一幅韵味十足的水墨画，而梅花的香气则透过漆黑的夜色阵阵袭来，清幽凄清。整首诗情中有景，景中有情，情景交融，诗画一体，情思细腻，构思新巧，读来令人回味无穷。同时，诗歌意从己出，清新灵动又不涉晦涩暗昧，实

在深得“性灵”之精髓。

归懋仪既诗、书、画兼长，为意境隽永的画作题上余韵悠长的诗歌，让诗情与画意得到完美的融合，无疑是她日常创作中所常用的题材。在广泛的交游活动中，归懋仪有意识地创作了大量的题画诗。而在其众多写意摹景之作中，又以摹美人风姿、记壮阔之景的题画诗写得最为出彩。如《题蔷薇画》：

红须娇嫩粉生光，含笑风前倚醉妆。
蝴蝶爱寻香梦好，满身清露出花房。

前两句描写蔷薇花，其颜色的粉嫩给人以视觉的冲击，其姿态的曼妙给人以遐想的空间，就好似一位微醉的女子在风中含笑，使人顿生怜惜之情。整首诗动静结合、虚实相生，几乎能完全还原画作。归懋仪的题画诗，深得题画诗的精髓，将有限的画境转化为意蕴深长的诗境，并且写得灵动奇妙，饶有韵味。她的这些诗无一例外都使人“眼前诗景相追从”，诗中有画，读来有强烈的画面感，别有情致。

常居闲情是女性作家笔下最常见的写作题材，归懋仪也不例外。在她的笔下，春花秋雨、冷夜寒冬皆能添愁，加之中年后的颠沛流离，归懋仪的此类作品大多包含愁苦之音，闺中闲情记录因真实地反映了她的内心而显得尤为珍贵。如《残春听雨和韵》六首：

青灯黯淡夜窗幽，金鸭香消静掩楼。满月萧骚听不得，半宵和梦替花愁。
小窗深掩一灯幽，长夜恹恹独倚楼。滴碎花魂惊破梦，问谁担得此宵愁。
诗情黯淡梦情幽，金谷香残夜堕楼。欹枕有人吟苦调，与花分占十分愁。
夜静虚廊人语幽，潇潇风雨下重楼。香消粉褪红成阵，只有东皇不解愁。
诗太酸辛境太幽，伤心无梦到红楼。痴情欲挽银河水，一洗胸中万斛愁。
深锁重门一院幽，黄昏灯火掩妆楼。怪他几阵春宵雨，只送飞花不送愁。

长夜听雨，忽生宵愁，归懋仪此作名为听雨，实为惜花，却随着落笔愈加苦闷，以至于诗境酸辛，“伤心无梦”。常见的惜花之作，却因诗人个人心境与情怀的渲染而表现出更加真实强烈的情感力量。

归懋仪博学多才而又阅历丰富，加之创作的主体意识鲜明，使得她的很多诗歌别具“沉郁”风格，尤其是她的许多咏物诗，常怀历史和文化的深意。如《柳絮》：“轻于白雪淡于烟，去住无拘即是仙。春色三分归短梦，愁丝百尺化轻绵。因风浑似离人泪，点水空寻再世缘。触目恐伤游子意，天涯飘泊又经年。”柳絮轻若无物，却不能自主，如游子般漂泊流离，交如离愁别绪般盘旋难遣。在归懋仪诸多咏物诗中，咏柳之作最为突出。归懋仪以柳为载体，记述内心的伤感哀愁，将“柳”之意蕴与“离”之体悟细腻地融合起来，别有一番“沉郁”韵味。

此外，富有男性气质的豪迈诗风也是归懋仪诗歌的另一风格。归懋仪的怀古咏物纪游论诗之作，下语奇雄，绝不似闺阁语。“气韵深沉”这个常常被用来品评男性诗人诗风的词，就被沈善宝用来评价归懋仪的咏史诸诗。《五人墓》《困邓通》《钱塘弩》《顺昌捷》《武侯》《岳忠武》等诗均笔力雄健，境界开阔。不管是《射潮弩》中“怒涛滚滚排山至，此是英雄不平气”的滚滚的怒涛奇景，还是《黄鹤楼怀古》中“大江秋老涛声壮，峻岭云寒夕照开”的夕阳洒向江面的壮烈，更或是《顺昌捷》中“斫碎浮图铁化泥，败嘶常胜军中骑”那“铁化泥”的英勇奋战，读来都是一股豪气充满胸中，荡气回肠。至于名作《五人墓》更是读之豪气冲云。“千古人心终不死，吴中义激五男子。貂氛肆焰朝野昏，翻手势欲倾乾坤。印累绶若不知数，鞠躬俯首声复吞。平居持议徒雄壮，袖手委蛇孰奋往。翻将文墨饰奸贪，扪心内愧曾无状。五人生不读诗书，位不列簪裾，但以善恶为毁誉。当其攘臂共赴难，义勇直欲凌鱄诸。呜呼！名败身殃余贿赂，穹碑峻宇等朝露。松柏青青耐岁寒，冶游人莫山塘路。”诗中还原了天启年间奸佞当道的黑暗局势、黑白颠倒的朝堂以及文人的虚与委蛇与粉饰太平。继而笔锋一转，记吴中义士不堪东厂欺压，愤而反抗，目不识丁的五壮士与饱读圣贤书的假忠良形成鲜明对比。整首诗爱憎分明，奇气充盈，浩然之气丝毫不弱于七尺男儿，正可谓“子山风格参军笔，扫尽金闺脂粉研”。

归懋仪心思细腻又广阅丛书，善于观察又勤于思考，因而她的诗词取材极其广泛，眼前景、身边物皆可入诗入词。哪怕闺房陈列之物在她笔下的一勾一画间，也能尽得其妙。如《题梅花账额》：“槎枒满幅瘦枝横，谁把霜毫替写生。纸帐夜寒春寂寂，半床香影不分明。墨痕浓淡态横斜，清景描将处士家。枕畔乱翻蝴蝶影，梦回身裹万梅花。”帐额乃闺中常用之寝具，归懋仪榻上成诗，丝毫未有香艳宫体诗之荼蘼，反得梅花之瘦骨清冷。

总之，不管是清新灵动，还是下语奇雄；不管是题画唱和，还是恣意抒怀，归懋仪的诗都仿佛融合了酸甜苦辣各种味道，写出了她喜怒哀乐各种情绪，也丰富她五彩斑斓的人生。

注释：

[1] 归懋仪：《绣余续草》，见于《江南女性别集》，黄山书社2010年版，第718页。

[2]〔清〕王韬:《瀛壖杂志》卷三，清光绪元年（1875）刻本。

[3]〔清〕陶澍:《绣余续草》五卷本，道光壬辰刊本，哈佛燕京图书馆影印版。

[4]〔清〕徐乃昌:《小檀栾室汇刻闺秀词》（第五集），光绪二十二年南陵徐氏刊本，哈佛燕京图书馆影印版。

[5] 胡文楷:《历代妇女著作考》，上海古籍出版社 2008 年版，第 785 页。

[6] 常熟市地方志编撰委员会办公室标校:《(民国) 重修常昭合志》卷十八艺文志，上海社会科学院出版社 2002 年版，第 884 页。

[7] 南京师范大学古文献整理研究所编纂:《江苏艺文志·苏州卷》，江苏人民出版社 1996 年版，第 3112 页。

[8] 胡文楷:《历代妇女著作考》，上海古籍出版社 2008 年版，第 785 页。

第四节　聊将彩笔写良缘——弹词作家陈端生

明清时期，闺秀文学创作蔚然成风，且明显呈现出由个体性、单一性向群体性、多元性的转化。其中，体裁多元化方面最突出的表现，即为众多闺秀作家开始尝试戏剧与小说的创作。尤其是明末以来叶小纨、张蘩、张令仪、王筠、吴藻等女杂剧、女传奇作家的涌现，都显示了女性在戏剧创作方面的成就。而弹词，作为明清时期我国南方流传甚广的一种俗文学，它以其通俗易懂的传唱形式深受大众的欢迎，特别是读书识字的闺秀们对这种新型的文体更是情有独钟，很多闺秀作家更是直接拿起手中的彩笔开始弹词创作。清代著名弹词小说《天雨花》《笔生花》《梦影台》《再生缘》等就都是出自闺秀作家之手。其中，又以陈端生的《再生缘》流传最广、影响最大。

一、陈端生与《再生缘》

陈端生（1751—1796），浙江杭州人。出身于仕宦家庭，祖父陈兆仑，字句山，官至通政司副使，在当时颇有名望，主张女子“有才兼有德”的相对进步女性观，著有《紫竹山房文集》。父亲陈玉敦，历任内阁中书、山东登州府同知、云南临安府同知等。陈端生自幼随祖父、父亲在北京居住，后又随父到过山东登州。她的母亲汪氏生于当时浙江的望族，素通文学，喜欢弹词，这些无疑对陈端生的文学创作影响颇大。陈端生从小聪慧，工诗词，著有《绘影阁诗集》（失传）和弹词小说《再生缘》。据陈寅恪先生考据：陈端生开始写作《再生缘》时才 18 岁，到 20 岁时已完成了前 16 卷，随后因母丧停笔。母亲的去世对陈端生是一个极大的打击，以致此后多年都极少动笔。到乾隆三十八年（1773），也就是陈端生 23 岁时，嫁儒生范菼，婚后第七年，也就是乾隆四十五年（1780），范菼因科场代考案获罪，发配伊犁，这使陈端生再一次遭受沉痛打击。一直到了乾隆四十九年（1784），她才在亲友的劝说下，续写了第 17 卷，并至此绝笔。嘉庆元年（1796），范菼遇大赦得返，未至家而端生病逝，享年 45 岁。这位天才的闺秀作家最终没能完成她的巨制即撒手人寰。

陈端生去世后，流传甚广的《再生缘》因作者的早逝而未克终篇，许多人纷纷展开续写或者改写。其中最著名的当数梁德绳续写的《再生缘》后三章，梁德绳续写该书时已有 50 多岁，她的思想观念相当保守，为《再生缘》安排了大团圆的结局。与前 17 卷相比，后 3 卷的思想价值远不及陈端生的原著。

《再生缘》近 500 万字，堪称古今巨制，故事发生在元代昆明的三大家族之间，讲述元成宗时云南大学士之女孟丽君与云南总督之子皇甫少华悲欢离合的离奇故事。《再生缘》的女主角孟丽君才貌无双，引来当地两大贵族家庭的上门求亲，最终云南总督皇甫敬之子皇甫少华比箭胜出，定下与孟丽君的婚约。然国舅刘奎璧求婚不成更生加害之心，先设计火烧皇甫少华不成。恰逢外敌入侵，又唆使其父刘捷奏请皇帝让皇甫敬带兵御敌，后皇甫敬兵败被俘，被诬通敌卖国，皇帝大怒之下将皇甫氏满门抄斩，皇甫少华亦不知所终。刘奎璧则趁机通过当朝皇后（其姐）劝说皇帝颁下御旨，敕令孟士元将其女孟丽君嫁与刘奎璧。孟士元迫于皇家权威，为维护家族和自身的利益，违背了先前与皇甫家的婚约，欲将女儿重新许配给刘奎璧。孟丽君被逼改扮男装潜逃，并更名郦明堂，捐监应考，随后连中三元，官拜兵部尚书。当此之时，外敌持续入侵，边关岌岌可危，丽君奏请朝廷出榜招贤。已改名为王华的皇甫少华此时学成下山，应武举得中武状元，遂带兵出征，很快便平定了边患，并救回父亲班师还朝。皇甫父子双双被封为王，皇甫氏女亦被册封为后，入主中宫。孟丽君也因荐贤有功，官拜保和殿大学士，位及三台。但她虽与父兄翁婿同朝做官却拒不相认，最后因醉酒暴露身份，被皇帝逼其入宫为妃。孟丽君惊怒交加，口吐鲜血，前 17 卷至此戛然而止。后梁德绳与其夫续写后 3 卷，丽君上本陈情，承认自已的女身，在皇甫氏一家的求情之下免于死罪，太后更认其为义女，封为保和公主，赐婚皇甫少华。

《再生缘》着力表现了孟丽君的才识和胆识，这个人物形象的设定之所以会博得众多读者的喜爱，首先，作者赋予了她聪敏过人的才华和执掌朝纲的才智，这对众多封建时期的女性而言，是一种高山仰止的向往和顶礼膜拜的折服；其次，孟丽君对自身命运和婚姻爱情的掌握，也是无数女性梦中的渴望。所以，《再生缘》自产生之日起，便以抄本和弹唱形式迅速流传于民间，尤其获得各个阶层女性的喜爱和珍藏。在南方，孟丽君几乎成了家喻户晓的人物，后来更有人将《再生缘》改编成小说和戏剧广为传唱，这对后世影视剧创作影响颇为深远。其极高的文学价值，使其拥有与另一部中国古典名著——《红楼梦》并肩的地位，被合称为南缘北梦。

二、陈端生与孟丽君

《再生缘》中主人公孟丽君的原型无疑深深地镌刻着作者陈端生的影子。首先，陈端生自小聪慧过人，文采斐然，而《再生缘》中孟丽君“七岁吟诗如锦绣，九年开笔作诗文。篇篇珠玉高兄长，字字琳琅似父亲。对答如流心颖悟，语言清正性聪明”。[1]在这一点上，陈端生与孟丽君是有着完全一致的相似性的。其次，陈端生的父亲曾任云南临安府同知，母亲给她讲述过云南的经历，而弹词中围绕刘、孟、皇甫三大家族的故事就发生在云南昆明，女主人公孟丽君女扮男装游历的生活也都有陈端生随父游历的背景，皇甫姐弟海上抗敌的宏大场面也与陈端生游历过大海的经历有关。不然以一个旧时闺中女子的生活，是不可能凭借自己的想象写出这样的文字的。可见陈端生始终是将自己的生活与创作联系在一起，既源于生活，又展开丰富的想象，让作品远远高于生活。最后，陈端生与孟丽君还有着命运的相似性，她们都有着不输于男性的才情，却都免不了闺阁的束缚。尽管陈端生的《再生缘》广为流传，但由于女子声名所限以及获罪丈夫的连累，其作品一直都只以“某氏贤闺秀”含糊其名，始终都没有公开自己真正的姓名。而作品中的孟丽君在面对身份暴露后，以“几口血，喷出朱唇似潮涌”[2]便戛然而止，可知在陈端生心中，对孟丽君的结局也是矛盾绝望的。一方面，孟丽君只有像后三卷梁德绳续中所言，最终恢复女装，回归闺阁大团圆；另一方面，孟丽君面对来自皇权的逼迫，坚持独立，抗旨而死。而不管是哪一种结果，相信都不是陈端生所愿意接受和看到的，或许这也是陈端生没有完成作品的真正原因吧。所以，寄予了陈端生梦想的孟丽君，在拥有独立意识这一点上，应该才是陈端生最真实的写照。

孟丽君是陈端生倾其一生着力塑造的饱含着自己人生理想和自由思想并承载了自己丰厚情感的一个独特丰满的艺术形象。在孟丽君身上，充分体现了陈端生女性意识的觉醒。在中国古代封建社会，女性由于长期受封建家长制和三从四德规范的束缚，始终都处于一种“第二性”的附庸位置，她们没有婚姻自主的权利，更没有与男性同朝为官、指点江山的权利，她们只是社会的被选择者。而孟丽君的形象，却展示了古代女性少有的婚姻独立自主意识和参政议事的权利。

生长于封建大家族的孟丽君起初也是个典型的温顺封建女性，在刘家强逼成婚之时，为维护身为女子的贞节和名声，甚至用凤钗刺喉来保全名节。在生与死的抉择边缘，危机触发了她内心的反叛意识，易装出逃后开启了她完全不同的人生，参加科举考试、广交士林、举贤纳良、医治太后……孟丽君把自己的政治谋略和文识医才发挥得淋漓尽致。而当一切阴谋和动乱被彻底平息后，孟丽君却已经逐渐认识到了自己的价值，她并没有像以往女性弹词作品中的女子一样，自觉“复位”，回到她原来的“第二性”位置上去，而是继续游刃有余地操纵着自己的男性身份，期望可以凭借自身的智慧和才干“蟒玉威风过一生”[3]，享受“自身可养自身来”[4]的独立自主、有尊严的生活。因此，孟丽君的成长，其实就是陈端生女性意识逐渐觉醒的一个过程，陈端生不肯让孟丽君脱下男装，也是她内心希望这个才华出众的女子能展翅高飞，不要重新回到传统女性狭小的闺阁天地，继续扮演一个“雌伏”的可悲角色。正如陈寅恪所说，“再生缘一书之主角为孟丽君，故孟丽君之性格，即端生平生理想所寄托，遂于不自觉中极力描绘，遂成为己身之对镜写真也”。[5]

可以说，陈端生的伟大之处，在于第一次以闺阁之身创造了一个真正意义上以个体自由为价值追求的活生生的、立体的女状元。

三、《再生缘》的叙事艺术

杨义在《中国叙事学》一书中说道：“叙事视角是一部作品，或一个文本，看世界的特殊眼光和角度……它是作者和文本的心灵结合点，是作者把他体验到的世界转化为语言叙事世界的基本角度。”[6]也就是说，叙事视角是作者以什么样的眼光和怎样的角度去叙述故事。作为一部由女性作家执笔的长篇韵文体小说，《再生缘》在叙事艺术上完全从女性视角出发，以女性特有的细腻笔触将波澜起伏的故事情节、性格各异的人物形象和细致入微的心理活动巧妙地穿插在一起，为读者展示了一幅广阔的社会生活场景。

弹词小说研究者盛志梅曾在《清代弹词研究》一书中指出，“在叙事体弹词中，说唱者是以第三人称、全知全觉地叙述故事”，[7]在《再生缘》中，陈端生就通过弹词小说全知视角的创作方式讲述了三大家族之间的恩怨情仇和家族兴衰、人物命运变迁的故事。这种全知视角的叙述从多角度、多时空对作品中人物的过去、现在和将来都做了了然于胸的介绍，把故事的来龙去脉和人物因果关系交代得清清楚楚。但这种全知全能的叙述在一定程度上又剥夺了读者和听众探索作品深处的权利，于是，陈端生有时会把叙事视角限定在某一特定区域或是转移到某一特定人物身上，直接把叙述深入人物的内心，这种限知视角的采用使得叙事的层次更加丰富立体，故事也更为真切和精彩。如当皇甫敬的夫人尹氏被女英雄卫勇娥搭救后，作品就通过尹夫人的眼睛打量这位年轻的“山大王”：“哎哟奇哉！如何当时英雄，竟伏于草莽？看她如此美丰神，岂是根基在绿林。不但生成豪杰貌，更兼还有帝王形。莫非元运应该绝，正出兴亡定霸人。我想适才头目语，要将吾女献成婚。”[8]作品中这段典型运用限知视角的叙事内容，将整个叙事的视角限定到了尹氏夫人的身上。通过“看”“想”等一系列尹夫人的观察动作和心理描写，读者和听众从尹夫人的视角中第一次窥见了“山大王”的外貌，身临其境地产生了与尹夫人相同的疑惑和好奇，并获得了情感上的共鸣，取得了更为引人入胜的艺术效果。

在叙事结构上，《再生缘》采用典型的纵横交叉式的结构，其中以纵式结构为主，横式结构为辅。小说以孟丽君与皇甫少华的情感纠葛为纵式结构，紧紧围绕这条线索展开波澜壮阔的家族与家族之间、阴谋与权力之间惊心动魄的斗争。除了这条主线，作品中还交织着几条辅线作为整个故事的横式结构。主要包括刘燕玉、苏映雪与皇甫少华的情感交叉，女英雄卫勇娥女扮男装的故事，这几条辅线也贯穿整部作品始终，与主线相互呼应、相互影响，错综复杂地交织在一起，进而使结构的完整性和多样性达到完美的统一，也使作品故事情节更加曲折生动，人物形象更加饱满立体。

而在叙事题材的选择上，陈端生则直接继承很多戏曲和才子佳人小说所常用的“女扮男装”叙事模式。女扮男装的叙事主题一般表现为故事主人公遭遇生活变故而不得不乔装改变性别身份逃离困境，随后以全新的身份重新经历一番新的人生遭遇。《再生缘》不仅沿袭了这一固定模式，而且塑造了两位截然不同的“女扮男装”的人物，衍生出完全不同的人生追求。卫勇娥是《再生缘》故事中出现的第一个女扮男装的女性，其非凡的气魄和过人的胆识非一般男子所能比。但她最终还是听从了别人的婚姻安排，回归闺阁内院，从此安心为人妻女，恪守三从四德的礼教规范。而主人公孟丽君在女扮男装的道路上却走得更远，在伦理和政治的夹缝中，面对男权中心的社会现实，在陈端生的笔下，孟丽君应该是宁可抗旨而死也不愿再次把自己的生活交由别人来掌控的。所以说，“女扮男装”的叙事题材，其实是作家女性意识的特异彰显，属于一种完全不同于男性作家所常用的叙事策略。她们以“自我”为视点，通过“女扮男装”达到争取女性权利的目的，表现出强烈的男女平等意识和追求人生价值与理想的诉求。

《再生缘》之所以被广大女性读者所推崇，除了“才子佳人”的曲折故事和女主人公扬眉吐气的人生，陈端生细致入微的叙事风格也是吸引广大读者的重要因素之一。女性弹词小说作品中，心理描写作为作品的重要组成部分，不仅在篇幅上占有相当的分量，而且往往是塑造人物性格，推动故事情节发展的重要手段。《再生缘》中孟丽君在恢复女装问题上，一开始并不如后来那样抗拒，直到皇甫少华接受皇帝将刘燕玉赐婚于他，那段心理描写就清晰地体现了她思想的重大转折，“啊唷东平，好一个做义夫的东平王了！父母之仇竟是忘，随朝保奏恳君王。刘侯夫妇蒙恩赦，半月中，奉旨成婚入洞房。守义一端忘却了，可见得，男儿容易变心肠。幸亏前者吾多智，力劝芝田娶继房。如若其时无主意，今朝懊悔也徒伤。唉，罢了！我孟丽君就做了一世女官有何不可？从今索性不言明，蟒玉威风过一生"[9]。

总之，陈端生通过其高超的才情在中国古代文学史上塑造了一个像孟丽君这样胆识过人、才华超绝的奇女子，其所产生的文学价值不可估量，正如陈寅恪先生所评价的："《再生缘》实弹词体中空前之作，而陈端生亦当日无数女性中思想最超越之人也。"[10]而《再生缘》所表现出来的卓越的女性意识和独特的女性叙事手法，更使之成为中国女性主义文学的滥觞。

注释：

［1］［2］［3］［4］［8］［9］陈端生：《再生缘》，中州书画社 1982 年版，第 7、973、514、607、103-104、514 页。

［5］陈寅恪：《寒柳堂集》，生活·读书·新知三联书店 2001 年版，第 65 页。

［6］杨义：《中国叙事学》，人民出版社 1997 年版，第 191 页。

［7］盛志梅：《清代弹词研究》，齐鲁书社 2008 年版，第 5 页。

［10］陈寅恪：《论〈再生缘〉》，载《寒柳堂集》，生活·读书·新知三联书店 2001 年版，第 6 页。

第九章　清代后期闺秀文学个案

第一节　空谷幽兰脉脉香——湘女词人黄婉璚

诗词发展至清代时，文坛上出现了一个空前绝后的巾帼群体，其词人之众，创作成就之富，确是盛况空前，史所未有，而在这众多的闺秀作家群中，湘籍作家却寥若晨星。以《清代闺阁诗人征略》一书为例，该书共收入女作家1262名，湖南仅占13人。光绪二十二年（1896），安徽南陵人徐乃昌所辑刊的《小檀栾室汇刻百家闺秀词》中，湘籍女词人也仅3人。这其中，黄婉璚便如一枝空谷幽兰，异香脉脉。

黄婉璚，生卒年不详，约生活于清道光至咸丰（1821—1861）年间，字保仪，湖南宁乡人，为嘉庆十三年（1808）举人黄本骐女，嫁贡生欧阳道济为妻。保仪生而明慧，自幼即能吟咏。其叔黄本骥乃道光元年（1821）举人，曾学琴于沈素生，保仪隔帘窃听，即精其指法。由此可见，保仪自小便灵气非凡。后保仪不幸早逝，卒年27岁。本骥哀其早卒且平日爱如己出，于是以所蓄古琴为殉，并刊其遗集为《茶香阁遗草》。[1]光绪年间徐乃昌又将其词集刊入《小檀栾室汇刻百家闺秀词》第八集。

《茶香阁遗草》收保仪词共39首，虽创作不丰，且作品题材稍嫌狭窄，词作主题不外庭院景致及个人感受。以通常的文学批评眼光来看，词作内容如果局限于生活一角或个人得失喜忧，则该作品无甚研究及传唱之价值。然而，如果我们对“典型性”的理解不拘泥于“代表社会各阶层共通之文化性格”，而愿意认可作为某一特殊群体的心灵表现也有其典型意义，那么黄婉璚词及其所代表的闺怨一体便大可值得我们一读。正如况周颐在《玉栖述雅》中所说：“盖论闺秀词，与论元人词不同，与论明人词亦不同。”也就是说，闺秀词独到的秀质，其自叙感情生活及身世遭遇时，个中的真切成分是那些强作闺音的男性文人所远远不及的。且保仪精神世界的空灵、雅洁，其生命的远离俗世本身就是一首优美绝伦的辞章，更何况以一个柔弱女子所经历的短暂人生来说，能有此清丽的作品流传于世已属不易。若天假以年，保仪之诗词成就应不止于此。因此，即使我们现在有大量前世名家之作珍藏于世，保仪的诗词仍不妨作为孤弱的一株芳草茕立其侧。

一

保仪是一个早熟多思的女子，12 岁丧母之时，本属懵懂年龄的她却哀毁若成人。命运赋予她以早熟的灰暗眼光去观照大千世界，因而作品中十之八九为感伤幽怨之什。

自古以来，女性的自伤自怜，女子命运的幽怨悲慨，一直都贯穿在历代的女性文学中。在保仪的笔下，这种忧郁感伤的传统尤其被发挥得淋漓酣畅。庭院深深、重门深闭，狭小的生活圈子和寂寞清冷的闺房，将保仪的精神心理推向了病态的边缘，于是大量言梦说夜的词作由此而产生。在保仪的 39 首词中，关于夜中景物及言梦的作品就占了 20 多首。在她笔下，夜与梦编织了词境中的主要时空。

陈东原先生在《中国妇女生活史》中曾云："中国妇女的非人生活到了清代，算是'登峰造极'了！'蔑以加矣'了！不能不回头了！"[2]由刘士圣先生的《中国古代妇女史》一书亦可知，清代妇女不仅在法律面前与男性绝无平等，而且"清律"对妇女贞操、节烈的要求更是前所未有地酷烈，加之清代极度崇尚缠足陋习，因此，备受摧残的清代妇女唯有更多地幽居深闺。而作为弱者和天真、无辜者的先天性敏感与脆弱，使阅世甚浅、单纯而率性的纯情闺秀尤能深切体会寂寞冷清之境中的女性情致。在心理空间的格局及言情素质、情绪基调方面，清代的闺秀词都靠近花间。保仪在词作中多以夜作为描写寂寞氛围的对象，即是深得了花间词之精髓的。清人刘熙曾评花间鼻祖温庭筠曰："温飞卿词精妙绝人，然类不出乎绮怨。"（刘熙载《艺概》）所谓绮怨，也即极力渲染女子的闲愁、离愁，如飞卿词"梧桐树，三更雨，不道离情正苦。一叶叶，一声声，空阶滴到明"（《更漏子》）就是用女子的愁绪点染了环境的凄苦，又用环境的凄苦衬托了女子的离愁。与此相对应，花间词人在表现闺中女子幽怨情态时，便多爱在夜的背景上加上淡月、落花、漏声、蛩鸣、竹风、绣帘以及香炉等意象的衬托，显示出一种朦胧的美感和幽约的特质，从而达至情景交融之佳境。清宋征璧曾云："善述情者，多寓诸景，梨花、火、金井、玉钩，一经点染，使人百思，哀乐移神，不在歌恸也。"（清·沈雄《古今词话·词品》卷下）而"言情之词，必借景色映托，乃具深美流婉之致"（清·吴衡照《莲子居词话》）。保仪的大量词作，即用这种以景喻情的方法把她忧郁寂寞的心理表现得淋漓尽致。比较她的《梦江南》与毛熙震的《更漏子》：

闲堦悄，更转漏声阑。瑞脑香销金鸭冷，阑干倚遍静无言，云破露婵娟。（《梦江南》）

更漏咽，蛩鸣切，满院霜华如雪。新月上，薄云收，映帘悬玉钩。（《更漏子》）

可见两词均以“更漏”“淡云”“冷月”等景象烘托了女主人公的孤单，使人越发产生一种孤寂凄清之感。

花间词人除了以上所说的爱用夜景烘托人物的心境，还喜言梦。通读保仪的词作，可以看出她的言梦词明显地受到了花间词人的影响。比如《十六字词》：“醒，听得檐前溜雨声。才惊梦，欲记不能真。”又如《桂殿秋》中的“窗前唤起闺人梦，断句吟成秪自怜”等，无一例外地描写了词人美妙的闲梦、幽梦，和惆怅的残梦、孤梦。琅山樵的《补红楼梦序》中曾说：“古人云：‘情之所钟，正在我辈。’故情也，梦也，二而一者也。多情者始多梦，多梦者必多情。犹之善为文者，文生于情，情生于文，二者如环之无端，情不能出乎情之外，梦亦不能出乎梦之外。”[3]先秦思想家庄子在他的《大宗师》中亦曾说过：“其寝不梦，其觉无忧。”[4]意即醒时无忧，睡时就无梦，而“忧”正是人的情感的主要表现之一，故可谓无忧即无情，无情即无梦。由此可知，忧郁多思而又多愁善感是直接导致保仪大量言梦之作出现的缘由，而由自古以来诸多忧思成疾的事例又或可推测保仪的早逝或是因她阴沉苍老的心理在生命过程中不断地累积沉淀，从而导致了精神的衰竭。她极为短暂的一生正如那一场似真似幻的幽梦。

二

在大量写作言梦说夜作品的同时，保仪还写下了不少悲秋惜春的辞章。这类作品几乎占据了她整个词集的五分之二（其中包括既言梦又感时序的词作四首）。对于保仪来说，由春尽花谢、秋临叶落而引发的朦胧的生命意识使原本精神抑郁的她更有一种无法排遣的闲愁。因为春天是自然界生命的季节，闲居深闺中的保仪在自然的生发中不由会感到生命流逝的痛苦。但这种痛苦却又是无形的，是朦胧隐约的，是一种“似花还似非花”的说不清，道不明的愁苦。

着意留春春又去，海棠落尽红如许。睡起纱窗天正午，愁无主。（《渔家傲》）

以及《调笑令·送春》

春去，春去，无计可留春住。飞来飞去晴霞，千树万树落花。花落，花落，天涯数声残角。

反映的即是词人那种溶溶泄泄、欲说还休的闲愁，隐约使人产生一种无法把握生命所在的悲哀。因为无论生命的形式是如何美丽与精致，都将被时间比作虚幻或者粗糙，何况这种瞬间的美丽也是那么凄迷微茫。但春天去了还会来的，花谢了也还将再开，唯有生命之花却如同荆棘鸟一样，一生只歌唱那一次，只闪烁那一次，人生仅有一个春天。当时光一点一点地耗噬着生命之花的颜色时，以一个深居闺中而又寂寞早熟的女子来说，这种对于生命无情凋敝的无奈，对浮生若梦的感叹，又怎能不使她愁思如海了？“试看春残花渐落，便是红颜老死时，一朝春尽红颜老，花落人亡两不知”（《红楼梦》第二十七回）更是真实地唱出了保仪心中那深藏的一缕哀痛。因此，保仪的作品是甚少欢娱之词的，甚至作品中难找抒写灿烂阳光的辞章，词作中的她总处于黑夜或者暮色中，即使是“天渐晓”，她也只是“外听啼鹃”。厚重的幕替她挡住了外面的阳光，而她也因此变得更加虚弱与苍白，在无法排遣的浓愁笼罩下，保仪消融了生命的热情。于是，死亡之神悄然地走近了年华正茂的一代才女。

诚然，深宅大院成就了保仪，塑成了她高雅的气质、灵慧的双眼和敏感的词心；但同时，深闺也桎梏了她。在她的作品中，不要说找不到诸如“兴尽晚回舟，误入藕花深处”（李清照《如梦令·常记溪亭日暮》）之类充满青春活力的词句，即使佳节将至，她也是愁肠百结，郁闷难消。《浪淘沙》即反映了她的那种落寞情怀：

节序忽惊心，重九将临，四时悲乐总由人，若使椿萱今健在，佳节堪欣。

椿树又凋零，一载悲生，黄花开处最伤神，从此莫将佳节唤，唤作萧辰。

词中了无节日欢欣，“椿树凋零”“黄花伤神”等意象的衬托令全词哀毁之情满溢，叫人不忍卒读。“不是无端悲怨深，直将阅历写成吟”（龚自珍《书汤海秋诗集后》），过早地失去母爱使保仪一直伤神自怜，性情尤为敏感，以致重阳节的到来不仅唤不起她的兴致，反而倍添伤感。而重阳节历来又是孝奉父母的节日，但高堂仙去，所奉何人？不若将此佳节唤作“萧辰”吧。

三

尽管清代闺秀词空前繁荣，但由于理学的深入教化和道德的钳制束缚，众多的闺秀不仅仍不能爽直地表达她们内心感情的需要和意愿，甚至相比前代的女性诗人，她们在妇德一面反而更自觉地维护和遵守着那一系列不人道的规范。因此，在创作风格上，她们也更多地趋于深层次的含蓄，不仅无鱼玄机对爱情大胆执着的追求、朱淑真“娇痴不怕人猜，和衣睡倒人怀”（《夏日游湖》）的热烈痴迷，即使是同为咏物之词的作品，在她们的词作中也难找到类似“宁可抱香枝上老，不随黄叶舞秋风”（朱淑真《黄花》）的决绝之语。在这一点上，保仪是并无不同之处的，她和众多闺秀一样热爱怜惜着自然界的一草一木，也一样常以花自比，以草木自比，但这种自比既不像屈原一样以花的完美与高贵自比，亦不像陶渊明、周敦颐一样以花的气质自比，甚至很少像李清照一样持一种睁眼看宇宙人生的惜花意识，她们更多的是自比花的娇弱无助、不堪风雨与落叶的随风追逐、难着归宿。如保仪的《捣练子》二首与闺秀吕采芝的《念奴娇·春暮偶见落花有感》就充分体现了她们所共同拥有的温和柔顺、依人楚楚的性格特征。

飘上下，落西东，霜林树树不禁风。

依岸积，逐溪流，故枝无力暂相离。（《捣练子·落叶》二首）

遍地飞花兼柳絮，没个人儿去扫。

雨洗香消、风催绿褪，倍觉春归早，红颜难驻，东皇也促人老。（《念奴娇·春暮偶见落花有感》）

但保仪之为值得研讨的女性词人又在于：尽管她一直都表现得贤淑温和，性格中却并未泯灭一股天然的英伟之风。《香杜诗话》就曾说她自小便有父风，“英伟之气时见之眉宇”。以这种性格反映到词作中，则自有健朗伟岸的一面，如《满庭芳·江楼远眺》即为体现这种风格的典型之作：

云拥遥青，山拖残碧，暝色飞上层楼。柳丝摇梦，分绿挂帘钩，何处书传锦字？南来雁，声断蘋洲。萧疏甚，烟栖岸树，苍染半江秋。

凝眸天渺渺，飘摇楚尾，心远吴头，算多少征魂，空载扁舟。怕听湘骚写怨，销不尽，香草风流。苍茫里，愁痕界破，飞起一汀鸥。

词句颇为苍劲雄健，乍读之下几乎难以相信其出于一柔弱女子之手。可惜此类作品在保仪的词集中并不多见。若非华年早逝，漫长的岁月中保仪应能更多地创作出此类不同于柔弱闺秀的辞章，也或许她能由此从众多的女性词人中脱颖而出，亦不至于久置历史深宫而无人问津。

注释：

[1] 施淑仪：《清代闺阁诗人征略》，上海书店 1987 年版。

[2] 陈东原：《中国妇女生活史》，台湾商务印书馆 1981 年版，第 221 页。

[3] [4] 傅正谷：《中国梦文化》，中国社会科学出版社 1993 年版，第 182-183 页。

第二节 侠骨前生悔寄身——女中丈夫秋瑾

在中国近现代发展历程中，女性的地位一直是社会进步的一个非常重要的衡量标准。生于晚清的秋瑾既是一位革命者，也是一位诗人，在她生平留下的诗词中，能清晰地看到她对女权和女性意识的追求，特别是后期作品，常常带有对国家、对人民深深的悲痛之情。她以女儿之躯行男儿之事，作为妇女解放运动的先驱，为中国妇女的觉醒做出了杰出的贡献。

秋瑾（1877 年 11 月 8 日—1907 年 7 月 15 日），祖籍浙江山阴（今浙江绍兴），原名秋闺瑾，东渡日本后改名秋瑾，自称“鉴湖女侠”，为中国近代杰出的爱国女诗人。秋瑾出身于书香门第，其祖父、父亲均为清廷基层官僚，其母亲单氏也“雅善诗文”。1877 年，其祖父秋嘉禾在福建漳州携眷任职，秋瑾出生于云霄县云陵镇。秋瑾 14 岁前一直随祖父母在福建，7 岁入学，11 岁已习作诗，天资聪慧。1890 年，秋瑾随祖父返回浙江绍兴，居绍兴南门和畅堂，继续读书习文，其间曾随母去萧山外祖家随表兄学习骑马练剑；1893 年冬，秋瑾跟随游宦的父亲秋寿南来到湖南。1896 年 5 月，秋瑾依从父母之命嫁入湘潭富商王家，其夫为湖南士绅王廷钧。王家祖居在湖南双峰，在湘潭也有当铺等产业，秋瑾常往返于双峰、湘潭。1897 年，秋瑾生下儿子王沅德，1901 年，生下女儿王灿芝。其夫王廷钧于 1900 年纳资为户部主事，其后秋瑾曾数次随夫往返京城和湖南。

1904 年 7 月，秋瑾冲破重重阻力，自费东渡留学日本，考入青山实践女子学校。留学期间，秋瑾广泛结识爱国志士，先后参加了“三合会”“共爱会”等反清组织。在中途回国发动女同胞留学日本、联络各地志士时，经徐锡麟介绍加入光复会，又在返回日本后经黄兴介绍加入同盟会，并被选为浙江省同盟会负责人。1905 年底，中国留学生抗议日本文部省发布的取缔留学生规则，秋瑾参与组织留学生集会并提议联合罢课，后由罢课转为集体回国。1906 年初，秋瑾结束留学回到国内，先在绍兴、湖州等地女学堂代课，后筹资创刊《中国女报》，为宣传革命、提倡女权发出呐喊；另一方面则四处奔走，联络同盟、光复会党，准备发起推翻清廷的起义。1906 年冬，秋瑾回到绍兴主持大通学堂，利用学堂为驻点，组织分散浙江各地的光复会会员为光复军，并同徐锡麟相约浙皖两省同时起义，由于消息败露，秋瑾于1907年7月被捕，审讯中坚不吐供，仅留下“秋风秋雨愁煞人”一句。1907年7月15日，秋瑾英勇就义于绍兴轩亭口。

秋瑾的一生虽然短暂，却将妇女解放、男女同权的家庭革命和推翻满清王朝专制统治的政治革命自觉地结合起来，在波澜起伏中显出了风发的意气和壮烈的情怀。秋瑾共留下诗词240余首，她少女时代的早期作品，也多有闺阁女子伤春悲秋、思亲咏物、抒发闲愁之作，诗词中蕴藏的情感，与普通闺秀成长过程中内心常有的感受和体验别无二致。如《唐多令·秋雨》：

肠断雨声秋，烟波湘水流，闷无言、独上妆楼。忆到今宵人已去，谁伴我？数更筹。

寒重冷衾裯，风狂乱幕钩，挑灯重起倚熏篝。窗内漏声窗 外雨，频点滴，助人愁。

此词为秋瑾随父来到湖南后所作，描写了湖湘的深秋，阴雨绵绵连月不开，雨雾重重笼罩天地，湘江无言北去。作为一个性喜读书，而不乐女红的女子，本来有同伴可以围炉细谈，嘘寒问暖，可如今人已去，只留下自己在孤独的夜晚，百无聊赖中数着更筹。凉风夜雨中渐渐寒意袭人，夜长无眠挑灯坐起，听着雨声漏声，不禁备感孤寂，愁思如缕。

秋瑾在湖南时，日常不仅闲居读书，也常与其他官宦人家闺秀相互交游，诗词唱和，少女间的纯洁友情弥足珍贵，别后思念总是让人怅惘。如《菩萨蛮·寄女伴》：

堪怜一片帘前月，不照欢娱照离别。云树思悠悠，无情湘水流。三山天外远，梦里何由见？漆室自心伤，愁和更漏长。寒风萧飒惊璇户，垂帘闲向回廊步。明月照高楼，相思两处愁。无边家国事，并入双蛾翠，若遇岭梅开，一枝应寄来。

此词写出了诗人秋日送别好友的惆怅哀伤，以及与女伴离别后的思念，但由“无边家国事，并入双蛾翠”，便知秋瑾与女伴相聚共叙时，不仅是聊些闲情和闺愁，更关注了家国风云、天下大事，与普通官宦闺秀已大相径庭。

秋瑾性格明快爽朗，鲁迅先生就曾评价她说：“秋瑾姑娘很能干，有话当面说，语气很坚决，不转弯抹角，所以有不少人怕她。她爱唱歌，好合群，性格爽朗，而且善豪饮，讲话精辟，又热心公益，所以很多人喜欢和她接近。”[1]秋瑾的性格，在少女时代的诗作中已有体现。“莫重男儿薄女儿，平台诗句赠峨眉。吾侪得此添生色，始信英雄亦有雌。”（《题芝龛记·莫重男儿薄女儿》）《芝龛记》是叙述明代女将军秦良玉、沈云英战功的传奇戏曲，一般男子在青少年时代多仰慕建功立业的英雄，作为闺阁女子的秋瑾，却天生豪气不输男儿，形之于文，便是“始信英雄亦有雌”的豪言壮语，从中可知秋瑾的胸襟气度。1896 年，19 岁的秋瑾嫁入湘潭富商王家，婆母屈氏性格暴躁，御下极严，丈夫有纨绔习气，甘于琐屑，夫妻之间没有多少共同语言，以秋瑾直率爽朗的性格，生活在这样的家庭氛围里，心中苦闷可想而知。秋瑾婚后的作品，也有抒发婚姻不幸、生活压抑的篇章，如《谢道韫》，“咏絮辞何敏，清才扫俗氛。可怜谢道韫，不嫁鲍参军”。秋瑾深感所嫁非人，借咏谢道韫囿于门第婚姻的可叹，来发泄对自己婚姻的不满。且不提秋瑾大无畏的革命精神，单是纵横捭阖、斐然成章的文采也绝非其夫王廷钧可比。秋瑾还通过感怀、咏史、题记等表达内心的苦闷，如在《咏琴志感》里写道：“泠泠七弦琴，所思在翠岑。成连奋逸响，中散叹销沉。世俗惟趋利，人谁是赏音？若无子期耳，总负伯牙心。”此诗不仅可理解为秋瑾感叹自身遇人不淑的痛苦，也表现了诗人看到世俗之人只知追名逐利，而自己心怀天下、志向高远，到哪里能找到彼此共鸣的知音啊！

20 世纪初，帝国主义列强加大对中国的侵蚀掠夺，清政府软弱无能，中华民族的危难进一步加深。帝国主义的欺凌造成民族危亡的同时，也使西风东渐，东西方文化碰撞冲突，激发了包括秋瑾在内处于水深火热中广大国人的刚烈豪爽之气。时代风气影响下，秋瑾酝酿冲破家庭束缚，寻找新的天地，其诗文已露慷慨激昂，如《满江红·小住京华》：

小住京华，早又是，中秋佳节。为篱下，黄花开遍，秋容如拭。四面歌残终破楚，八年风味徒思浙。苦将侬，强派作娥眉，殊未屑！

身不得，男儿列。心却比，男儿烈！算平生肝胆，因人常热。俗子胸襟谁识我？英雄末路当磨折。莽红尘，何处觅知音？青衫湿！

秋瑾婚后曾随纳资为户部主事的丈夫短暂去往北京，当时正值中秋时节，“黄花开遍，秋容如拭”，秋风起菊花开，北方的秋天干爽明净。但“四面歌残终破楚，八年风味徒思浙”，诗人的心境却萧瑟寥落，不但不觉天高地阔，反而有四面楚歌、天下虽大无处可去之感，回想离开浙江故乡八年之久，如今困于婚姻，久别故土，秋风萧瑟，心中有对家乡的深深思念，现实中却只能徒呼奈何！诗人不禁为生为女儿身而愤懑不已，迸发出“身不得，男儿列。心却比，男儿烈”的呐喊，读来斩钉截铁、慷慨豪迈、掷地有声。诗人具侠肝义胆，忧国忧民，有志向情怀、心怀天下，却只能如孤独落寞的英雄一般，囿于现实而不得施展平生抱负，思之难免潸然泪下。“不愤不启，不悱不发”，正是长期的压抑和无奈的孤独，让秋瑾决心冲破家庭的束缚，负笈东瀛求学。临行前，秋瑾写有《宝刀歌》，其中“几番回首京华望，亡国悲歌泪涕多。北上联军八国众，把我江山又赠送”表达了她对祖国沉沦的感伤和对清廷腐败无能的痛恨。

1904年6月，秋瑾终于冲破阻碍东渡扶桑追求人生理想。赴日途中，秋瑾与人唱和写下《日人石井君索和即用原韵》：“漫云女子不英雄，万里乘风独向东。诗思一帆海空阔，梦魂三岛月玲珑。铜驼已陷悲回首，汗马终惭未有功。如许伤心家国恨，那堪客里度春风?”当时赴日留学被很多人视为晋身之阶、镀金之途，秋瑾却是满怀一腔救国豪情，从“诗思一帆海空阔，梦魂三岛月玲珑”能读出秋瑾挣脱束缚的喜悦之情，从“铜驼已陷悲回首，汗马终惭未有功”可知秋瑾一直心忧故国。“知我者谓我心忧，不知我者谓我何求?”心怀家国之恨，又哪里能如沐春风般志得意满呢?“诗以言志”，同年秋瑾赴日不久的诗作，仍然是相似的情怀，“祖国沉沦感不禁，闲来海外觅知音。金瓯已缺总须补，为国牺牲敢惜身！　嗟险阻，叹飘零。关山万里作雄行。休言女子非英物，夜夜龙泉壁上鸣”（《鹧鸪天・祖国沉沦感不禁》）。此诗首句就点明了她之所以远赴异国求学，是感受到国家的沉沦危殆而痛心不已，从而“关山万里作雄行”，希望在海外寻觅志同道合之士，广泛联络不畏艰险、敢于牺牲的战友和知音，来共同力挽狂澜。最后一句“休言女子非英物，夜夜龙泉壁上鸣”，一位豪气冲天、救国救民之心喷薄欲出的年轻女杰形象跃然纸上。

秋瑾冲出了不幸婚姻的樊笼，充分感受到自由的可贵，热切希望唤醒国内女同胞，自省自觉共同打破清朝封建专制统治，获得人性自由和民族解放。在日期间，秋瑾曾主编《白话》杂志，在其上发表了《敬告中国二万万女同胞》《警告我同胞》等宣传妇女解放、救国救民思想的文章。为了激励那些在婚姻中忍气吞声、委曲求全的女同胞奋起反抗，秋瑾写了许多诗文进行抨击，揭露封建婚姻对人性的压抑和桎梏，其中最突出的代表作为弹词《精卫石》。《精卫石》以故事化的表现手法，形象生动地控诉了缠足陋习和包办婚姻对妇女的压迫残害，表达了对男女平等、自强自立的向往，同时还一针见血地深刻揭露了满清政府的黑暗残暴，号召男女同胞共担责任、推翻专制。它标志着弹词小说“振兴女权”思想上升到新的高度。

秋瑾日本之行后，眼界得到开阔，信念更加坚定，她终于找到志同道合的友伴，在引荐下加入了反清革命组织，平生夙愿终于得到施展实现的空间。她从一个具有革命思想的普通妇女，变成一个决心把毕生精力以及生命，贡献给为争取民族解放、国家自强、妇女独立、男女平等伟大事业的战士。从秋瑾的诗词中看到她相信女子有超越男子的智慧与能力，多次说女子也能成为英雄，“责任上肩头，国民女杰期无负”。文为心声，她后期的诗词作品，笔力雄健，豪情奔放，一变而为热血沸腾、金戈铁马、势不可抑，非但和一般女子的柔弱截然不同，连普通男儿也难望其项背。1905 年 7 月，秋瑾回国后第二次东渡，途中作《泛东海歌》，诗人以丰富的想象力，联想到历史上的英雄豪杰，“不见项羽酣呼巨鹿战，刘秀雷震昆阳鼓，年约二十余，而能兴汉楚”。想到对祖国尚无寸功贡献，因之惭愧不已，热切地希望“因之泛东海，冀得壮士辅”。

秋瑾认为，中国妇女应当求自立、争同权、反封建、担责任，同样参加争取民族解放的革命。秋瑾是这么说的，也是这么做的，自从她加入同盟会等反清革命团体后，争取民族解放和妇女解放的决心更加坚定。秋瑾曾在致同学书信中说道：“吾自庚子以来，已置吾生命于不顾，即不获成功而死，亦吾所不悔也。”她的诗词中，常表现出这种无私无畏、为了革命甘愿从容赴死的自我牺牲精神。“不惜千金买宝刀，貂裘换酒也堪豪。一腔热血勤珍重，洒去犹能化碧涛。”（《对酒》）“秋风起兮百草黄，秋风之性劲且刚。能使群花皆缩首，助他秋菊傲秋霜。”（《秋风曲》）这些诗表现了诗人希望乘着刚劲的秋风笑傲人生，即使为革命抛却头颅，牺牲生命，热血犹能化为澎湃的碧涛激荡天地间的诗意豪情。

1906 年，秋瑾摄男装小影并赋《自题小照》：“俨然在望此何人，侠骨前生悔寄身。过世形骸原是幻，未来景界却疑真。相逢恨晚情应集，仰屋嗟时气益振。他日见余旧时友，为言今已扫浮尘。”秋瑾虽是女儿身，壮志却胜男儿。她看着自己的男装照，肯定想到了自己作为女子近 30 年来的生活，为何自己壮怀激烈，却寄身在一女子形躯之中？真耶，幻耶？“过世形骸原是幻，未来景界却疑真。”诗人不禁有此身如幻、恍然如梦之感，而对未来却有着热切的憧憬，希望在“未来景界”中，和好友把酒言欢，一扫天下浮尘，一吐心中积郁，活成顶天立地之人。1907 年 4 月，秋瑾拜谒动石夫人庙，写下了：“如斯巾帼女儿，有志复仇能动石。多少须眉男子，无人倡议敢排金！”再次体现了自己的满腔豪情。

在清朝封建专制统治的重重铁幕下，秋瑾预料到了革命之艰难，早将生死置之度外。1907 年 7 月，安庆起义失败，徐锡麟就义，秋瑾决心舍生取义。她写下了《致徐小淑绝命词》：“痛同胞之醉梦犹昏，悲祖国之陆沉谁挽。日暮穷途，徒下新亭之泪；残山剩水，谁招志士之魂？不须三尺孤坟，中国已无干净土；好持一杯鲁酒，他年共唱摆仑歌。虽死犹生，牺牲尽我责任。即此永别，风潮取彼头颅。壮志犹虚，雄心未渝，中原回首肠堪断！”这首绝命词，一咏三叹，似能听到号角之雄浑苍凉，悠扬低回，久久不散，又似乎能听到铮铮琵琶、直上云霄，慷慨激昂、如裂金石。秋瑾之侠骨柔情，已经超越个人际遇浮沉，超越了亘古的时间与空间，升华为对同胞对民族的大爱，她对女性同胞的热切期盼，对民族命运的深切忧虑，感染着千千万万吟咏着她的诗词的后辈中华儿女。正如南开大学文学院乔以钢教授所说："秋瑾是中国妇女文学划时代蜕变的催生者和铺路人。在她的自我艺术形象身上，既有中国古代传统女性的心理因素，更有初步觉醒的近代女性的精神素质。"[2]秋瑾其人其诗历经百年，在如今民族复兴的伟大时代，犹为世人所称道！

注释：

[1] 马蹄疾：《鲁迅生活中的女性》，知识出版社 2006 年版，第 98-110 页。

[2] 乔以钢：《秋瑾的自我艺术形象与中国古代妇女文学》，载《天津师大学报（社会科学版）》1992 年第 1 期，第 63-67 页。

第三节　丁香空结雨中愁——名满京华顾太清

在清代满族闺秀作家中，有一位才媛曾得近代词学家王鹏运评价曰："男中成容若，女中太清春。"[1]这其中的"太清春"说的就是被誉为清代第一女词人的顾太清。

一、顾太清其人

关于顾太清的生卒年，所存记载不详，但据考证并得多数研究者认同当为 1799—1877 年，享年 79 岁。顾太清一生历经嘉庆、道光、咸丰、同治和光绪五朝，生活经历相对很多文人而言极其曲折，但她始终对艺术创作具有极大的热情，有诗集《天游阁集》、词集《东海渔歌》、戏曲《桃园记》、小说《红楼梦影》等作品流传于世。

从 20 世纪 20 年代开始，学术界对于顾太清的家室问题一直众说纷纭，一直到 2000 年满洲大师金启孮先生的《顾太清于海淀》论著问世，学术界的纷争才基本趋于同一。顾太清，字梅仙，又字子春，道号太清，别号太清老人椿、云槎外史。原姓西林觉罗氏，满洲镶蓝旗人，清初著名大学士鄂尔泰的堂曾孙女，甘肃巡抚鄂昌的孙女。1755 年"胡忠藻诗狱案"，鄂昌受牵连被乾隆皇帝赐死，鄂昌之子鄂实峰移居香山后娶香山富察氏女为妻，生下长女太清。作为"罪人之后"，顾太清父亲只得以游幕为生，太清因此早年曾度过一段随父游幕的生活，后来贵族出身的她被荣郡王绵亿选中聘为家中女眷的家庭教师。在天长日久的接触中，荣郡王之子奕绘贝勒对太清产生了爱慕之情。当时奕绘已有正妻妙华夫人，而身为罪人之后的太清按王府族规也是不可能嫁与奕绘的，于是假托太清为荣府护卫顾文星之女呈报宗人府，太清才得以侧室身份入嫁王府，住进了奕绘为她准备的天游阁，开始谱写新的人生篇章。

太清与奕绘同岁，26 岁成婚后，两人琴瑟和鸣、诗词唱和。及至正室夫人去世后奕绘亦未再有续弦，太清得 9 年专房之宠并主持中馈。可惜好景不长，夫妻二人刚度过 14 年的幸福生活，奕绘于道光十八年（1838）病逝。丈夫去世后，太清的生活急转直下，被婆母逼迫率二子二女迁出王府。此时她写了一首七律《七月七日先夫子弃世，十月二十八日奉堂上命，携钊、初两儿，叔文、以文两女，移居邸外，无所栖迟，卖以金凤，购得住宅一区，赋诗以纪之》，诗中写道："仙人已化云间鹤，华表何年一再回。亡肉含冤谁代雪？牵萝补屋自应该。已看凤翅凌风去，剩有花光照眼来。兀坐不堪思往事，九回肠断寸心哀。"自此，太清开始了凄苦的寡居生活，直到长子载钊成人、受封，其家庭境况才得以好转。咸丰七年（1857），奕绘嫡长子载钧去世，因其无子，载钊之子溥楣嗣袭奉恩镇国公，太清始返回王府，居于大佛寺北岔府邸，直到光绪三年（1877）去世。

二、顾太清诗词主要内容

俞陛云《清代闺秀词话》卷四云："清代闺秀之工填词者，清初推徐湘苹，嘉道间推顾太清、吴苹香。湘苹以深稳胜，太清以高旷胜，苹香以博雅胜，卓然为三大家。"总体而言，太清以词名世，在文学史上颇有一席之地，得"格高意远、清刚淡雅"之评。综观其诗词，充满了真情实感的自然流露，文韵优雅清丽，堪称高贵典雅的杰作。大致而言，其作品内容的主要素材不外为人所熟知的闺阁题材，所展示的都是真实的闺阁生活。如咏物怀人、写景记梦等，加上太清与奕绘 14 年的婚姻生活中长期携手共游，所以其作品中也有大量纪游之作。

（一）咏怀咏史

顾太清的咏怀之作，大多数是以个人生活为题材的。女诗人的一生，前段晦暗不明，虽有流离，并无过多挫折，婚后恩爱甜蜜，寡后遭遇波折，晚年安享尊荣。一生的曲折变化反映到她诗词中，刻画了人世的沧桑也深藏了感悟生活真谛之意。如《烛影摇红·听梨园太监陈进朝弹琴》："雪意沉沉，北风冷触庭前竹。白头阿监抱琴来，未语眉先蹙。弹遍瑶池旧曲。韵泠泠、水流云瀑。人间天上，四十年来，伤心惨目。尚记当初，梨园无数名花簇。笙歌缥缈碧云间，享尽神仙福。太息而今老仆，受君恩、沾些微禄。不堪回首，暮景萧条，穷途歌哭。”这是作者晚年之作，借听琴的感受、太监的回忆，抒发真挚深切的忧戚之情，包含兴亡之叹。

顾太清为人良善纯真，情感丰富多思，对生离死别犹不能舍。幼子载同夭折，她悲悼，“同儿未周岁，一旦舍我死。谁谓久能忘，老泪无时已”（《腊月廿二日哭九儿载同》）。送别兄长，她殷殷关切，“旅食恐不周，多病凋丰颜。一月两寄书，一书五六篇”（《岁暮寄仲兄》）。正室妙华夫人过世，她亦常怀思念，“十二年前路，重来景尚同。人非当日伴，花著旧时红。滃绿云中树，高寒岭上风。深深潭柘寺，修竹隐离宫”（《春游》）。诗歌题序中自言：“花朝后同夫子携儿女宿潭拓。十二年前，曾侍先夫人游。今日重来，山径犹然，人事殊昔。昔日从者，竟无一人，得不感哉。遂赋五言三章。”诗人面对旧景，深感物是人非，怀人之思溢于言表。

由于顾太清的生活经历比较特殊，历经人生浮沉和悲欢离合，所以她对身边的亲人无不情真意切，即使是婢女小童，她也是念念难忘。婢女石榴故后，太清就多次在诗词中追忆，如《哭石榴婢》：

哀哉石榴婢，相随仅七年。十三初识面，问答两投缘。慧性深知我，痴心望学仙。略能探妙微，亦解诵诗篇。才见优昙现，旋罹恶疾缠。游魂返寥廓，湛露散风烟。切切怜新鬼，茫茫葬薄田。赐衣同挂剑，送汝镇长眠。

又如《鹊桥仙·梦石榴婢》：

一年死别，千年幽恨。尚忆垂髫初会，眼前难忘小腰身。侍儿里，此儿为最。悠悠往事，不堪回首。空坠伤心清泪。夜深时，有梦魂来。梦觉后，话多难记。

作品中充满了诗人对故人的思念和追怀。及至与她恩爱多年的丈夫奕绘去世，太清更是痛不欲生，创作了大量的悼亡诗，如《己亥清明》，“林泉已遂高人志，俎豆难陈寡妇情。近日忧劳成疾病，经年魂梦却分明。伤心怕对闲花柳，泪洒东风不欲生”。再如《先夫子大祥率钊、初两儿、叔文、以文两女恭谒南谷》：“七夕携儿冒暑来，驱车一路寸心哀。诸侯园寝无宫守，丙舍廊庑任草堆。素壁长歌君自写，红棠双树我亲栽。人间限满归泉下，他日同游亦快哉。”锥心之痛，哀思绵绵，倍具沧桑之感。

除了对亲人朋友的深切感念，顾太清的咏怀之作还包括有对历史的咏叹和哲理的深思，如《读光武本纪》，“十三轻骑霸乾坤，城上披图更几人。一笑中原挥顾定，井蛙安识帝王真”。短短四句，不仅概括了刘秀从起兵到称帝的过程，还用“一笑”凸显了刘秀恢宏大度的个性。而顾太清的三首《金缕曲》（《红拂》《红线》《红绡》），更是她咏史的压卷之作。词中描述了历史上三个地位低下，行事不凡的妇女，再现了她们的英雄风范，歌颂了她们的侠骨柔肠、锦心慧眼，某种程度上也可窥见作者对快意人生的向往。而《鹧鸪天·夜半读经玉漏迟》中“世间莫恋花香好，花到香浓是谢时”，更是用花香、蚕吐丝、蜂酿蜜这些常见的自然现象揭示了一种朴素的辩证法思想。

（二）纪游写景

自古以来，山水诗歌多为男性文人的审美专属。女性作家即使有对自然景色的描写，也大多将景色作为其表达情感诉求的一种点缀，并没有成为独立的审美对象。顾太清诗词中大量自然景物的描写无疑开辟了女诗人新的审美领域，表现出闺中女子希望与自然、与外部世界平等对话的渴望与开端。如《鹦鹉湾》：“钻鱼关外雨初收，鹦鹉山边春色幽。怪石峥嵘滩水急，淙淙万古漱寒流。”全诗都是描写雨后郊野清新秀丽的景色，旨趣高雅，笔致清灵，表现了诗人留恋大自然秀美风光的情怀。又如《风光好·春日》：

> 好时光，恁天长。正月游蜂出蜜房，为人忙。
> 探春最是沿河好，烟丝袅。谁把柔条染嫩黄。大文章。

作者于自然绘景中融入个人感受，常语出新又浑朴自然，无任何矫揉装饰之态。当然，太清的诗词中亦有大量以景托情，情景交融之作。如《早春怨》，“杨柳风斜，黄昏人静，睡稳栖鸦。短烛烧残，长更坐尽，小篆添些。红楼不闭窗纱，被一缕、春痕暗遮。淡淡轻烟，溶溶院落，月在梨花”。全词着力于春色景物的描写，然景物中却融合了人物的感情。在一个静谧、雅洁的境界中烘托出主人公忧而不伤的情思和雅而不俗的操守。

太清性情豪爽，喜遨游，每过佳山秀水，古刹名园，辄多题咏。自与奕绘婚后，夫妻更是经常联辔出游，相互唱和。这段时间应该是她一生中最幸福美好的时节，所以此期的作品也大多明快欢畅，充满了生活的乐趣，如《丙戌清明后侍太夫人夫人游西山诸寺》，“三月山花尚未发。一春忽忽过清明。雪满丛林树有声。怪石自成蹲虎势，老松谁与对龙名。晚清碧涧添新水，归路回看暮霭平”。诗中作者完全陶醉在拥抱自然的快乐之中。奕绘随后也创作了一首《清明后太福晋携稚子游潭柘、戒台诸寺，遇雪晚晴，侧室太清赋诗纪游，因次其韵》相和。这也是他们夫妇之间第一次的唱和，可以窥见他们夫妻之间情投意合，“闺房韵事，堪媲赵管”。据《太清轶事》载：“太清尝与贝勒雪中并辔，游西山，作内家装，于马上拨铁琵琶，手白如玉，见者咸谓王嫱重生。”可见其容貌之美、骑术之精，尽才情诉之于诗词，真可谓臻于化境。太清的纪游之作大多白描，自然天成，如《戊子八月 雨中游城西天禧昌运宫废址》，“烟叶青青豆叶黄”“隔岸依稀露碧瓦，过桥断续堆红墙”，几种简单色彩点染出了旧址今景，轻描淡写中自现风雅。

在长期的游赏生活中，太清对花的钟情更为突出。自古以来，赏花文化源远流长，至明清时期更是趋于成熟和繁荣。在太清的诗词当中，咏花之作最是夺人眼目，几乎贯穿了她的一生，早期有与丈夫出游看花的幸福，有与姐妹相约赏花的玩闹，晚期更有人花相怜、哀悼身世的凄苦。如《南乡子·惜花词》，“一夜妒花风，吹过栏杆第几重？何事封姨情太薄，匆匆，零落深丛与浅丛。春冷逼房栊，晓起开帘扫残红。风势未停天又雨，蒙蒙，乱卷飞花小院中”。词中写“惜花”，实则写丈夫逝后自己所处的凄凉境况，借“惜花”来倾诉她在风雨交迫之中无人怜惜的悲惨遭遇。

除描摹实景，太清尤善题画。如《青山相送迎·藩王杏庄婿以塞上景团扇属题》写道：“角声悲，雁行归，苜蓿西风战马肥。毡庐傍水支。塞云飞，暮烟炊，野岸平沙细柳垂，秋山积翠微。”虽非亲历，但仍真实地再现了塞外民族风情。

（三）唱和记梦

顾太清一生尽管与奕绘的婚姻生活不长，但伉俪情深。加上正室夫人过世后，顾太清主持中馈若干年，所以顾太清的社会关系网络相对比较广，也因此使得她有机会与众多闺秀名媛诗词唱和及切磋琢磨。其中，由她发起的“秋红吟社”就聚集了许多有着共同爱好和志趣的女诗人，她们一方面结下了深厚的姊妹情谊，另一方面在相互的唱和中提升了各自的文学素养。从顾太清众多歌咏友情的诗词中就可见她对闺阁之情的珍重，其中著名的《江城梅花引·雨中接云姜信》，就生动地写出了两位女子之间的深厚友情及作者对友人的切切思念。

故人千里寄书来。快些开，慢些开。不知书中安否费疑猜。别后炎凉时序改，江南北，动离愁，自徘徊。

徘徊、徘徊，渺予怀。天一涯，水一涯，梦也、梦也，梦不见，当日裙钗！

谁念西风翘首存心灰。明岁君归重见我，应不似，别离时，旧形骸。

词中连用对句和叠句，加重了希望梦中相会的气氛和愿望，并借以重温往日诸多女友欢聚之情。《喝火令》同样表达了她对挚友许云林的殷殷感激之情。“久别情犹热，交深语更繁。故人留我饮芳樽。已到鸦栖时候，窗影渐黄昏。拂面东风冷，漫天春雪翻。醉归不怕闭城门。一路琼瑶，一路没车痕，一路远山近树，妆点玉乾坤。”在感怀友人的同时展现了她旷达、豪放的一面。

除了与丈夫及闺中好友相互切磋唱和，太清在奕绘逝后仍然与奕绘的故交保持诗词往来，他们中大多都为学界和文坛有影响力的文士。如王引之之子王子兰曾“寄词见誉”，太清以词作《金缕曲·王子兰公子寄词见誉，谱此致谢，用次来韵》回赠：“今古原如此。叹浮生，飞花飘絮，随风已矣。落溷沾茵无定相，最是孤臣孽子。经患难、何曾容易。”词中感叹自已前半生之不易及当下境遇之凄楚，以丧偶独居、饱受非议的女性口吻一一道出，令人疼惜。

受奕绘道家思想的影响，太清常在诗词中借回忆和记梦自伤身世并感叹人生的虚无缥缈与无所依存，如《定风波·噩梦》：

事事思量竟有因，半生尝尽苦酸辛。望断雁行无定处，日暮，鹡鸰原上泪沾巾。

欲写愁怀心已醉，憔悴，昏昏不似少年身。噩梦醒来情更怯，愁绝，花飞叶落总惊人。

半生波折，词中尽诉人世沧桑。当然，在太清诸多的梦幻诗词中，也不全是哀叹凄苦之词，如《江城子·记梦》：

烟笼寒水月笼沙。泛灵槎，访仙家 。一路清溪，双桨破烟划。才过小桥风景变，明月下，见梅花。

梅花万树影交加。山之涯，水之涯。影宕湖天，韶秀总堪夸。我欲遍游香雪海，惊梦醒，怨啼鸦。

全词以秀丽隽永的格调引人入胜，梦中景物烟雾朦胧，秀美如仙境，吴地景物不标自现。

三、太清诗词的艺术特点

顾太清的诗词一方面在内容上并不外闺秀文学所常用题材，另一方面她又将这些题材赋予了不一样的文学价值，尤其是词作艺术。今人胥洪泉曾评价说，“顾太清的词，取法宋人，既学周邦彦的典雅精工，又师法姜夔的清空醇雅，也借鉴李清照词的语言特点。但她不盲目崇古，一味模拟，而是融会贯通，变化创新，形成了自己典雅清丽、深幽蕴藉的风格”。[2]也就是说，顾太清的词雅致轻灵，既有精致刻画，又自然而然不犯雕琢之嫌。总体而言，其诗词艺术特点大致如下：

（一）情感细腻又不失高远

自古以来，闺秀文学普遍以柔为美，太清不外于是。在她的诗词中，景物描写很多时候都趋向于选择表现柔美格调的意象，如“花”“雨”“月”“柳丝”等。同时，由于她超强的感受力，能够相比旁人更细腻地感知身边事物并随之触发不同的情绪波澜，因而作品情感往往婉转跌宕，也因此能产生一唱三叹的艺术效果和深入内心的艺术感染力。但是，受传统“诗言志”等传统男性诗学观的影响，闺秀文学一直以来都容易被男性文人所鄙薄，诸如“闺秀诗，总有习气，非调脂弄粉，剪翠裁红，失之纤小”[3]等评价比比皆是，因此历代以来，闺秀作家都极力想避免自己的性别身份表征，努力尝试在作品中向男性审美标准靠拢，太清的诗歌，自然也有这种审美的倾向，加上她出身满族，性情豪爽，表现到作品中就自然呈现出了一种相较一般闺阁更爽利的风格，如《山楼五绝句》：“黄华峰对读书楼，一片青山动客愁。游子莫生乡国感，是身天地一浮鸥。”诗人由对松而坐、捧卷对读的人生追求，转到对游子乡愁的情怀，继而上升到对宇宙人生的思考，可谓主题高远，格局宏大，不见一丝脂粉之气。而《静坐偶成》中“探得真源何所论，繁枝乱叶尽须删”更透露出她性情的豪爽干脆，快意淋漓。

（二）描写细致又富有意趣

顾太清的诗词给人感觉非常真实而且细腻，她的诗歌以记事为多，词以抒情为主，所展示的基本都是真实的闺阁空间，那些日常描摹，大多细致温和，充满了岁月静好的温情。如记录小儿女生活片段的《迎春乐·乙未新正四日，看钊儿等采茵陈》：“东风近日来多少。早又见、蜂儿了。纸鸢几朵浮天杪，点染出、晴如扫。暖处有、星星细草。看群儿、缘阶寻绕。采采茵陈芣苢，提个篮儿小。”画面生动，勃勃生机跃然纸上，既有自然景物的美妙，又有天伦之乐的温馨。再如对出门远游儿子的谆谆叮嘱，“饱看山水多加饭，乍历程途要早眠”（《送钊儿往完县勘地》），充满了浓厚的母性情怀，这是很多闺秀作家所难企及的，更是男性文人甚少涉及的。当然，在这些日常生活的写实之下，太清也经常将自己的感悟灌注词中，使得作品经常透露出一种闲适阶层的理趣，质朴如宋人。如《冉冉云·雨中张坤鹤过访》：

秋雨潇潇意难畅。忽敲门、道人来访。玄都客、谈论海天方丈。全不管、世间得丧。

惟有真知最高尚。一任他、你争我让。把身心、且自忘忧颐养。阅尽古今花样。

全词通过描写友人到访的欣喜，以及随后与之交谈的超俗怡然的感受，表达了自己对淡泊世间万物之心境的向往，在浅淡的闲愁中得出一种透彻的觉悟。

（三）语言精工又质朴动人

况周颐曾言：“太清词得力于周清真，旁参白石之清隽，深稳沉着，不琢不率，极合倚声消息。”[4]说的是顾太清词作清新风雅，节奏合乎声律，同时语言浑然一体，不事雕琢。如《惜花春起早·本意》：

晓禽鸣，透纱窗，暗暗淡淡花影。小楼昨宵听尽夜雨，为著花事惊醒。千红万紫、生怕他，随风不定。便匆匆，自启绣帘看，寻遍芳径。

阶前细草濛茸，承宿露涓涓，香土微泞。今番为花起早，更不惜，缕金鞋冷。雕栏画槛，归去来，闲庭幽静。卖花声，趁东风，恰恰催人临镜。

全词没有过多华丽的辞藻，却将一个惜花女子的形象展露无遗。而词中所描写的景致，亦如晨露清新，清灵至极。难怪况周颐评其“直入清真之室，闺秀中不能有二”。再如《定风波·噩梦》“噩梦醒来心更怕，窗外，花飞叶落总惊人”，没有矫揉造作，但却寥寥数语中于细微之处动人心魂。当然，若从词境而论，太清之作皆多雅正传统，未脱闲情偶寄之窠臼，但总体而言，诗词在传统文化结构的位置中本就在经史之下，不必然要承担道义与社会的责任，加之太清本身的闺阁经历和生活，使其作品在思想境界上不可避免地趋于平庸与陈旧。

四、《红楼梦影》

《红楼梦影》是太清晚年所作的《红楼梦》续书，在创作思路和理念方面是众多续书当中比较接近原创的，它的主旨依旧延续了《红楼梦》中功名利禄、荣华富贵皆变幻无常的宿命论观点。内容表达方面，《红楼梦影》则显示了女性视角的独到之处，如描写贾府家庭生活方面，顾太清就顺着贾府的复兴为主要路线，以贾府所有的女性活动为写作的中心，叙述了已经长大成人的原创人物嫁娶的场景和生儿育女等一些无法回避的人生大事，这些内容都是续书的主要内容，同时也是顾太清将现实生活经验融入创作中的艺术表现。同时，在语言表达上，《红楼梦影》既有旗人小说的特点，又不失京味小说的品格，形成了其独特的世情小说风格。《红楼梦影》从特定的角度反映了当时社会的政治、经济文化和世俗风情。对后世红学研究、晚清小说研究、满族文学研究，乃至晚清贵族生活等的研究都提供了一片新领域，具有不容忽视的艺术和史学价值。[5]

此外，顾太清天才的创作力不仅体现在诗词和小说创作上，她还兼善绘画，更有戏曲传世。她的一生虽坎坷曲折，但同时她也用妙笔生花的巧手通过艺术创作向后人展示了她富有传奇的一生。她的作品、她的人生、她的爱情，在历史大潮中当如翠羽明珠，熠熠生辉。

注释：

[1] 况周颐：《蕙风词话・续编》卷二，参见唐圭璋：《词话丛编》（第5册），中华书局1986年版，第4676页。

[2] 胥洪泉：《顾太清词校笺・前言》，巴蜀书社2010年版，第15页。

[3] 鲍之蕙：《清娱阁诗钞》，附录评跋，嘉庆十六年（1811）刻本。

[4] 况周颐：《西泠印社本东海渔歌序》，载《顾太清词新释辑评》，第672页。

[5] 马靖妮：《浅析〈红楼梦影〉的价值》，载《民族文学研究》2007年第2期。

第四节　晓风残雪斗娉婷——闺词殿军吕碧城

随着历史的车轮不断滚滚走向晚清，中国古代传统闺秀渐渐地淡出人们的视野，这期间却有一位独具传奇色彩的奇女子，搅乱了当时颇为沉滞的女性文坛，她就是被誉为“近代女词人中第一”的中国最后的传统闺秀吕碧城。

一、吕碧城的传奇人生

吕碧城（1883—1943），原名贤锡，字遁天、明因，后改字圣因，法号宝莲；别署兰清、信芳词侣、晓珠等。安徽省旌德县人。光绪九年（1883）碧城出生于一个家有藏书三万卷的翰苑世家，其父吕凤岐为清光绪十三年（1887）进士，其母严氏，为凤岐继室，亦深于诗学。碧城天赋绝高，5岁即显现出才女早慧的光辉。据光铁夫《安徽名媛诗词征略》卷三记载，“一日侍父园中，父顾垂柳，以‘春风吹杨柳’五字命对，即应声曰‘秋雨打梧桐’，父奇之。时年五岁”。7岁时，碧城已能画巨幅山水，12岁诗文业已成篇。至13岁，父因病遽逝，母亲不堪宗族欺凌，携女归家依附于舅氏。1904年初，吕碧城为研究新学，欲往女校读书，遭舅氏强烈反对，遂愤然出走，被《大公报》总理英敛之夫妇收留，进报馆任编辑，1904年5月10日，《大公报》首次刊发碧城词《满江红·感怀》：

晦暗神州，欣曙光，一线遥射。问何人，女权高唱，若安达克？雪浪千寻悲业海，风潮廿纪看东亚。听青闺挥涕发狂言，君休讶。

幽与闭，长如夜；羁与绊，无休歇。叩帝阍不见，愤怀难泻。遍地离魂招未得，一腔热血无从洒。叹蛙居井底愿频违，情空惹。

全词虽音律尚欠严整，但感情激越，风格悲壮，碧城也以其非凡的精神气质和慷慨气魄获得了中外众多学者的赏识，一时之间，闻名来访、诗词唱和者，纷纷不绝。同月20、21日《大公报》连载碧城《论提倡女学之宗旨》，文中针对国家危殆的局势，畅论“兴女学、倡女权、破夫纲”，其目的最终乃为巩固国家之根本。全文识见高远，气势充沛，逻辑严密，词锋锐利，极富感染力。时年碧城刚22岁，风华正茂，挥斥方遒。此后，她一面从事女学教育，一面主持报馆笔政，以满腔热忱培育英才，并极力提倡实业救国。

辛亥革命后，碧城被袁世凯礼聘为总统秘书，往来唱和于名流之间，蜚声海内。更难能可贵的是，她以超人的智慧，在十里洋场与海外巨商角逐股票，获利殊丰，成为上海滩显赫一时的豪富，其雄厚的经济实力，不仅破除了千年来“君子不言利”的旧习，更摆脱了女性须依附于男子而生存的常情，这种超前意识，在当时女性中无疑具有极强的表率力。

1920年9月，碧城经过充分准备后，实现她多年的理想，只身远涉重洋，赴美国哥伦比亚大学留学，兼为上海《时报》特约记者。1922年归国居上海，诗词创作之外，译出《美利坚建国史纲》一书，向国人介绍美国资产阶级革命斗争的历史。1926年秋再度赴美，随后转游欧洲诸国，定居于日内瓦，先后近10年之久。长期的异域生活，使碧城见闻丰富，心胸开阔，创作了大量成就极高的“海外新词”，也因此奠定了她在现代词坛的重要地位。

晚年碧城提倡戒杀护生，潜心佛学，淡泊名利。在她生命的最后十几年中，始终以弘扬佛法为己任。1943年1月24日，这颗曾经照耀中国词坛数十年的灿烂之星，寂然陨落于香港东莲觉苑屋，逝世于客邸。

二、吕碧城对传统词的承继

凭借高超的才情和对传统文学的热爱，吕碧城在闺秀擅长的词学领域取得了辉煌的成就。2001年6月，上海古籍出版社出版了李保民先生的《吕碧城词笺注》，共收录碧城词作312首，这是目前最为完备的吕碧城词集，其中大部分为碧城作于漫游欧美、旅居瑞士期间，也就是当时词界称誉的“海外新词”，这些作品充分显示了她对传统闺秀词的发扬光大，标志着她创作的最高成就。

传统闺教家庭出身的吕碧城，即使后来坎坷的经历改变了她人生的走向，但在闺秀文学创作观点上，她始终主张“本色书写”，在《欧美漫游录·女界近况杂谈》一文中，她明确地阐述了自己关于词作性别主体特质的观点，“兹就词章论，世多訾女子之作，大抵裁红刻翠，写怨言情，千篇一律，不脱闺人口吻者。予以为抒写性情本应各如其分，惟须推陈出新，不袭窠臼，尤贵格律隽雅，情性真切，即为佳作。诗中之温李、词中之周柳，皆以柔艳擅长，男子且然，况于女子写其本色，亦复何妨？若言语必系苍生，思想不离廊庙，出于男子，且病矫揉，讵转于闺人，为得体乎？女子爱美而富情感，性秉坤灵，亦何羡乎阳德？若深自讳匿，是自卑抑而耻辱女性也。古今中外不乏弃笄而弁以男装自豪者，使此辈为诗词，必不能写性情之真，可断言矣”。[1]由此可知，即使力举妇女解放思想，吕碧城并不赞成以消泯女性性别差异为代价，认为文学创作仍应坚持本色书写的原则。因此，身为女性的吕碧城，词作中当然也有“暗香浮动”的纤柔情怀，有能充分展现她真性情、真自我的婉约词，如《祝英台近》：

> 缒银瓶，牵玉井，秋思黯梧苑。蘸渌搴芳，梦坠楚天远。最怜娥月含颦，一

般消瘦，又别后、依依重见。

倦凝眄，可奈病叶警霜，红兰泣骚畹。滞粉粘香，袖靥悄寻遍。小栏人影凄迷，和烟和雾，更化作、一庭幽怨。

词中所用意象凄美艳丽，营造出一种幽幻凄迷、情韵独特的意境。再如《一剪梅》：

一抹春痕梦里收，草长莺飞，柳细波柔。珠帘十里荡银钩，筝语东风，那处红楼？

别有前程忆旧游，几日韶华，赋笔生愁。长安云物恋残秋，铃语西风，那处红兜。

词中塑造了一位珠帘红楼之中优雅迷茫的抒情主人公。为韶华之逝去，抑或为旧游之不在而引发的情感上的失落弥漫全词，但词人始终没有言明梦里春痕到底因何而发，词中回旋和荡漾着一种幽玄的色彩。这种传统的含蓄优雅的表达方式，真是吕碧城所坚守的主体意识表达方面的内敛取向。

吕碧城的婉约词具有纤柔婉约、凄幽缠绵的特点，她把词当作灵魂的自由栖息地，在这里她不需要迎合时代的风潮，不需要披上艳丽的羽毛，更不用端持孤傲。身为女性的吕碧城骨子里有女性天生的敏感与脆弱，有对美感的天生洞察力，加之对韵律的敏锐感受力，使得吕碧城与她的词作魂灵相融，骨血相依。

当然，在创作实践中，碧城虽心仪婉约，却并未局限于此，且呈现五彩纷呈之态，尤其是那些提倡女权的作品多呈豪迈奔放之风，如前文所述之《满江红·感怀》，又如《法曲献仙音·题吴虚白女士“看剑引杯图”》：

绿蚁浮春，玉龙回雪，谁识隐娘微旨？夜雨谈兵，秋风说剑，冲天美人虹起。把无限忧时恨，都消酒樽里。

君知未？是天生粉荆脂聂，试凌波微步寒生易水。漫把木兰花，错认作等闲红紫。辽海功名，恨不到青闺儿女。剩一腔豪兴，写入丹青闲寄。

全词激情澎湃，通过对聂隐娘、花木兰这些与男子一样驰骋疆场、建功立业的不同寻常女子的描写，表现了词人对于参与社会政治的向往。她渴望冲破传统束缚，却报国无门，个人抱负无法实现，由此可以窥见吕碧城在早期创作时已具有强烈的女性主体意识。

除此之外，吕碧城的豪放词风也体现在她的爱国词作之中。无论时代的风云如何变幻，爱国之情始终贯穿吕碧城的文学创作之中。如《念奴娇·自题所译成吉思汗墓记》，“英雄何物？是嬴秦一世，气吞胡虏。席卷瀛寰连朔漠，剑底诸侯齐俯。宝铡裁花，珠旒拥槽，异想空千古……”整首词豪迈奔放，大气磅礴。

三、吕碧城对传统词的发扬

吕碧城的一生经历丰富，中年经商致富后，她开始游历各国。在漫游欧美、旅居瑞士的近10年时间里，她创作了大量为当时词界所称誉的“海外新词”。这些作品将富有特色的异域风光、丰富多彩的海外生活以及她对故国家园的思念和对生命意识的深度体验形象地融合在一起，带给当时大量读者一种耳目一新的审美感受，彰显了碧城对传统女性文学创作的成功创新与发扬光大。

在《吕碧城词笺注》中，潘伯鹰对其异域风光词就进行过如下评述，“其在诸外邦纪游之作，尤为惊才绝艳，处处以国文风味出之，而其词境之新，为前所未有”。[2] 如《解连环·巴黎铁塔》一词：

万红深坞。怕春魂易散，九洲先铸。铸千寻，铁网凌空，把花气轻兜，珠光团聚。联袂人来，似宛转、蛛丝牵度。认云烟缥缈，远共海风，吹入虚步。

铜标别翻旧谱。借云斤月斧，幻起仙宇。问谁将，绕指柔钢，作一柱擎天，近衔羲驭？绣市低环，瞰如蚁，钿车来去。更凄迷，夕阳写影，半捎蒨雾。

这首词描绘的是望中的铁塔，全词上下两阕共10韵，词人却用七个韵句来描绘铁塔之高，视觉先平视，接着仰视，最后俯视，描绘得淋漓尽致。

又如词作《金缕曲·纽约港自由神铜像》：

值得黄金范。指沧溟、神光离合，大千瞻恋。一簇华灯高擎处，十狱九渊同灿。是我佛、慈航叙岸。紫凤羁龙缘何事，任天空海阔随舒卷。苍霭渺，碧波远。

衔砂精卫空存愿。叹人间、绿愁红悴，东风难管。筚路艰辛须求己，莫待五丁挥断。浑未许、春光偷赚。花满西洲开天府，算当时多少头颅换！翻史册，此般鉴。

词中描绘女神高擎火炬的伟岸形象，热情讴歌自由精神，并指出人类砸碎专制锁链、解放自身的艰辛，无数烈士牺牲方能换来花开天府的美好环境。全词光华朗耀，气象万千，展现出千古词家笔下从未有过的一种崭新境界。

她的另一类以画笔描绘海外城厢叶落，山林秋早，雪窗红颤的景象，绝似李成寒林，范宽雪景的画意，着色淡雅天真，澄明空灵。可以这样说，在碧城之前，还没有一位女词人能将如此丰富的域外景致凝聚在笔端。正如李保民先生所说："广泛地吟咏海外风光……无不成为其取材的对象……吕碧城生当海通之世……皆非前辈词家所能想见。在吕碧城之前，尚未有人致力于以词这一形式专门表现这方面的内容。"[3]

吕碧城用传统诗词的形式来吸收和处理时代出现的新兴事物，以新事物入旧体裁，既拓宽了词的意境，保有了浓郁的古典气息和词体本身的艺术美感，又表现出了独特的艺术魅力，这在文学史上是少有的。她的海外新词面世后受到高度赞誉，吴宓先生称其"确能以新材料入旧格律，所写欧洲景物，及旅游闻见感想，宓今身历乃至其工妙。而其艺术及辞藻，又甚锤炼典雅，实为今日中国文学创作正轨及精品"。[4]吕碧城这种融合古典与现代、积极尝试文学新形式的创作方法，为中国近代作家的创作开创了一条全新之路，值得他人借鉴和继承。

四、吕碧城词的艺术成就

吕碧城生前即负盛誉，作品受到樊增祥、易顺鼎、章士钊、郁达夫、郑逸梅、潘伯鹰、龙榆生等名家的一致称誉。其词中所表现的自由思想、独立人格，所开拓的广邈瑰奇的艺术境界，非但远远超越古代女性词人，即使是与她同辈的男性词家，较之亦当逊色。

民国时期，诗人潘伯鹰以笔名"孤云"撰文将碧城词与李清照词加以比较，认为碧城词"风标绝世之概与易安相同而殊有异"，碧城"生于海通之世，游屐及于瀛寰，以视易安，广狭不可同日而语，词中奇丽之观，皆非易安时代所能梦见。……此碧城环境、时代优于易安者，一也"；碧城词有英侠之风，"遂觉晶光剑气发于香口檀心而蔚为异彩，尤于苍凉雄迈之处，读之使人起舞焉。易安纯乎阴柔，碧城则兼有刚气，此碧城个性强于易安者，二也"。碧城"在诸外邦纪游之作，尤为惊才绝艳，处处以国文风味出之，而其词境之新，为前所未有……"[5]

概而言之，潘伯鹰对碧城词做的评价，大致着眼于两处：

（一）博采众家之长，兼工豪迈与婉约的创作风格

碧城一生创作丰富，虽然她没有明确指出自己崇尚何种风格、何种派别，但是我们从她留下的只言片语中不难看出她偏爱李煜、李清照、周邦彦、吴文英、王沂孙等柔婉一派之风格。因此，她的词作博采了唐五代与两宋词的精华，在继承的基础上逐渐形成自家的风格。其早期词清丽幽婉，富于神韵，樊增祥称“南唐二主之遗”。作品或如周邦彦的浑厚和雅、吴文英的藻采密丽；或如姜夔的清空峭劲、王沂孙的沉郁苍凉；更有苏东坡的超旷、辛稼轩的雄豪，因题而施，不拘一格，善于变化。中年以后阅历丰富，学问广博，词笔则如神龙夭矫，尽脱早期模拟痕迹，词境浑沦万象，蔚为大观。

（二）开创新词之美，塑造高秀绝尘的艺术形象

碧城极喜旅游，成名后畅游海内外山川名胜，词作异彩纷呈，尤其是海外新词，更有前人笔下从未出现过的壮美新奇。而在精心描绘奇景的同时，碧城随处显示自家的个性，塑造出清高绝俗、遗世独立的艺术形象。如《如梦令·大风雪中渡英海峡》，“飓卷银泷遒劲，吹送海天芳信。十万散瑶花，人在楼船高凭。春冷，春冷，慵卸一围貂领”。女主人公身着貂裘，独立于楼船高处，海天风雪之中，画面极为壮美。又如《好事近·登阿尔伯士雪山》，“寒锁玉嵯峨，掠眼星辰堪撷。散发排云直上，闯九重仙阙。再来刚是一年期，还映旧时雪。说与山灵无愧，有襟怀同洁”。这种浪漫的幻想，神奇的境界在碧城的词作中层出不穷，词中的“自我”丰神缥缈，有着强烈的个性化色彩，人物形象与种种自然景物交相辉映，共同构成一种瑰美新奇而又空灵超逸的意境。

纵览吕碧城一生的词作，可以看到这些作品忠实地记录了她所经历过的动荡岁月和她自己的传奇人生，尤其是她旅居海外的生活经历，使她的作品完全走出了个人狭窄的情感空间，转而面向广阔的生活世界和精神王国，这就因此促成了她的词作题材广泛，意境深远，更为她赢得了“近代女词人中第一”，[6]“近百年名家词殿军”[7]的盛誉。

注释：

[1] 李保民笺注：《吕碧城诗文笺注》，上海古籍出版社2007年版，第476-477页。

[2] 傅瑛：《吕碧城及其研究》，载《淮北煤炭师范学院学报（哲学社会科学版）》2004年第2期，第5页。

[3] 李保民：《李清照后第一人——吕碧城诞辰120周年纪念（下）》，载《食品与生活》2004年第2期，第27页。

[4] [5] 李保民：《吕碧城词笺注》，上海古籍出版社 2001 年版，第 553-554 页。

[6]《当代学者自选文库·钱仲联卷》，安徽教育出版社 2001 年版，第 709 页。

[7] 龙榆生：《近百年名家词选》，上海古籍出版社 1979 年版。

余　论　清代闺秀文学的地位及其影响

晚明文人葛征奇曾称颂女作家曰："非以天地灵秀之气，不钟于男子；若将宇宙文字之场，应属乎妇人。"[1]赵世杰于《古今女史》中也说："海内灵秀，或不钟男子而钟女人。其称灵秀者何？盖美其诗文及其人也。"但女子为诗，即使观念开通，舆论宽松，仍是难处颇多，并非人人均可率尔操觚。她们必须首先具备若干的条件后方可悠游于文字之间，恰如女词人沈善宝所说："窃思闺秀之学，与文士不同；而闺秀之传，又较文士不易。盖文士自幼即习经史，旁及诗赋，有父兄教诲，师友讨论。闺秀则既无文士之师承，又不能专习诗文，故非聪明绝伦者，万不能诗，生于名门巨族，遇父兄师友知诗者，传扬尚易；倘生于蓬荜，嫁于村俗，则湮没无闻者，不知凡几。"[2]因此，漫长的中国古代文学史中，女性作家实是鲜之又鲜。并非妇女无才，而是后代选家往往不录闺秀之作，即使辑录，也常附列卷末，与释道相先后，且在搜择之时，不以精心选绎，敷衍塞责，并称自己已尽所能。至于闺秀作家本人，出于对传统的"内言不出于阃"观念的遵从，更无心为己出版诗集。如此，则她们的作品往往被付诸荒烟蔓草而湮没。以词学大盛的宋代为例，《历代妇女著作考》中收录有宋女作家 46 人，诗词集 30 余种，但至今仍存的仅有 4 部：《李清照集》、朱淑真《断肠集》、张玉娘《兰雪集》、宁皇后《杨太后宫词》。且朱淑真的《断肠集》也是身后多年才被名叫魏仲恭的人于旅途中，偶尔听见"好事者"传诵断肠词而得以搜辑流传的。朱淑真无疑是幸运的，她的作品在偶然的机遇中终于得到了其应有的认可，但其他不知多少唐宋女作家的作品不幸被丢失而不可复得。

相比前代众多的女作家，清代闺秀亦为有幸。她们既得开明文人士大夫的奖掖教授，又有良好的学诗家庭环境为其后盾，所以尽管社会地位一如往昔，她们的文学创作条件却相对地有了一些改善。而随着她们创作上自主意识的逐渐萌芽，尤其进入晚清，闺秀作家们已不再完全依靠男性文人来提高她们的文学地位，她们除了编选女性诗词集，还有人自觉地出版自选集，更以一种自我呈现的精神在序跋中为自己奠定了一个特定的形象。相对宽松的创作环境因此更促使了闺阁才媛的竞相试才、尔唱我和，使妇女创作空前繁荣并成其为一代独特的文学现象。此期作品之多、名家之众，确是盛况空前，史所未有。热衷于文学创作的闺秀们代代相继，绵延于整整有清一代，她们在文学的领域中尽情地为自己的才华做了一次历史性的现身说法。尽管宋代李清照于文坛所建下的功勋让她们难以企及，但她们对于文学创作的满腔热情以及对于文学艺术高峰的不懈追求亦是此前各代女诗人所望尘莫及的。而她们对于诗词作题材的拓宽、风格的多样以及表现手法的丰富诸方面，均有着前代女诗人所无法比拟的成就。以至况周颐在《〈小檀栾室汇刻百家秀词〉序》中评价她们说："续《骚》抗《雅》，姜、张愧其裙屐。……倘易安、淑真而复生，宁《漱玉》《断肠》之自足。……迹其轻灵，每近北宋；或者秾瓠，上追南唐。钗翘慨慷，亦有苏辛之派，琴瑟于喁，尤多赵管之匹。"[3]评价热情洋溢，更客观地反映了清代女诗人在诗词世界中争奇斗艳、自出机杼的斐然成就。

此外，清代闺秀诗人中，由姊妹、娣姒、姑嫂、婆媳以及母女构成的一个个创作群体，在女性诗人领域中更是前所未有地繁盛，这种闺阁圈内竞起啸咏的风气，对于清代闺秀文学的繁荣，无疑起了推波助澜的作用。因此，无论从文化史，还是从文学史的角度来说，清代闺秀文学的繁荣都是一个令人振奋的景象。

作为中国古代妇女群体的成员，女性诗人的生存环境与社会妇女解放的程度和内涵无疑要直接影响到她们的心理素质和精神世界，也在一定程度上制约了她们作品的思想和艺术深度。但正如况周颐所说："盖论闺秀词，与论元人词不同，与论明以后词亦有间。"[4]也就是说，对于闺秀作品，当以"但赏其慧，勿责其纤"的态度观之。冰心在《〈关于女人〉后记》中说过，"世界上若没有女人，这世界至少要失去十分之五的真，十分之六的善，十分之七的美"。而文学世界中若没有女性文人，则就成为有缺陷的领域。何况，闺秀文人精神世界的空灵、雅洁，其生命的远离俗尘本身就是优美绝伦的辞章。因此，这批清代闺秀作品活跃文坛便具有划时代的意义，她们对"内言不出""女子无才便是德"等封建道德规范做了一次有力回击。尽管此期闺秀作家的致力创作或非有意改变自己的生存状态并有意与男子一决高下，但她们对于社会生活的逐步加入以及有限范围内的"登临游观，唱酬啸咏"活动，无疑也标志着她们自主意识的觉醒和封建礼教束缚力的逐步老化衰退。从而，她们不自觉地充当了 20 世纪新女性文学的引路人，以至当欧洲女性争取自身解放的社会思潮涌入东方，吹进刚刚走出家门、踏入校门的中国知识女性的心扉时，这一批刚刚冲破封建礼教阻挠、接受科学文化知识教育的新女性，便水到渠成地喊出了压抑在中国女性心灵深处的"妇女解放"和"婚姻自主"的强烈心声。中国的思想文化史上也第一次出现了一批思想先进、才华出众的女作家，如冰心、庐隐、萧红、石评梅、白薇、丁玲等人，她们几乎不约而同地把自己的笔端指向了妇女争取自身解放的创作主题，以细腻的笔触和热烈的情感激荡了中国女性沉寂的心灵，推动了她们的觉醒，中国女性文学从此也走入了一个新的世界。

注释：

［1］葛征奇：《续玉台文苑·序》，见江元祚编：《续玉台文苑》，明崇祯五年壬申（1632）刊本。

［2］沈善宝：《名媛诗话·序》，见胡文楷：《历代妇女著作考》，上海古籍出版社1985年版，第5页。

［3］况周颐：《蕙风词话·广蕙风词话》，中州古籍出版社2003年版，第446页。

［4］况周颐著，俞润生笺注：《蕙风词话·蕙风词笺注》，巴蜀书社2006年版，第553页。

参考文献

[1] 徐乃昌. 小檀栾室汇刻百家闺秀词 [M]. 光绪二十二年丙申 (1896) 南陵徐氏刻本.

[2] 胡文楷. 历代妇女著作考 [M]. 上海: 上海古籍出版社, 1985.

[3] 施淑仪. 清代闺阁诗人征略 [M]. 上海: 上海书店, 1987.

[4] 严迪昌. 清词史 [M]. 南京: 江苏古籍出版社, 1900.

[5] 张宏生. 清代词学的建构 [M]. 南京: 江苏古籍出版社, 1998.

[6] 徐世昌. 晚晴簃诗汇 [M]. 北京: 故宫博物院院藏版, 北京市中国书店影印本.

[7] 江民繁, 王瑞芳. 中国历代才女小传 [M]. 杭州: 浙江文艺出版社, 1984.

[8] 梁乙真. 中国妇女文学史纲 [M]. 上海: 上海书店, 1990.

[9] 袁枚. 随园诗话 [M]. 北京: 人民文学出版社, 1982.

[10] 谢无量. 中国妇女文学史 [M]. 郑州: 中州古籍出版社, 1992.

[11] 康正果. 女权主义与文学 [M]. 北京: 中国社会科学出版社, 1994.

[12] 玛丽·伊格尔顿. 女权主义文学理论 [M]. 长沙: 湖南文艺出版社, 1989.

[13] 叶嘉莹. 迦陵论词丛稿 [M]. 石家庄: 河北教育出版社, 1997.

[14] 丹纳. 艺术哲学 [M]. 北京: 人民文学出版社, 1986.

[15] 贺新辉. 全清词鉴赏辞典 [M]. 北京: 中国妇女出版社, 1996.

[16] 谭正璧. 中国女性文学史话 [M]. 天津: 百花文艺出版社, 1984.

[17] 《续修四库全书》编撰委员会编. 国朝闺秀诗钞 [M]. 上海: 上海古籍出版社, 2002.

[18] 贝京校点. 湖南女士诗钞 [M]. 长沙: 湖南人民出版社, 2010.

[19] 王英志. 清代闺秀诗话丛刊 [M]. 南京: 凤凰出版社, 2010.

[20] 金启孮, 金适. 顾太清集校笺 [M]. 北京: 中华书局, 2012.

[21] 张菊玲. 旷代才女顾太清 [M]. 北京: 北京出版社, 2002.

[22] 邓红梅. 女性词史 [M]. 济南: 山东教育出版社, 2000.

[23] 唐圭璋. 词话丛编 [M]. 北京：中华书局，1986.

[24] 胡晓明，彭国忠. 江南女性别集 [M]. 合肥：黄山出版社，2008.

[25] 袁枚. 袁枚全集 [M]. 南京：江苏古籍出版社，1993.

[26] 陈东原. 中国古代妇女生活史 [M]. 上海：上海商务印书馆，1937.

[27] 鲍震培. 清代女作家弹词小说论稿 [M]. 天津：天津社会科学出版社，2002.

[28] 李保民. 吕碧城词笺注 [M]. 上海：上海古籍出版社，2001.

[29] 陈玉兰. 清代嘉道时期江南寒士诗群与闺阁诗侣研究 [M]. 北京：人民文学出版社，2004.

[30] 宋清秀. 清代江南女性文学史论 [M]. 上海：上海古籍出版社，2015.

[31] 陈寅恪. 柳如是别传 [M]. 上海：生活·读书·新知三联书店，2001.